재중조선인 시에 나타난 만주 인식

본 연구는 천진시교육위원회 일반프로젝트로 지원을 받았음.
本書由天津市教委一般項目資助 項目編号：20122228

재중조선인 시에 나타난 만주 인식

전 월 매

역락

머리말

　나는 운명적으로 중국조선족 3세로 태어났다. 나의 외조부는 30년대 먹고 사는 문제를 해결하기 위해 모든 가족을 거느리고 고향인 경상북도 청송을 떠나 만주로 이주하셨고 나의 조부도 30년대 고향인 평안북도 정주군을 떠나 만주로 이주하셨다 한다. 성실한 농사꾼이었던 그들은 흑룡강성에서 땅을 개간하여 논을 만드셨다. 두 분은 평생을 만주 땅에 정착하여 살면서 고향 생각에 젖어 향수를 달래곤 하시면서도 살아 생전에 고향 나들이 한번 못하셨다.

　어릴 때는 그냥 고향 생각에 눈굽이 젖어있는 그 분들을 지켜보기만 할 뿐, 별다른 생각이 없었지만 점차 철이 들고 성장하면서, 조선족학교에 조선어문교사로 재직도 해보고, 유학으로 한국도 드나들게 되면서 나는 조선족 정체성 문제에 대해 관심을 기울이게 되었다. 우리네 조상들이 왜 만주로 이주하게 되었는지? 그네들은 왜 중국국적으로 만주 땅에 살면서 고향인 한반도도 쉽게 오가지 못했는지? 우리가 왜 조선족이 되었는지?…… 여러 의문점들이 꼬리에 꼬리를 물고, 내 주위를 맴돌았다.

　조선인의 만주 이주 원인과 과정, 애환, 그리고 그들의 삶, 거기에서 계속 이어지는 우리 조선족들의 이야기……. 이는 조선족 신분인 내가 평생 공부해야 할 과제이기도 하다.

이 책은 모두 2부로 구성되었는바 제1부는 나의 박사논문인 일제강점기 재중조선시인의 만주 인식을 다루었다. 여기에서는 재중조선시인을 토착형, 정착형, 거류형으로 나누어 그들의 만주 인식을 살펴보았다. 토착형에는 윤동주, 정착형에는 심연수, 이욱, 거류형에는 유치환, 김조규, 서정주, 윤해영, 박팔양, 이육사, 백석 등을 들었다. 그들이 보는 만주는 생활 환경에 따라서, 생활 목적과 가치관에 따라서 각자 다르게 나타났다. 제2부에서는 내가 좋아하는 백석 시인의 만주 관련 시편에 관한 논문을 실었다. 내가 백석 시를 좋아하는 이유는 그의 시에서 풍속과 인정과 말이 조화롭게 어우러진 평화로움을 읽을 수 있기 때문이다. 이는 일제강점기 백석의 시가 여타의 시인과 구별되는 점이기도 하다.

그동안 나는 많은 이들의 도움을 받았다. 한국학중앙연구원의 김병선 교수님, 김건곤 교수님, 호서대학교의 김성룡 교수님, 한점돌 교수님, 천진사범대학교의 孟昭毅 敎授님, 김장선 교수님을 비롯한 학문의 길잡이가 되어주신 여러 교수님들께 고개 숙여 감사의 마음을 전달한다. 그리고 나의 인생에서 항상 멘토가 되어주신 큰아버지 田軍 교수님, 호서대학교 이문범 선생님, 동북아신문 이동렬 사장님, 세아인터내셔날 이종세 사장님, 그밖에 여기에서 일일이 언급은 못했지만 나에게 가르침과 도움을 주신 수많은 분들께 감사를 드린다.

나의 한국생활 8년간 딸애를 돌봐주시다가 뇌출혈로 급작스레 하늘나라에 가신 어머님께 이 책을 드리고 싶다. 어머니의 말없는 정성과 노고가 있어 나는 학업을 잘 마무리할 수 있었고 딸 선이도 씩씩하게 자랄 수 있었다. 그리고 나를 항상 지켜봐주고 응원해주고 있는 사랑하는 나의 가족―아버지와 오빠, 여동생에게도 고마움을 전달한다.

필자의 수준 제한으로 이 책은 부족한 점이 많다. 여러분들의 기탄없는 질정을 부탁드린다. 그리고 이 책의 출간을 새 출발로 삼아, 학문의 길에서 정진할 것을 다짐한다.

끝으로 본인의 게으름으로 원고 기일을 훌쩍 넘겼음에도 불구하고 책을 내주신 이대현 사장님과 예쁘게 책을 편집해주신 이소희 대리님께 고마움을 표시한다.

중국 천진에서
2014년 5월 전월매

차 례

제1부

재중조선인 시에 나타난 만주 인식

재중조선인 시에 나타난 만주 인식

1. 들어가며

1) 연구 목적

이 연구는 '만주'라는 지리적 공간이 한국 시문학 작품에서 어떠한 문학적 공간으로 인식되고 있는지 탐구하는 것을 목적으로 한다. 특히 만주가 한국 문학과 긴밀한 관계 속에서 문학적 제재와 배경으로 작용하던 1930~40년대에 있어서, 만주를 거주공간으로 체험하고 있던 소위 '재중조선인'의 시작품에 한정하여 살펴보려 한다. 이를 위해서 만주라는 지리적 공간의 성격과 한국문학사상의 의의를 탐구해 보고, 이 공간에서 문학적 삶을 영위하던 재중조선인 시인들의 거주 방식의 유형을 정의하며, 이 유형과 관련된 작품에서 나타나는 만주 인식의 제상을 규명하려 한다.

만주는 고대로부터 근대, 현대에 이르기까지 정치, 경제, 외교, 영토 등 문제로 한국, 중국, 일본 삼국내지는 러시아 프랑스, 독일 등 세계사적으로도 많은 갈등과 각축의 문제를 내포하고 있는 지역이다. 청조 때부터 만주라는 지명으로 불리던 이 지역은 그 전에는 遼東으로 불렸고 지금은 동북3성으로 불리고 있다.

광활한 요동벌은 고조선, 부여 그리고 고구려 광개토왕과 장수왕 시대까지 1,000년을 걸쳐서 대제국의 흥성을 구가했던 곳이고, 더욱이 발해(699~927)가 2세기 이상 남쪽 대동강 유역으로부터 북만주의 너른 평원 즉 북쪽 흑룡강 중하류 일대, 우수리강 중하류 유역, 송화강 중하류 지방의 사방 5천리에 달하는 광대한 지역을 통할하여 흥성했던 곳이다. 또한 중국에 遼를 건국한 거란족, 金을 건국한 여진족, 元을 건국한 몽골족, 淸을 건국한 만주족이 생활터전으로 삼았던 지역이기도 하다.

19세기 말 만주는 흥기하는 러시아와 기타 서양 열강, 그리고 일본 세력이 마주친 접점이었다. 청조를 건립한 만주족은 만주를 '조상의 성지'라 하여 封禁지역으로 선포하고 順治년간부터 光緒 초년에 이르기까지 230여 년간 이민족 유입을 금지시켰다. 이런 상황은 한편으로는 不凍港을 얻기 위해 남진 정책을 표방하고 있던 제정 러시아의 세력 확장을 용이하게 만들었다.

근대 약육강식의 국제 정세 속에서 러시아는 遠東으로, 일본은 대륙으로 진출하려고 하였다. 여기에 맞서 청조는 대륙 세력인 러시아와 해양 세력인 일본의 침략을 저지하려고 노력했으나 실패하였다. 러시아는 아편전쟁(1840) 이후 서구 제국주의 세력의 침략으로 곤궁에 처한 청조를 협박해서 曖琿條約과 北京條約을 맺고 1858년과 그 2년 후에 각각 흑룡강 이북의 땅(60여만km²)과 우수리강 이동의 연해주(약 40만km²)를 빼앗았다. 그리고 1898년 3월에 여순, 대련의 조계권에 이어 1899년 9월에는 관동주를 설정하는 등 남진세력을 계속하였다. 1900년 의화단

사건을 계기로 드디어 만주를 침략하였다.

이즈음 신흥국 일본은 청일 전쟁을 계기로 만주에 대한 권력을 확보하기 위하여 혈안이 되었다. 이리하여 1904~1905년 만주와 한국에 대한 배타적인 지배권을 둘러싸고 러시아와 일본이 벌인 러일전쟁이 일어났다. 그 결과 러일전쟁에 승리한 일본은 조선·관동주뿐만 아니라 東淸鐵道[1](中東路 흑룡강→길림→블라디보스토크) 이남 지역(즉 남만주)에 대한 배타적인 권리를 확보하게 된다.

한편 1912년 삼민주의를 주창하는 국민당의 혁명이 성공하여 중화민국이 탄생되면서 국민당정부는 중국내륙을 통일하는 동시에 각 성에 督軍을 두어 본토에 완전히 귀속시키는 한편 외국 세력의 구축에 분망했다. 이 시기 張作霖의 동북 정권이 출현되어 종종의 파문이 일어났고 '21개 조약' 체결 후 장작림 정권의 반일 정서가 깊어 갔다. 국민당의 北伐은 만주에 기반을 둔 봉천 군벌의 협조로 완수되었으며 이는 일본의 중국 침략을 앞당겼다. 남만주 철도를 지킨다는 구실로 파병된 일본의 관동군이 일본 정부와 육군 본부의 지령 없이 단독으로 중국 동북의 군벌체제를 무력으로 쫓아냈던 것이다.

1931년 9월 18일, 일본은 만주에 대한 야심을 실현하기 위해 만주사변을 일으켜서 무력으로 奉天, 치치하얼을 강점하는 동시에 상하이를 공격하였다. 그 후 만주는 일본군에 의해 완전히 지배되었는데 그 이듬해인 1932년 3월 1일 일본은 청나라의 말대 황제 溥儀를 내세워 자신의 군정 통치인 괴뢰정권 '만주국'을 수립하였으며 長春을 新京으로 개

---

1) 일본의 경우 일반적으로 신해혁명 전까지는 동청철도라는 명칭을, 이후에는 동지철도, 만주사변 이후로는 북만철도를 공식 명칭으로 삼았다. 한편 중국은 신해혁명 이후 줄곧 중동철도라는 명칭을 사용했다. 임성모, 「국제도시의 빛과 그림자」, 『만주와 조선, 조선인』 제4차 만주학회 정기학술대회, 2003에서 인용.

칭하고 수도로 정하였다. 1945년 8·15 직전까지 14년간 인적, 물적으로 온갖 잔혹한 식민 통치를 실시하였다. 일본이 패망하면서 만주는 1946년 2월 국민당이 접수했으며 1947년 遼沈戰役을 계기로 중국 공산당의 통치 하에 들어갔다.

만주국의 출현은 만주를 둘러싼 중국·소련·일본 사이의 각축을 일시 잠재운 반면 중국을 둘러싼 제국주의 열강들의 기존 질서를 흔들어 놓았고 결국에는 동아시아 사회를 청일전쟁 및 태평양 전쟁으로 몰아넣는 촉매제로 작용했다. 만주는 일본의 대륙 진출 교두보로서 제국주의 침략을 수행하는 데 중요한 요충지였으며 일본 본토에서 실현할 수 없는 것을 구현하고자 하는 '실험 대상의 땅'이기도 했다. 아울러 만주는 자국에 기반이 없는 일본인에게는 '폐쇄된 공간으로부터 벗어나기 위한 도피처' 혹은 '類似亡命空間'으로 인식되고 있었다. 혹은 관동군이 만주를 일본 본국으로부터 분리시키려는 내부적 갈등과 본국과 대등한 관계를 성립시키기 위한 무수한 편법들이 감추어져 있다는 설도 있다. 만주는 러시아의 동방정책을 실현시킬 수 있는 최적지였고 유태인뿐만 아니라 중앙아시아에서 도망쳐 온 이슬람족(回族), 10월 혁명 후 소련에서 탄압받다가 도망쳐온 白系러시아인들에게도 생활 근거지였으며 '구원의 공간'이기도 했다.2)

유구한 세월의 흐름 속에서 수많은 흥망성쇠를 겪으며 여러 국가와 민족의 역사와 삶과 애환이 얽혀 있는 만주는 세계의 많은 작가와 시인들에 의해 묘사되었다. 위만주국 시기에는 한족, 만주족, 러시아인, 조선인, 일본인이 함께 만주에 거주하였고, 동청철도를 건설하는 과정

---

2) 윤휘탁, 「만주는 동아시아에서 어떤 곳일까」, 『만주─그 땅, 사람 그리고 역사』, 고구려연구재단, 2005, 17-18쪽.

에서 만들어진 국제도시 하얼빈은 이들뿐만 아니라 유대인, 프랑스인, 독일인, 폴란드인, 우크라이나인, 타타르인 등 50개 이상의 민족, 45개의 언어가 혼재하였다. 이런 환경으로 문학에서 만주는 중국, 조선, 일본, 러시아, 서양의 요소들이 뒤섞였고 모더니즘뿐만 아니라 각종 문예사조의 실험장이 되었다.

당시 조선인에게 있어서 '오족협화'의 만주국은 '내선일체'의 조선보다는 얼마간 자유가 남아있는 땅으로 인식되었다. 더불어 이민 지대를 포섭하기 위한 기반으로 허락된 조선문 잡지와 신문들 속의 한정된 조선어문학 지면은 소수의 민족 집단이 숨 쉴 최소한의 공간으로 제공되었다. 일제의 언론 통제에 시달리던 조선의 많은 작가, 시인들이 중국이나 만주에 망명하였거나 만주 땅에서 유이민 혹은 정착민으로 생활하면서 문단 사회를 형성하여 향토 작가, 시인들을 양성하면서 문학 활동을 전개하였다.

일제강점기 한국인의 정서 속에 자리 잡고 있는 만주란 지리적 공간은 특이하다. 그곳은 지리적 공간이면서도 단순한 지리적 공간이 아닌 민족의 정서와 맞닿아있으며 동시에 한국문학에서 빠질 수 없는 한 부분임이 틀림없다. 일제강점기 만주에서는 한국문학을 대표하는 많은 명시, 명편들이 나왔다. 이런 시편들에 대한 고찰은 시인들의 만주공간에 대한 역사관, 세계관, 시대관의 조명이라 할 수 있다. 또한 이는 만주에 대한 시인의 체험과 목격한 현실에 대한 시인의 인식, 정신적 응전 결과가 담긴 중요한 의미의 텍스트의 관찰이기도 하다.

이 연구에서는 만주공간을 대상으로 한 만주의 시대상과 삶, 풍속, 정서와 의식을 담은 재중조선시인의 시 작품을 세밀히 분석하는 방법을 통하여 이들이 인식하고 있는 만주공간이 어떠한지를 규명하고자 한다. 방법론적으로는 인간, 공간, 시간 삼자가 만나는 원리에 근거하여 유형을 나눈 후 그 유형에 따라 시작품에 나타나는 만주에 대한 인식과 정서, 현실에 대한 수용 태도, 그리고 세계관이 어떻게 다른지를 조명해나갈 것이다. 이를 통해 재중조선인 시작품에 노정된 만주와 만주 인식을 이해하는 데까지 나아갈 수 있을 것으로 기대한다.

2) 연구사 검토와 연구 대상

일제강점기 만주 시문학에 대한 연구는 중국 조선족 학계, 한국 학계를 중심으로, 그리고 일부의 일본 학계에 의해 활발한 연구가 이루어져 괄목할 만한 성과를 거두었다.

중국 조선족 학계에서는 50년대 말 당시의 지방 민족주의를 반대하는 '민족정풍'[3]이 일어나는 정치풍토 하에서 연변대학을 중심으로 조선 문학과 계선을 나눈 '조선족문학사'와 일제강점기 재중 조선인문학에 대한 사적 기술 및 정립을 위한 최초의 시도와 노력이 있었다. 그 후 거듭되는 정치운동으로 1970년대 후기까지 중단되어 오다가 70년대 말 80년대 초에야 전면적이고 본격적인 연구가 이루어지게 되었다.

중국 소수민족 문학사의 편찬사업의 일환으로 이루어진 권철과 조성일의 공동저술 「조선문학 개관」(1980)[4]으로부터 중국조선족문학사는 대략적인 골격을 세우게 되었다. 그 이후 임범송, 권철이 집필한 성과물로 史的 집대성의 효시가 되는 『조선족문학연구』(1989)[5]가 편찬되면서

---

3) 민족정풍 : 1957년 중국에서 각 민족을 이끌고 사회주의로 이동하는 과정 중에서 사회주의 공동원칙을 견지할 뿐만 아니라 또한 충분히 각 민족의 특색을 존중하는 것임.
4) 권철, 조성일, 「조선문학개관」, 『아리랑』, 제3기, 1980.
5) 임범송, 권철 주필, 『조선족문학연구』, 흑룡강조선민족출판사, 1989.

연구의 범위는 윤동주, 김창걸 등에 대한 개별적 작가론으로 넓어졌다. 그리고 조선족문학의 자료의 수집과 정리 사업으로 권철, 조성일, 김동훈, 최삼룡 등 네 학자가 『중국조선족문학사』(1990)6)를 편찬하면서 시가 부분에서 김택영, 신정, 신채호 등을 다루기 시작하였다.

김호웅의 『재만조선인 문학연구』(1998)7)는 소설, 시문학 등 장르별로 총망라하여 집대성한 연구다. 그는 재만 조선인문학이 조선적인 것과 중국적인 것이 내포된 이중성격의 문학이라는 점을 설명하였다. 그러나 그는 만주국에 거주하면서 만주국 지면에 발표한 작품을 재만 조선인문학의 범주에 넣는 원칙 하에서 시인으로는 천청송, 송철리, 윤해영, 윤동주, 리학성(리욱) 등을 거론하였다. 이 원칙에 따라 만주국에 거주하면서 만주국 지면에 발표한 작품과 먼저 조선국내 지면에 발표되었다가 만주국 지면에 전재된 작품들을 대상으로 삼았으며 그 외에 만주국에 거주하면서 조선 국내의 지면에 발표한 작품, 조선에 거주하면서 조선 국내지면에 만주 생활을 반영한 작품들은 제외시켰다.

권철의 『중국조선족문학』(상, 2000)8)은 근대문학에서는 김택영과 신정의 시를, 1920~1931년 문학에서는 신채호를, 1931~1945년의 시문학에서는 윤동주, 김조규, 이학성, 함형수, 유치환, 송철리, 천청송 등 시인들을 대상으로 기존의 사적인 나열식 단독 서술만의 단점을 한층 감안하고 보완하여 그동안의 연구 성과들을 토대로 다른 사조의 영향에서 시 작품들을 일부분 분석하였다.

채성미의 「일제강점기 중국조선민족 시문학의 원형이미지 연구」(2003)9)

6) 조성일, 권철 주편, 『중국조선족문학사』, 연변인민출판사, 1990.
7) 김호웅, 『재만 조선인문학연구』, 국학자료원, 1998.
8) 권철, 『중국조선족문학(상)』, 연변대학출판사, 2000.
9) 채성미, 「일제강점기 중국조선민족 시문학의 원형이미지 연구」, 연변대학 박사학위논문,

는 김조규, 송철리, 유치환, 윤동주, 이학성, 함형수 등 여섯 시인을 선
정하여 하나하나의 작가론으로, 존재론적 입장에서 그들의 시문학 세
계에서 나타나는 원형적 이미지들을 별도로 하나하나 도출하면서 다원
적 해석을 시도하였다.

장춘식의 「중국조선족 시문학의 갈래와 특징」(2005)[10])에서는 시의 갈
래를 항일시가, 문단시가로 나뉘었고 문단시가는 『민성보』 시기, 『북향』
시기, 『만선일보』 시기, 초현실주의와 『시현실』 동인 등의 시작품을 대
상으로 하였으며, 그 특징으로는 이민지의 서정, 암울한 현실에의 대응,
전원시와 현실도피 그리고 현실순응 등으로 분석하였다.

김경훈의 『중국조선족시문학 연구』(2006)[11])는 해방 전과 해방 후 문
학으로 나뉘었는데 해방 전은 단편적으로 김조규, 송철리, 심연수, 윤
동주의 시세계를 주제와 기법 측면에서 살피고 있다.

장춘식의 『일제강점기 조선족 이민작가 연구』(2010)[12])에서는 조선족
이민작가의 개념에 대해서 '조선족은 조선반도에서 중국에 이주해 정
착한 과경 이민 민족이기에 조선족문학은 이민문학일 수밖에 없으며
이민자 문제를 작품을 통해 다루고 있을 뿐만 아니라 이를 통해 작가
자신의 이민자적인 정체성이 드러낼 경우라야 진정한 조선족 작가로
볼 수 있다'고 설정하면서 조선족 이민작가로서 시 분야 유치환, 김조
규, 함형수, 송철리, 천청송, 이학성, 윤동주, 심연수의 시세계를 조명하
고 있다.

2003.
10) 장춘식, 「중국조선족 시문학의 갈래와 특징」, 『일제강점기 조선족이민문학』, 민족출판사,
    2005.
11) 김경훈, 『중국조선족 시문학 연구』, 한국학술정보, 2006.
12) 장춘식, 『일제강점기 조선족 이민작가 연구』, 민족출판사, 2010.

한국학계에서 오양호는 1980년 가을 전국 국어국문학 발표대회에서 1940년에서 1945년 사이의 한국현대 문학사는 간도 이민문학을 중심으로 써야 한다고 주장하였다. 그리고 그는 간도 망명지의 이민문학이라고 규정하였다. 그의 저서 『한국문학과 간도문학』(1988)[13]과 『일제강점기 만주조선인문학 연구』(1996)[14]에서는 만주지역 조선인 작가들의 작품이 일제 말 암흑기 한국문학의 맥을 이어준다고 보고 그 저항의식과 민족 문학적 성격을 부각시키고 있다.

윤영천의 『한국의 유민시』(1987)[15]는 일제강점기 대규모적으로 발생한 만주, 시베리아, 일본, 멕시코 등으로 떠난 국외 이주자들을 '유이민' 혹은 '유민'으로 규정하고 해외 한인 유민 시문학에 대해 본격적인 연구를 하였다. 만주, 시베리아 이민이나 일본, 멕시코 노동이민문학의 성격과 상황을 역사, 정치, 경제적인 각도에서 폭넓게 다룸으로써 국내외 유이민시의 제반 특성과 그것이 지니고 있는 문학적 의의를 평가하였으며 해외한인문학의 연구 가능성을 새롭게 개척하였다. 만주 유이민의 경우 만주행 '이민열차'와 황폐한 고향, 만주생활사, 만주 인식 태도의 시적 양상과 김억의 서사시 <먼동 틀 제>에 대하여 세 부분으로 나누어 분석하였다.

조규익의 『해방 전 만주지역의 우리 시인들과 시문학』(1996)[16]은 시인론으로서 송철리, 이욱, 함형수, 조학래, 김조규, 천청송, 이포영 등 7명 시인들의 새로운 시작품의 자료 발굴과 더불어 장르의식, 문학적 특질 등에 따라 시작품을 분석하고 해방 전 조선시문학의 흐름을 자료

13) 오양호, 『한국문학과 간도』, 문예출판사, 1988.
14) 오양호, 『일제강점기 만주조선인문학 연구』, 문예출판사, 1996.
15) 윤영천, 『한국의 유민시』, 실천문학사, 1987.
16) 조규익, 『해방전 만주지역의 우리 시인들과 시문학』, 국학자료원, 1996.

정리 차원에서 체계화하였다.

  김열규, 허세욱, 오양호, 채훈의 『대륙문학 다시 읽는다』(1992)[17]는 대륙문학의 시각에서 중국조선족문학과 러시아동포문학(고려인문학) 그리고 한국문학, 중국문학과의 관계 등을 다양한 관점으로 제시하고 해외문학의 범위의 확대를 시도하였으나 단편적인 논의에 그치고 전문화되고 분화된 연구의 전망을 제시하지 못하고 있다. 여기에서 김열규는 대륙적인 관점에서 윤동주와 김동환, 이용악을 다루었고 오양호는 이용악, 윤해영, 조학래 등을 다루었다.

  곽효환의 「한국 근대시의 북방의식 연구―김동환, 백석, 이용악을 중심으로」(2007)[18]에서는 세 시인들 각각의 북방시편을 통하여 북방의식을 고찰하였다. 김동환과 이용악이 담은 북방공간은 함경도와 두만강을 중심으로 한, 북관과 그 이북지역을 중심으로 하고 있다면 백석의 북방공간은 평북을 중심으로 한 관서지역을 담고 있으며 후반기에 들어서서는 만주지역으로 확대되고 있다고 하였다. 이 논문은 북방이라는 문학공간의 확장과 상상력의 회복이라는 의의를 가지고 있지만 세 시인 만으로는 북방시편의 특성과 의식, 그리고 시사적 의미를 도출해 내기에는 한계가 있다.

  조은주의 「디아스포라 정체성과 탈식민주의적 계보학 연구―일제말기 만주관련 시를 중심으로」[19]에서는 디아스포라 정체성과 탈식민주의적 계보학 측면에서 연구를 진행하였다.

---

17) 김열규, 허세욱, 오양호, 채훈, 『대륙문학 다시 읽는다』, 대륙연구소 출판부, 1992.
18) 곽효환, 「한국 근대시의 북방의식 연구―김동환, 백석, 이용악을 중심으로」, 고려대학교 대학원 박사논문, 2007.
19) 조은주, 「디아스포라 정체성과 탈식민주의적 계보학연구―일제말기 만주관련 시를 중심으로」, 서울대학교 대학원 박사논문, 2010.

이외에도 김윤식, 소재영, 이명재 등 학자들이 여러 각도로 많은 연구 실적을 내놓았다. 최근에는 기존의 자료와 연구 성과를 심화하면서 비판적 안목에서 개별 작가론의 시도와 축적, 작품의 분석 방법을 다양화하는 모색들로 세분화되는 추세에 있으며 그 성과들이 축적되고 있다.

일본학계에는 한국문학 연구자가 별로 많지 않은 편이다. 그중 중국문학을 전공하다 한국문학으로 연구 방향을 돌린 오오무라 마스오(大村益夫)의 『구만주 한인문학연구』 등이 있다. 이는 자료가 확실하고 고증이 치밀하며 결론이 신중한 연구 성과라고 할 수 있다.

'만주' 또는 '만주 인식'에 관한 소설을 통한 연구는 활발히 진행 중에 있다. 소설이 본질적으로 한 시대의 현실을 문제 삼고 서사적 형식으로 다루고 있는, 그 시대를 반영하는 산물이니만큼 만주를 배경으로 한 소설 작품에서 나타나는 만주 인식은 여러 학자들에 의해 다양하게 분석되었다.

정호웅[20]은 한국소설에서 나타나는 만주공간은 절박한 생존의 터전, 죽음의 공간, 불평등의 공간, 절망의 공간, 열린 가능성의 공간 등인데 그 공간의 특성에 따라 작가들은 규정되는 소설세계를 열었다고 하였다. 임명진[21]은 포스트식민주의 시각으로 항일형 이주형과 생계형 이민의 경우를 들어 만주지역은 한반도에 비해 '민족'문제가 더욱 강렬한 주제로 자리 잡았고 정치적인 색채를 띠었다고 하였으며 재만한인소설의 '새터 건설 / 조국광복에의 염원 → 터잡기 / 항일투쟁하기 → 좌절 / 패

20) 정호웅, 「한국소설과 만주공간」, 『문학교육학』, 한국문학교육학회, 2001.
21) 임명진, 「일제강점기 '재만 한인 소설'을 통해 본 '만주'의 문제」, 『한국문학연구』, 한국문학연구회, 2007.

배'라는 형식은 재만한인문학의 화두와도 직결된다고 하였다. 이상경[22]은 최서해의 간도체험은 궁핍에 대한 계급적 인식이고 강경애의 간도체험은 반만항일무장투쟁의 기지이며 안수길의 간도체험은 생존 유지를 위한 '북향정신'이라 하였다. 배주영[23]은 1930년대 만주에 관한 수필, 소설 등을 통해서 조선인들이 만주에 대해 가진 시선은 개척과 야만의 식민지 이미지로서의 시선이고 일본과 조선이 가진 제국과 식민지라는 서열적 시선을 만주에 투영시켰다는 한계가 있음에도 조선인은 만주를 통해 제국적 질서 속에서의 평등이라는 새로운 가능성을 찾으려 했고 경제적 이득을 위해 새로운 가능성을 탐색하고자 했던 공간이라고 하였다. 정종현[24]도 만주국 건국 이후의 소설에서 나타나는 만주는 개척과 식민을 기다리는 땅이고 행복이 보장된 복권과도 같은 땅이라 하였다. 김재용[25]은 한설야의 소설 <대륙>에서 나타난 작가의 만주 인식은 일본인 주인공을 통하여 오족협화의 허구성을 비판하고 중국인 주인공을 통하여 식민주의에 대한 강한 비판과 국제주의를 말하고 있다고 분석하였다. 김외곤[26]은 만주기행을 통한 이태준의 만주 인식은 기차와 도시로 대표되는 근대성을 체험하는 과정에서 분명히 드러난 것은 일본 제국주의에 의해 식민지 조선과 만주의 처지가 동일한 수준에 놓여있다는 것이다.

22) 이상경, 「간도체험의 정신사」, 『작가연구-안수길 특집』 제2호, 새미, 1996.
23) 배주영, 「1930년대 만주를 통해 본 식민지 지식인의 욕망과 정체성」, 『한국학보』, 일지사, 2003.
24) 정종현, 「근대문학에 나타난 '만주'표상-'만주국' 건국이후의 소설을 중심으로」, 한국문학연구 28집, 2005.
25) 김재용, 「새로 발견된 한설야의 소설 <대륙>과 만주인식」, 『滿洲와 朝鮮, 朝鮮人』 만주학회 제4차 정기학술대회, 2003 발표논문.
26) 김외곤, 「식민지 문학자의 만주 체험-이태준의 <만주기행>」, 『한국문학이론과 비평』 제24집, 한국문학이론과 비평학회, 2004.9

하지만 '만주 인식'에 관한 시 연구는 대부분이 단편적인 소논문에 그치고 일관된 연구는 아직 없는 실정이다. 다만 만주가 아닌 북방에 관한 곽효환의 연구[27]가 있을 뿐이다. 곽효환은 김동환, 백석, 이용악의 북방시편들은 강한 서사성을 띠면서 북방은 여러 민족이 때로는 부딪치고 때로는 화해롭게 공존하는 공동체적 삶의 공간이자 훼손되지 않은 시원의 공간으로 나타난다고 하였다. 또 시대적 비극 속에서도 희망을 놓치지 않는 생명의 공간으로 자리 잡고 있다고 하였다.

이상과 같이 재중조선인시문학에 관한 논의를 개략적으로 살펴본데 의하면 자료의 수집과 정리 및 작가, 작품론적 연구나 사적기술에 있어서 모더니즘 시의 존재를 긍정하는 시각, 이미지 특성으로 시작품을 분석하는 시각, 개별 시인론의 시각 등 여러 각도에서의 연구에서 많은 성과를 가져왔음에도 불구하고 아직 용어들이 혼란하게 사용되어 있고 재중조선시인과 재중조선인시작품에 대한 범주가 너무 협소하다. 만주 인식에 관한 전반적인 논의는 시 분야에서 아직 미개척분야라 할 수 있다.

이 연구는 선인들의 기존연구를 토대로 재중조선인 문학에서 제기되는 문제점들을 하나하나 파헤쳐가면서 재중조선인 문학의 역사적, 문화적 특수성에 기인한 시인과 작품의 범주 확대를 시도하며 재중조선시인들을 유형화하여 그들의 시에 나타나는 만주 인식 연구에 착안점을 두고자 한다. 그리고 보다 객관적인 입장에서 그 유형에 따른 인식의 인과적 필연성과 유연성을 면밀한 작품 분석을 통하여 밝히며 개별

---

27) 곽효환, 위 논문, 2007.

적 작품의 독립성과 작품들 사이의 연관성과 변화 과정을 충분히 고려하고 체계화하여 그 전모를 부각시키며 또한 만주의 정신사적인 의미에 대해서도 다각도로 살펴보고자 한다.

제2장에서는 이 연구에서 다루고자 하는 일제강점기 재중조선인 시 작품의 시기와 재중조선시인의 범주, 용어문제를 살펴보고 재중조선시인들의 만주 인식의 유형을 분류하고자 한다. 용어에 관해서는 혼란하게 사용되는 만주, 간도, 북방, 동북 등 용어들과 일제강점기 만주 땅에서 이루어진 조선인문학에 대한 용어를 검토해본다. 그리고 만주 인식 유형은 방법론이 되고 있는 시공간과 인간이 만주와의 만남 형태에 따라 토착형, 정착형, 거류형으로 분류하고자 한다. 만주에서 태어나 만주를 고향으로 삼아 시 창작 활동을 한 시인은 '토착형'으로, 한반도에서 태어나 만주로 이민을 간 뒤 거기에 뿌리를 박고 정착한 시인은 '정착형'으로, 한반도에서 태어나 거류 목적으로 만주로 가서 일정 기간을 체류하면서 조국이 광복되면서 다시 한반도로 돌아온 시인은 '거류형'으로 명명하고, 그 근거를 밝힐 것이다.

일제강점기 만주에서 활동한 조선인 시인이나 작가들은 일본 식민지 백성으로, 새로운 환경의 만주에서, 만주-조선-일본 삼국에 대한 정체성 혼란을 겪기 마련이었다. 단군의 후예라는 민족적 정체성과 식민지로 전락된 조선과 만주국이라는 자연 지리적 환경, 인문적 환경 하에서 받은 영향, 그리고 일본에게서 받은 영향 등으로 인한 국민적 정체성이 그것이다. 정체성에 관한 인식은 가깝게는 고향의식, 더 나아가서는 만주 인식, 조선 인식, 일본 인식과도 관계된다.

제3장에서는 일제강점기 재중조선인 시에 나타난 만주 인식의 제상

인 토착형의 그리움의 원형 공간, 정착형의 개척을 통한 정착 공간, 거류형의 망명과 이민의 공간, 개념적 상징 공간으로 분류하여 시작품을 중심으로 분석한다.

그리움의 원형 공간은 토착형인 윤동주의 작품을 중심으로 분석한다. 윤동주에게 북간도는 어머님과 공존하는 고향이고 그리움의 대상이다. 이에 대해서는 시인의 고향과 동심의 세계를 통해 논의할 것이다. 윤동주의 시에서 나타나는 자아성찰은 식민지 지식인의 고뇌와 부끄러움이 표현되어 있는데 이는 그의 국민적 정체성을 밝혀주는 계기가 될 것이다.

개척을 통한 정착공간은 정착형 심연수와 이욱의 작품을 통해 분석한다. 이들에게는 태어난 고향과 성장한 고향인 만주 땅이라는 두 개의 고향이 존재한다. 이들이 이 두 개의 고향에 대한 태도가 어떠한지에 대한 감정의 편차는 후설의 고향의 타향화, 타향의 고향화 이론을 적용하여 살펴본다. 나아가서 어릴 때 한반도를 떠나 만주에 이주하여 뿌리를 내리고 생을 마감한 이들의 시에서 나타나는 만주에서의 개척 의지도 논의해본다.

망명과 이민의 공간에서는 거류형 서정주, 유치환, 김조규, 이용악을 들 수 있고 개념적 상징 공간에서는 거류형 이육사, 박팔양, 윤해영, 백석 등의 이주시인을 들 수 있다. 거류형은 성인이 되어 만주로 이주하였기에 그들에게 만주는 타향으로 남는다. 이는 자연히 그들의 고향상실의식과 연관된다. 거류형은 항일혁명운동과 자의에 따라 피난, 자의에 따라 이주의 목적으로 만주행이 이루어졌는데 그들의 만주 인식은 거류 목적과 일치한 시인도 있고 그렇지 않은 시인들도 있다. 망명의 생활 공간이라 할 수 있는 도피처로서의 공간과 이민지로서의 공간에서는 서정주의 '하늘 뿐인 텅 빈' 공간, 유치환의 '절망적인 광야', 김조규의 '역, 열차, 대합실 근대 공간', 이용악의 '팔려간 여인의 공간' 등을 통해 시를 분석하고자 한다. 이를 통해 망명과 이민의 만주공간을 통한 시인들의 허무와 절망, 연민, 민족공동체의 비극적 운명의 고발 등의 내면세계를 조명해본다. 다음으로 개념적인 상징 공간에서는 이육사의 '사상 실천지'의 공간, 박팔양과 윤해영의 '낙토 만주'로서의 공간, 김달진, 김조규, 유치환, 윤해영의 '고구려, 발해 영토로서의 공간', 백석의 '자연 친화와 종족 화합의 공간' 등의 공간을 통한 시 분석을 하고자 한다. 이를 통해 항일과 친일, 영토 의식과 축제적 신시에 대한 시인들의 의식을 살펴보고자 한다.

이 연구에서 시공간에 따라 분류된 재중 조선시인의 세 가지 유형은 서로 유기적으로 연결됨으로서 전반 재중조선인 시작품에 나타난 만주 인식을 보여주는 비교의 고리가 될 것이며 이는 재중조선인 시작품의 만주 인식 전체를 보여주는 영역의 확장이고 새로운 과제를 제시하는 일정한 역할을 할 수 있을 것으로 기대한다.

2. 만주의 문학적 함의

1) 재중조선인 시문학의 범위

앞에서 살펴본 것처럼 일제 강점기 만주 땅에서 이루어진 조선인 문학에 대한 연구는 1980년대 중후기로부터 학계의 주목을 받아 어느 정도의 연구 성과가 축적된 상황이다. 하지만 아직도 문학 연구에서 통일

화된 개념이 없고 학자들마다 제 나름대로 용어를 쓰고 있으며 연구시
기도 각양각색이고 문학의 연구 범위도 포괄적이지 못한 편이다. 이 장
에서는 일제강점기 만주공간을 대상으로 재중조선인 시에 나타난 만주
인식을 규명함에 있어서, 다음과 같은 근거로 일제강점기 재중조선인
시작품의 대상을 1930~1940년대로 한정하고, 관련되는 용어로 '만주',
'재중조선인', '재중조선인 문학' 등을 사용하기로 한다.

첫째로 일제강점기 재중조선인 문단과 그 시기에 관해서이다.

한국사에서 일본의 식민지배시기는 1910년 한일합방부터 일본이 무
조건 투항한 1945년까지를 가리킨다. 그런데 일제강점기 재중조선인
문학의 시기는 조선인의 만주 이주와 문단 형성 등과 결부된다. 근대에
최초의 조선인의 만주 이주가 1860년대 이후[28]인 것을 감안한다면
1860~1945년으로 보아야 한다. 이주 초기 이주민들은 대부분이 극빈
한 농민들인데다 분산적으로 거주한 상태여서 문화적 여건을 갖추지
못하였고, 20세기 초엽까지도 만주에는 일부 계몽가요나 개별적인 문
인들에 의해 지어진 한문시, 오래전부터 전해진 구전설화에 토대하여
창작된 시 등이 있을 뿐이었다.

1910년대 초, 근대적 문화계몽사조의 물결 속에서 만주에는 조선으

---

28) 근대 조선인의 만주 이주의 기점에 대해 여러 가지 설이 있는데 주요하게 토착민족설,
원말명초설, 명말청초설, 19세기 중엽설 등이 있는데 이중에서 19세기 중엽설이 비교적
정통론으로 인정되고 있다. 김원석, 「중국조선족의 변입 기점에 대하여」, 『한국사학』 제15
호, 한국정신문화연구원, 1995, 49-76쪽 참조. 이는 한민족의 디아스포라의 기원과 관련
해 1903년 101명의 동포들이 하와이 사탕수수밭 노동자로 이주한 것을 시초로 보는 것
에 비해 더욱 일찍은 1800년대 중엽으로서 응당 조선인의 만주 이주를 그 시점으로 소
급되어야 마땅하다는 지적들도 있다. 곽승지, 「중국동포 사회에 대한 현실 진단과 정책
과제-조선족 동포를 중심으로」, 『교포정책 개발과 재외동포재단 비전설정 연구』, 해외
교포문제연구소, 2008.5, 75쪽 참조.

로부터 유입된 창가 형식이 널리 성행되었고 1910년대 중기부터는 자유시가 출현하였다. 그리고 이 시기에는 시조, 가사, 한문시 등이 많이 창작되었다. 1919년 3·1운동을 계기로 만주 각지에는 독립군의 반일 무장조직이 우후죽순처럼 솟아나오고 반일 투쟁의 불길이 세차게 타올랐으며 항일을 노래하는 혁명가요들이 활발히 창작되고 보급되었다. 독립운동을 위한 각종 단체와 언론기관도 등장하였는바 일본경찰의 눈을 피해 비밀리에 등사판으로 발간된 초기 신문들로는 『조선독립신문』(1919), 『韓族新聞』(1919), 『대한독립신문』(1919), 『반도청년보』(1919), 『애국신문』(1919), 『경종보』(1924), 『신민보』(1925) 등이 있다. 그 외에도 반일민족독립의 이념과 새로운 문화를 선전하기 위한 수요에 맞춰 꾸려진 남만과 북만 일대에서 출간된 『로력신문』, 『불꽃』, 『청년전위』, 『신동방』, 연변에서 간행된 『기적소리』, 『민중』, 상해, 북경 등지에서 발간한 『진단』, 『천고』, 『광명』 등이 있다.

1920년대 일제당국의 허용 하에 활자판으로 창간된 신문으로는 『간도일보』, 『만주일보』29)가 있고, 1927년 1월에는 조선인 진영의 좋은 발언대가 된 국한문판 『민성보』가 창간되었다. 여기에서 『간도일보』는 자료의 인멸로 한 편도 남아 있지 않으며 기타 자료들도 대부분 일실된 상황이다.

1930년대 만주사변(1931)과 만주국 성립(1932)을 계기로 조선 문화인, 지식인들이 만주로 대량 이주하면서 이들은 30년대 전후에 만주에서 등단한 작가들과 합세하여 만주 조선인문단은 활발히 전개된다. 이 시

---

29) 1919년 7월 봉천에서 일본영사관의 허가를 얻어 활판인쇄로 창간된 『만주일보』는 남만주 일대의 한인들과 조선 국내동포를 대상으로 발행하였는데 논조와 배경은 민족진영과 거리가 멀다. 장춘식, 『해방전 조선족이민소설연구』, 민족출판사, 2004, 25쪽.

기 만주문단의 시인들로는 이욱, 송철리, 천청송, 윤해영 등이 있었고 30년대 한반도에서 건너온 시인들로는 유치환, 김조규, 박팔양, 함형수, 서정주, 김달진, 백석 등이다.

당시 의용군부대에서 『자유의 노래』라는 이름으로 시집을 출간했다. 여기에 수록된 시들은 대부분 전해지지 않고 현재 남아있는 것은 <광복과 부흥의 길로>(여전)를 비롯하여 <압록강>(백치), <어머니를 그리여>(운청) 등 작품들이다. 남아있는 시를 통해 볼 때 이 시집에는 민족의 재생을 갈망하며 광복의 날에 대한 기대를 읊은 내용의 시들이 수록되어 있는 것으로 보인다.[30]

1933년 11월에 용정에서 발족한 '북향회' 문학동인회는 간도는 한국 사람의 제2고향인 상황에서 간도에서 조선인문학을 이루자는 취지에서 발족되었다. 1933년에 안수길, 이주복 등에 의해 동인회가 조직되고 1935년경에 안수길이 조선 문단에 데뷔하고 박영준, 김국진이 교원으로 취임해오고 강경애가 참여함으로써 이민지에서의 첫 동인지가 발간하기에 이른다.[31] 『북향』제1호(창간호)는 1935년 10월에, 제2호는 1936년 1월 10일에, 제3호는 1936년 3월 27일에, 제4호는 1938년 8월 1일에 출간한다. 1, 2기는 프린트본이고 3, 4기가 정식 인쇄본이다. 이는 만주에서의 조선인의 첫 문단 형성인바 4호까지 발간되고 일제에 의해 정간을 당한다.[32] 『북향』에 실린 소설은 9편, 시가는 33편이다. 『북향』은 간도 문단의 번성을 가져왔으며 소설, 시가, 희곡, 문학이론 분야에서 큰 성과를 이룩하였다.

30) 정덕준 외, 『중국조선족 문학의 어제와 오늘』, 푸른사상, 2006, 51쪽.
31) 장춘식, 『해방전 조선족이민소설연구』, 민족출판사, 2004, 25쪽.
32) 권철, 「'북향회'의 전말」, 『근현대편 중국조선민족문학』, 한국학술정보, 2006, 329-338쪽 참고.

창립초기 주요성원들로는 이주복, 강경애, 김국진, 엄무현, 윤영춘, 천청송 등이며 그 후 활자인쇄본이 정식으로 출간됨에 따라 안수길, 박영준, 박화성, 박계주, 신상보, 최영한, 이학인, 최문진, 김규은, 환원, 최순원, 김영일, 박훈 등이 가담함으로써 강경애를 위시한 저명한 작가들과 광범한 지역의 많은 문학도들이 망라되어 가담하면서 그 규모와 범위가 확대된다.

그 이후 재중조선인 문인들은 『만선일보』를 거의 유일한 발표지로 삼았다. 『만선일보』는 1933년 신경에서 창간된 국한문판 『만몽일보』[33) 가 1936년 『간도일보』를 매수 통합하여 이듬해인 1937년 10월 21일부터는 제호를 『만선일보』로 바꾸어 간행하였다. 이 신문은 일본의 국책적 견지에 따르는 만주국에 있는 조선인의 지도기관지인 어용신문이다. 당시에 여러 문인들이 작품을 실었는바 오늘날 재중조선인 문학의 주요 연구 자료가 되고 있다.

만주에서 간행된 작품집 단행본으로는 5권 정도 밖에 되지 않는데 시집으로는 『재만조선시인집』(1942), 『만주시인집』(1941) 두 권이 있고 소설집으로는 『싹트는 대지』(1941), 안수길의 단편집 『북원』(1944), 산문집 『만주조선문예선』(1941)이 있다.

일제강점기를 기준으로 하면 재중조선인 문학 시기를 1910~1945년까지라 할 수 있다. 그러나 이 연구에서는 재중조선인 시인-윤동주, 심연수, 이욱, 김조규, 서정주, 유치환, 이육사, 윤해영, 박팔양, 김달진,

---

33) 『만몽일보』는 1935년 11월 11일 만주홍보협회가 설립되던 때로부터 가맹사가 되어 "민족협화 정신을 고무하고 재만 조선계의 적극적 자각을 강화하며 조선계의 황민화 촉진에 적극적인 참획" 등의 사명을 완수한다는 목표를 내걸었다. 『만선일보』도 마찬가지로 이런 목표 하에 창간되었다. 김호웅, 『일제강점기 재만조선인 문학연구』, 국학자료원, 1998, 39쪽.

백석 등을 다루고 있는데, 이들이 1930~1940년대에 가장 활발하게 창작 활동을 하였기에 연구의 초점을 1930~1940년대에 맞추려는 것이다.

둘째로 공간적 개념인 만주, 간도, 북방, 동북 등 용어에 관해서이다. 우선 만주 용어에 대해 보도록 한다. 만주의 최초의 이름은 『산해경』의 기록에 의하면 '大荒'이었다고 한다. 끝없는 산발(산줄기), 그 산발을 장식한 숲, 그리고 일망무제한 들이 펼쳐진 광활한 대륙……. 대황은 눈마저 떡가루였다는 전설이 생겨 날 정도로 '세계의 낙토'였다 한다.34) 만주라는 용어는 1613년 『舊滿洲檔』에 처음 보이고 지명으로서는 18세기 일본 고지도에 처음 나타난다.35) 1635년 청 태종이 기존의 여진을 대신하여 공식 이름으로 채택한 것을 계기로 順治帝 이후 빈번하게 사용되었다. 만주라는 이름의 語義에 관해서는 정확한 문헌적 근거는 아직 찾을 길 없고 다만 학자들 간에 견해가 분분할 뿐이다.36)

---

34) 류연산, 「만주 이름의 유래」, 『만주아리랑―잊혀진 대륙, 일 만리 만주기행』, 돌베개, 2003.7, 5-6쪽.

35) 일본지도에 지명으로의 등장은 '滿洲'에서 '洲'라는 글자가 '지역' 혹은 '대륙'의 뜻을 가졌기에 지명으로 잘못 인식되었을지도 모른다는 추측이 있다. 윤영인, 위 논문, 24-25쪽 참고.

36) 만주의 語義에 관해서는 산스크리트어인 '曼珠師利(Man-chu-shih-li)'에서 나왔다는 설, 肅愼의 轉音인 '珠申'(Chu-shen)에서 나왔다는 설, 滿節에서 전화되어 만주가 형성되었다는 설, 원래 建州女眞族의 가장 존귀한 칭호였던 '滿住'를 청 태조 누르하치가 계승해서 사용한 바가 있었는데, 청 태종이 그 존칭을 滿洲로 바꾸어 부족 명칭으로 사용한데서 비롯되었다는 설, 만주는 '建州'와 같은 소리였는데 이를 다르게 썼을 뿐이라는 설 등이 있다. 윤휘탁, 위 논문, 11-12쪽.
만주라는 이름의 의미에 관해서는 만주어로 용맹하다는 뜻의 '망가(Mangga)'와 긴 화살을 의미하는 '마잔(Majan)'과 관련이 있다고도 하며 퉁구스어로 아무르(Amur)강을 가리키는 '맘구(Mamgu)' 혹은 '망구(Mangu)'와 연결시키기도 한다. 또 청 황실의 수호신이자 청 황제의 化身으로 인식되던 문수(Manjusr) 보살에서 비롯되었다는 등 만주라는 음과 한자표기의 뜻을 통해서 해석하는 견해가 있었다. 심지어 전혀 근거가 없는 설화같은 이야기가 전해진다. 여진의 추장이 한족과 싸우다 패하여 도망치다가 돼지우리에 숨었는데 한족병사가 그 우리를 수색하고는 '만주(滿猪)'라고 외쳤다고 한다. 여기서 滿洲

만주의 어원은 청나라 초기에 여진족 부족의 명칭에서 그들의 거주지 명칭, 지명으로 바뀌어 전해 내려온 것이다. 지명으로서의 만주는 처음에 遼西·遼東지방을 지칭하였지만 곧 만주 전역을 가리키는 명칭으로 자리 잡았다. 청말·중화민국 初에는 만주가 東三省(봉천성·길림성·흑룡강성)으로 불렸다. 만주 명칭은 '만주국'이 수립되면서 보편적으로 사용되었고 중국공산당의 조직 명칭(中共滿洲省委員會, 東·西·南·北滿軍區 등)이 말해주듯 중화민국 시대까지도 중국인들에 의해 사용되었다. 그렇지만 중국에서 중화인민공화국이 성립되면서 만주 명칭은 사라졌고 대신 중국 '동북삼성'이라는 명칭이 사용되기 시작했다. 간혹 만주라는 용어를 쓴다더라도 '위만주국'이라고 '위'자를 붙인다. 왜냐하면 만주라는 명칭은 20세기 러시아와 일본 제국주의의 침략과 연결되어 있고 일본 괴뢰정권이 세운 '만주국'을 연상하기 때문이다.[37] 그러나 한국과 일본에서는 여전히 '만주'라는 지명을 쓰고 있다.

만주의 지역적 범위는 일반적으로 다음의 그림에서 ① 중화인민공화국의 길림성, 흑룡강성, 요녕성, 즉 동북지역만을 지칭하지만, 여기에 ② 내몽골자치구의 동부지역과 承德 부근 河北城 북쪽 지역까지를 역사적 만주의 영역에 넣기도 한다. ①과 ②를 더한 지역적 경계는 1932년에서 1945년까지 존재하였던 만주국의 영토와 대체로 일치하다. 여기에 소위 ③ 외만주 혹은 러시아령 만주를 더하기도 하는데, 이 지역은 아무르강(흑룡강)과 우수리강에서 스타노보이 산맥 그리고 동해 사이다.

와 滿猪의 한어 발음이 비슷한데 당시 그 뜻을 알지 못한 추장이 부족 이름으로 채택되었다는 것이다. 또 오랑캐 두목이라는 뜻의 만주(蠻主), 오랑캐 족속의 뜻인 滿族이라는 단어와 연관 짓기도 하는데 이는 전혀 근거가 없는 것으로 한족들의 북방민족에 대한 문화적 우월의식과 편견을 보여주고 있다. 윤영인, 위 논문, 24-25쪽 참조.
37) 윤휘탁, 위 논문, 12쪽 참고.

그림 1 **만주의 지역적 범위**

이곳은 1689의 네르친스크 조약에 의해 원래 청 제국의 만주 지역 일
부분이었으나 1858년 璦琿條約에 의해 러시아에 할양된 곳이다. 그리고
④ 사할린과 그 인근 섬들도 만주의 영역에 넣기도 하는데 사할린 섬
은 여러 고지도에 만주의 일부로 표시되어 있다.38)

　'간도'의 원래 명칭은 '艮土', 조선의 정북과 정동 사이에 위치한 방
향인 艮方에 있는 땅이라는 뜻이다. 고유한 한국어로는 '마도강', 또는

---

38) 윤영인, 위 논문, 25-27쪽.

강과 강 사이에 있어 섬과 같다 하여 '사이섬'으로 불리기도 하고 황무지를 개간하여 만들었다는 뜻에서 墾島로 쓰이기도 한다. 間島라는 지명은 병자호란 후에 청국 측이 이 지역을 封禁地域으로 삼은 후 청과 조선 사이에 놓인 땅이라는 데서 유래되었다. 간도는 서간도와 동간도로 구분되는데 서간도는 압록강과 송화강의 상류지방인 장백산 일대를 가리키며 동간도는 북간도라고도 하는데 琿春, 汪淸, 延吉, 和龍 등 4 개의 縣과 시로 나뉘어 있는 두만강 북부의 땅을 말한다. 간도라고 하면 흔히 동간도를 가리킨다. 현재의 간도는 두만강 이북을 가리키는바 해란강 이남의 중국연변조선족집거지구, 위의 4개 縣과 시를 포함하고 있다.[39]

'북방'은 단순한 방위 개념으로 볼 때 한반도의 북쪽을 가리킨다. 중국의 동북지역(옛 만주지역) 그리고 나아가서 러시아를 포함한 지역을 가리킨다.[40] 여기에서 북방은 일반명사에 불과한 것이 아니라 변화의 시류성과 의미확대의 복합성을 가진 용어이기도 하다. 그곳은 한민족이 1세기여에 걸쳐 유랑민으로 살아온 땅이기도 하고 또한 먼 옛날 한민족이 살았던 곳이기도 하다. 그 세월 그곳을 삶의 터로 잡고 살았던 북방은 민족의 정신사적 의미를 파헤칠 수 있는 매우 중요한 지역이라는 의미를 내포하고 있다.

'동북'은 위에서 설명했다시피 1949년 10월 1일 중화인민공화국이 창건된 후 만주 명칭이 사라지면서 대신 중국에서 불리는 명칭이다. '동북삼성'이라 하는데 현재의 흑룡강성, 길림성, 요녕성을 가리킨다.

---

39) 위키백과(維基百科) 自由的百科全書 홈페이지 zh.wikipedia.org 참조. 박영석, 『재만 한인 독립운동사 연구』, 일조각, 1988, 119쪽.
40) 현대 중국에서 가리키는 북방은 중국 동북3성, 황하 중하류의 5개 성과 2개의 시, 그리고 감숙성 동남부, 내몽골자치구, 강소성, 안휘성 북부 등이다. baike.baidu.com/view

이상의 개념들을 종합해보면 '동북'은 만주국 이후에 출현한 개념이고 '북방'은 만주내지는 러시아 등 넓은 공간을 포함한 개념이며 '간도'는 현재의 연변조선족자치주를 위주로 한 공간이다. 그러므로 일제강점기 공간, 시간, 인간적인 개념으로 꼭 맞는 것은 '만주'라고 할 수 있다. 이 연구에서는 원전 존중의 입장도 있지만 지역적 범위에 적합한 '만주' 용어를 사용한다.

셋째로 일제강점기 만주 땅에서 이루어진 조선인 문학의 개념에 대해서이다.

일제강점기 만주에서 이루어진 조선인 문학은 조선에서 일정하게 기반을 닦은 문인들에 의해 문단이 형성되면서 이루어진 문학으로서 그 역사적 문화적인 특수성으로 말미암아 해방 후의 중국조선족문학이나 한국문학과도 구별되는 하나의 독자적인 갈래의 문학이라고 할 수 있다. 현재까지 각종 단행본과 논문에서 사용되는 용어들을 살펴보면 중국조선족문학, 조선족문학, 조선민족문학, 간도문학, 만주문학, 재만문학, 재중문학, 이민문학, 망명문학, 대륙문학, 동포문학 등이 있으며 지역 명칭에 조선인, 조선족, 한인, 동포 등의 개념이 첨가되어 또 수많은 개념을 파생시키고 있다.

중국조선족문학, 조선족문학, 조선민족문학 개념은 중국의 장춘식, 김경훈, 권철 등 일부 조선족학자들이 쓰고 있는 용어이다. 중국에서 조선족이라는 개념은 해방 직후까지도 공식적으로 존재하지 않았다. 1948년경부터 조선 민족이라는 개념이 쓰이다가 1952년 9월 3일에 연변 조선민족 자치구가 성립되고 이 자치구가 1955년 8월 30일에 연변 조선족 자치주로 개칭되면서 조선족이라는 개념이 정식으로 사용되었다.[41] 즉 조선족문학은 광복 후 중국에서 55개 소수민족의 하나로 살고 있는 조선족의 문학을 가리킨다. 이로 볼 때 일제강점기 문학은 조선인문학이지 조선족문학은 아니다. 그러므로 일제강점기와 해방 후의 문학에 조선족이라는 동일한 개념을 부여하는 것은 타당성이 결여된다. 그러나 전반 해방 전 조선인문학과 해방 후 조선족문학을 아우르는 문학통사를 쓸 경우, 하나의 명칭을 선택함에 있어서는 고민이 되는 부분이기도 하다.

중국학계에서는 '偽滿文學' 혹은 '淪陷(lunxian)期東北地方文學'이란 용어를 많이 사용한다. '위만'이라 함은 만주국이라는 국가의 정당성을 인정하지 않음이고 '淪陷'은 '被占領', '國土喪失'의 의미를 갖고 있다.[42]

한국학계에서는 간도문학, 만주문학, 대륙문학, 이민문학, 망명문학이라는 등 여러 가지 용어를 써왔다. 간도는 위에서 설명했다시피 두만강과 압록강 건너편을 두루 부르던 것이어서 지역적인 편협성을 갖고 있다. 만주문학은 조선인문학만이 아닌 만주문학장에서의 일본인문학, 중국인문학, 러시아인문학 등이 모두 포괄될 수 있다. 대륙 문학은 '얼핏 떠오르는 게 중국문학'이고 망명문학은 '그 어떤 아픔과 실향을 의미한다는 점'[43]에서 장점이 있지만 그만큼 감정에 젖어있는 용어라는 한계점을 드러내고 있다.

더불어 가장 많이 쓰고 있는 재만조선인문학과 재중조선인문학이라는 용어가 있다. 재만조선인 문학이라는 용어는 김호웅, 오양호, 윤영

---

41) 류연산, 『만주 아리랑』, 돌베개, 2003. 이 수필집에서 그는 "중국의 조선족들은 연변조선족 자치주가 성립되기 전까지 푸른 비닐표지를 입힌 작은 수첩모양의 임시 '거류민증'을 가진 조선인으로 북한과 같은 문화권에서 살다가 자치주가 성립되면서 임시 거류민증 제도가 폐지되고 조선인이 아닌 중국조선족으로 되었다."고 설명하고 있다.

42) 大村益夫・布袋敏博, 編, 『旧滿洲文學關係資料集(1)』 まるかえ, 綠蔭書房, 2001, 1쪽.

43) 윤윤진, 「중국조선인문학 연구에 나서는 몇 가지 문제」, 『문학과 예술』, 2005.1, 137쪽.

천, 채훈 등 학자들이 사용한 용어이고 재중조선인문학이라는 용어는 윤윤진, 방룡남, 박은숙, 최학송 등 많은 학자들이 보편적으로 사용하고 있는 용어이다.

조선인문학이라는 용어는 조선인들이 가꿔 낸 조선인문단이고 조선인문학임을 명시하고 있다. 전자인 재만조선인문학에서는 만주를, 후자인 재중조선인문학에서는 중국을 강조하고 있다. 그 당시 만주라는 확정된 지역에서 이루어진 문학이라는 점에서 재만조선인문학이 확실성을 갖고 있기는 하지만 일제가 만주를 강점하고 세웠던 괴뢰정부를 연상시키는 한계를 갖고 있고 더불어 일제치하에서 조선인들이 주로 만주지역에서 생활하였거나 활동하였을 뿐만 아니라 다른 중국지역에서의 활동도 있기에 전체를 포괄하는 개념으로 이 글에서는 '재중조선인문학'이라는 용어를 쓰기로 한다.

넷째로 재중조선시인의 범주에 대해서 논의해보도록 한다.

한 통계에 따르면 일제강점기 만주에 이민을 갔거나 만주를 다녀갔거나 만주를 체험화한 작가나 시인들의 총 수자는 137명[44]에 이른다고 한다. 그중 시인의 숫자는 30을 상회하며, 김조규, 김달진, 김북원, 김동환, 김기림, 남승경, 윤동주, 박팔양, 이욱, 이육사, 이용악, 이수향, 이북명, 이찬, 이포영, 유치환, 윤해영, 백석, 함형수, 심연수, 신상빈, 천청송, 송철리, 모윤숙, 임학수, 노천명, 손소희, 조학래, 장기선, 채정린 등이 포함한다.

1945년 8월 15일 식민지제국 일본이 붕괴되면서 제국적 질서의 해

---

44) 이는 권철의 통계이다. 김호웅, 『재만조선인 문학 연구』, 국학자료원, 1998, 32쪽에서 재인용.

체와 조국 광복을 맞아 수많은 조선 이주민들의 대거 한반도 귀환이 이루어졌다. 이들 중 일부 작가들은 만주 땅에 정착하여 개척민, 선구 자로 광복 후에는 중국조선족이란 중국의 소수민족의 일원으로 뿌리내 렸다. 여기에 만주로 이민을 간 후예로 윤동주, 이민하여 정착한 시인 으로 심연수, 이욱, 송철리 등을 재중조선시인에 포함시키는 데는 이의 가 없다.

문제는 만주에서 한동안 거주하면서 작가 생활을 하고 조국이 광복 되면서 한반도로 돌아간 시인들인 김조규, 김달진, 백석, 서정주, 유치 환, 윤해영, 함형수 등이 재중조선시인의 범주에 들 수 있느냐 하는 것 이다.

이는 우선 재중조선인 문학의 특수성과도 관련된 문제이다. 만주 지 역의 조선인 이주가 한반도에서 한민족 혹은 조선 민족으로 형성된 후 에 근대에 이르러 한민족의 디아스포라적 형태로서 만주에 흘러든 유 이민사라면 재중조선인 문학도 한반도 기성작가들의 이주에 의해 형성, 구축된 문학이다. 염상섭, 안수길, 김조규 등은 이미 조선작가로서의 자격을 갖고 거류목적으로 이주했으며 만주에 일정기간 거주하면서 재 중조선인 문단의 형성, 발전에 기여를 하였다. 만주체류기간 이들의 작 품은 만주와 관련이 있으며 나아가서 재중조선인사회의 흐름을 잘 반 영하고 있다. 그들이 만주에서 일정기간 거류하면서 생활했다는 점, 만 주문단에서 활동하면서 만주와 관련된 시를 창작했다는 점 등의 만주 거주목적, 거주시간, 행적으로 미루어 그들을 재중조선인작가 범주에 편입시켜야 한다고 본다.

이는 또한 소위 속인주의와 관련된 문제인데 속인주의는 작가의 혈 통, 국적을 우선으로 한다. 만주에서 문단 활동을 한 작가들은 대개가 한반도에서 이민을 갔거나 혹은 이민을 간 사람들의 후예들이기에 한 민족의 혈통을 지니고 있다. 그리고 당시 재중조선시인들은 두만강, 압록강 건너의 한반도가 자신의 나라라고 생각하였다.

이러한 재중조선인 문학의 특수성, 속인주의의 혈통과 국적으로 윤동주, 심연수, 이욱, 김조규, 유치환 등의 시인들은 일제강점기 재중조선시인이자 한국근대시인의 범주에 모두 포괄되는 이중신분의 시인이라 할 수 있다. 그들은 재중조선인 문학뿐만 아니라 한국근대문학의 범주에도 동시에 포괄되어야 한다. 이는 현재 중국국적을 소유하고 있는 중국조선족시인들과는 대조적이다. 왜냐하면 속지주의 개념으로 현재 중국국적의 중국조선족시인 김철, 남영전 등은 중국국민으로서 중국문학의 소수민족시인이자 한국의 해외동포시인이라면 윤동주, 심연수는 재중조선시인이자 한국근대시인이지 중국문학의 시인에는 들지 않는 것이다.

이러한 이유로 이 연구에서는 윤동주, 이욱, 심연수 뿐만 아니라 김조규, 김달진, 백석, 박팔양, 유치환, 윤해영, 함형수, 서정주, 이육사 등을 재중조선시인 범주에 포함시켜 논의한다. 아울러 비록 만주에서 살았던 흔적은 찾아볼 수 없지만 만주에 관해 많은 생각을 했고 많은 시편을 남긴 이용악도 함께 포함시켜 다루도록 한다.

2) 만주 인식의 유형 분류

시인 괴테는 체험을 통한 주관의 문학이 시라고 하였다. 시인의 체험이 다름에 따라 같은 공간이라도 시작품은 서로 다른 모습으로 존재하게 된다. 장소에 대한 각기 다른 표현과 의식은 자기 삶의 현장에 대한 물리적 경험이자 의미공간에 대한 각기 다른 탐색의 결과이다. 시인들과 그들의 상황, 그리고 그들이 만주와 부딪치고 만나는 정도의 다름에 따라 문학적인 내용과 가치도 다르게 나타나고 있으며 만주에 대한 인식도 각기 다를 수 있다.

이 연구는 공간, 시간, 인간 삼자의 관계를 토대로 한 방법론을 적용하여 만주라는 공간에 재중조선인 시인이 만주와 만나는 시간에 따라 만주 출신지로서의 토착형, 만주 정착지로서의 정착형, 만주 체류지로서의 거류형 등의 개념을 적용하여 만주 인식에 관한 유형을 분류하고자 한다.

첫째로 만주출신지 개념인 토착형이다. 토착형은 만주가 태어나고 성장한 출신지이고 또 대부분의 경우에는 부모님들이나 선조들이 생활한 경우를 말한다. 출신지는 체류지나 거주지와는 달리 그 본질상 피동적, 근원적, 그리고 불변적 속성을 지닌다. 태어나고 자란 곳은 적어도 본인에 의해서 자율적, 능동적으로 선택된 곳이 아니라 신적 내지 인간적 타자에 의해 운명으로 주어진 것이다. 출신지는 존재의 삶의 뿌리이고 또 자의적 또 타의적으로 변경 가능한 것이 아니다. 출신지의 조부모와 부모, 어린 시절의 친구, 그밖에 자연풍경과 풍물은 인간의 자아 형성과 개인 발전에 가장 기초적이고 결정적인 역할을 한다. 출신지인 고향은 아동시절과 동심의 세계 가운데 있다. 아동시절은 현재와 만나고 있는 고향의 과거 지평이고 동심은 고향에 머물고 또 고향은 동심의 회상 가운데 자리하고 있다. 윤동주에게 만주는 출신지 공간이다. 윤동주 집안은 1886년에 한반도를 떠나 간도 자동에 이주하여 거기에서 윤동주 부친이 출생하고 1900년에 명동 촌으로 이주하여 1917년에 명동에서 윤동주가 출생하였는바 윤동주는 운명적으로 북간도에서 태어난 3세이다.

둘째로 만주 정착지 개념으로서의 정착형이다. 정착형은 태어난 고향은 떠남의 장소이고 만주는 들어옴의 공간을 나타내는 유형이다. 한반도 고향은 출발지이고 만주는 귀착지이고 정착지가 된다. 정착형은 고향을 떠나 타향에 산 지 오래되어 의식에서 고향이 희미하게 되었거나 사라졌고 또 고향을 자기에게서 멀어진 것으로 생각한다. 반면에 '타향도 정이 들면 고향'이라고 타향이 더욱 가깝다고 생각한다. 이는 소위 고향의 타향화, 타향의 고향화[45]라 할 수 있다. 어린 시절 만주로 이주해서 정착하고 뿌리를 내린 1.5세로 심연수와 이욱을 들 수 있다. 심연수 집안은 1800년대 중엽 한반도에 전래 없던 재황이 잇따르고 기근이 발생해 먹고 살 길이 막막해지면서 만주로 이주하였고 이욱 집안은 러시아에서 만주로 이주하였다. 이들은 만주로 건너간 뒤 거기에서 자신의 새로운 삶의 터전을 닦고 평생을 만주에서 정착하여 보냈다.

셋째로 만주 거류지, 생활지 개념으로서의 거류형이다. 거류지 또는 생활지는 '집'이나 'home'에 해당하는 것으로서, 이 경우에는 만주에서 생활한 것을 말한다. 성인이 되어 자의든 타의든 아니면 적극적이든 소극적이든 거류형으로 자리 잡은 만주 공간은 방문지처럼 짧고 간단한 것은 아니지만 가변적이다. 고향 의식을 갖고 있는 이들에게 고향은 한반도이고 만주는 타향일 수밖에 없다. 만주는 들어왔다 나감의 공간이고 한반도는 떠났다 돌아옴의 공간이다. 타향을 떠돌고 있는 이들에게 고향 상실과 더불어 '향수병'은 너무나 당연한 심리 기능이다. 향수병

---

45) 고향의 타향화 요소에는 환경적, 시간적, 심리적 타향화가 있다면 타향의 고향화 요소에는 고향적 이상성 구비, 전통 세우기, 고향다운 환경 조성, 공동체를 이루고 있는 구성원들 간의 상호 유대성 등 요소들이 있다. 전광식, 『고향』, 문학과 지성사, 2007, 196-197쪽.

의 근본 치료제는 귀향 외에는 달리 없다.

만주에 거류한 시인들을 항일혁명 목적으로, 자의로 이주, 자의로 피난 등 세 가지로 분류할 수 있다.

항일혁명 목적으로 만주에 거류한 시인으로는 이육사를 들 수 있다. 1905년 乙巳勒約[46]의 체결로 조선이 사실상 일본의 통치를 받게 되면서 국권을 되찾기 위해 독립 운동에 앞을 다투어 나섰는데 그 주요 대상지가 만주, 러시아 연해주 등이었다. 진보적 지식인과 항일 투사들이 허허 넓은 만주로 와서 근대적인 학교를 세우고 이민과 자제들에 대한 계몽과 반일 독립 투쟁에 진력한 것이다. 이육사는 만주와 중국, 한반도를 누비며 독립 투쟁에 몸을 담근 항일 투사이자 시인이다.

자의 피난으로 만주에 거류한 시인으로는 김조규, 김달진 등을 들 수 있다. 1930년대 일제는 20년대의 소위 문화정치란 미명의 식민통치 방식을 버리고 조선을 완전히 일본화시키기 위해 내선일체와 황국신민화 정책을 공개적으로 강행하였다. 그리하여 조선의 지식인들에 대한 사상과 표현의 자유는 극도로 억압되었고 그들에 대한 감시는 더욱 심각하였다. 이런 상황은 조선의 지식인들로 하여금 대거 만주행을 선택하게 하였다. 김조규, 김달진 등은 일경의 감시를 피해 거류의 목적으로 자의 피난으로 만주로 건너간 시인이다.

자의이주로 만주에 거류한 시인으로는 박팔양, 서정주, 백석, 유치환 등을 들 수 있다. 만주국이 성립된 후 미지의 세계로 떠오르자 어떤 이는 경제적 부를 이루기 위해서, 어떤 이는 일자리를 찾아서, 어떤 이는 친척이나 친구 등의 소개 혹은 자의 이주의 거류 목적으로 만주로 건

---

46) 을사늑약(乙巳勒約) : 1905년(광무 9) 일본이 한국의 외교권을 박탈하기 위해 한국 정부를 강압하여 체결한 조약이다. 제2차 韓日協約·乙巳五條約·乙巳條約 등으로 불린다.

너갔다. 박팔양은 일자리를 구해 만주로 갔고 백석은 스스로 신경으로 이주 갔으며 유치환은 형 동랑의 부탁으로 농장을 관리하기 위해 북만주로 갔다. 윤해영은 그보다 훨씬 이른 1920년대에 자의 이주로 만주로 건너갔다.

이 연구는 다음 장에서 재중조선인 시인들의 만주와의 만남을 만주에서 태어난 출신지의 토착형, 어릴 때 만주로 가서 정착하여 뿌리를 내린 정착형, 항일혁명이나 거류목적으로 자의 피난 혹은 자의 이주로 만주로 간 거류형으로 분류하며 이 유형에 따라 만주 인식을 논의하고자 한다.

3. 만주 인식의 제상

이 장에서는 만주 인식이 만주와 시공간적으로 접촉한 시인들에 따라 달리 나타날 것이라는 가정 아래, 시인의 유형별로 만주 인식의 제상을 검토해 본다.

1) 그리움의 원형 공간 : 토착형 윤동주의 경우

토착(土着)은 출생지, 그 지방 고유의 등의 뜻을 갖고 있다. 영어로는 native이다. 그 땅에서 출생하여 대대로 그 땅에서 뿌리내려 살고 있는 백성은 토착민 혹은 본토박이, 토민, 토인이라 한다. 토착형은 만주에서 태어나 만주를 고향으로 삼아 시 창작 활동을 한 시인들을 꼽을 수 있다. 여기에는 윤동주가 포함된다.

윤동주는 1917년 12월 30일 이민 3세로 북간도의 명동47)마을에서 태어나 9세에 명동소학교에 입학하여 15세에 졸업하고 중학 과정은 은 진중학, 평양숭실중학, 광명중학교에 전입학을 거듭하면서 수학했다. 은진중학은 대성중학으로 합쳤다가 지금의 용정중학으로 맥이 이어지고 있다. 그 후 22세에 연희전문 문과에 입학하여 26세에 졸업하고 1개월 반 정도 고향집에 머물렀다가 일본으로 건너가 東京 立敎大學 문학부 영문과, 京都 同志社大學 영문학과 선과에서 수학하였다. 1943년 7월 14일 독립운동 혐의로 검거되고 1944년 4월 1일 치안유지법 위반의 죄목으로 징역 2년을 언도를 받아(구형은 3년) 福岡형무소에서 복역 중 1945년 2월 16일 해방을 앞두고 29세의 꽃다운 나이에 옥사하였다.48) 시인의 유골은 고향의 품으로 돌아왔고 현재 용정에는 그의 묘소가 있다.

명동마을은 1899년 2월 18일에 두만강변의 도시인 회령, 종성 등에 거주하던 네 학자-문병규, 남도천, 김하규, 김약연이 자신들의 네 가문의 대소가 스물두 가구 도합 141명의 대 이민단을 이끌고 일제히 고향을 떠나 두만강을 건너 정착하여 세운 마을이다. 이곳은 본래 董閑이라는 청국인 대지주의 땅이었는데 이민단이 미리 돈을 모아 선발대를 보내 그 땅을 사놓은 후 들어간 것이다. 윤동주의 집안은 1886년 증조부 尹在玉 때 함경북도 鐘城군 동풍면 상장개에 살았으며 43세 때 4남 1녀의 어린 자녀를 거느리고 북간도 子洞(혹은 紫洞)이란 곳으로 옮겼다. 그 때가 형제 중 맏아들인 윤동주의 조부 윤하현(1875~1947)이 12세였

---

47) 지금의 길림성 용정시 지신향 명동촌이다.
48) 왕신영, 심원섭, 오오무라 마스오, 윤인석 엮음, 「윤동주 연보-故 尹一柱 교수가 작성한 것을 토대로 하였음」, 『사진판 윤동주 자필 시고전집』, 민음사, 1999, 385쪽 참조.

던 1886년이었다. 成家한 뒤의 윤하현은 소지주였을 정도로 넉넉했으며, 동주의 부친인 윤영석은 자동에서 출생했다. 그들은 자동에 자리 잡았다가 가산을 정리하여 이민단이 명동에 들어간 바로 다음해인 1900년에 명동 땅을 사서 명동 촌에 이주해 들어갔다.

이주하여 10년 만에 윤동주의 부친 윤영석은 김약연의 이복누이 동생인 金龍(1891~1948)을 만나 결혼하여 동주, 혜원, 일주, 광주 3남 1녀를 낳게 된다. 명동마을은 교육과 종교, 독립운동 등에 걸쳐 간도 지방의 조선인 사회에서 신문화 운동이 남달리 활발하였다. 그중 윤동주 집안은 간도의 지도층에 속했으며 경제적으로도 소지주의 가계였다. 1910년에 윤동주의 조부 윤하현은 기독교 장로교에 입교하여 윤동주가 태어날 무렵에는 장로 직을 맡게 되었는데 동주가 태어나자 유아 세례를 받게 하였다. 부친 윤영석은 김약연의 주선으로 북경 유학을 하였으며 윤동주가 태어날 무렵 명동소학교에서 교편을 잡았고, 1923년 무렵에는 동경 유학을 한 바 있다. 동주의 조부모와 부모, 동생 광주는 모두 북간도에서 세상을 떠났다. 동주의 어머니 김용은 한문 한학을 잘했던 지식인이었고 조용한 인품에 잔병이 잦았는데 1948년에 세상을 떠났고, 동생 광주는 폐결핵으로 1962년에 죽었으며 동주의 아버지 윤영석은 광주가 죽은 3년 후인 1965년에 세상을 떠났다.

(1) 모성의 공간과 그리움

인간 누구에게나 나서 자란 고향이 있다. 고향은 한 인간에게 있어서 영원한 彼岸이요, 영원한 그리움의 대상이며 추억의 근원이다. 스물아홉의 짧은 생애 중 거의 절반인 14년을 고향에서 보내고 학업으로 인해 이향을 거듭하는 윤동주에게 고향 명동마을은 늘 그리움의 대상이

었다. 그리움에는 어머니가 핵을 이루었는데 시인에게 어머니는 타향
에서 고향에 대한 그리움을 불러일으키는 원초적 대상이었다.

季節이 지나가는 하늘에는
가을로 가득 차있습니다.

나는 아무 걱정도 없이
가을속의 별들을 다 헤일듯합니다.

가슴속에 하나 둘 색여지는 별을
이제 다 못헤는것은
쉬이 아츰이 오는 까닭이오,
來日밤이 남은 까닭이오,
아직 나의 靑春이 다하지 않은 까닭입니다.

별하나에 追憶과
별하나에 사랑과
별하나에 쓸쓸함과
별하나에 憧憬과
별하나에 詩와
별하나에 어머니, 어머니,

어머님、 나는 별 하나에 아름다운 말 한마디식 불러봅니다. 小學校때
冊床을 같이 햇든 아이들의 일홈과 佩, 鏡, 玉 이런 異國少女들의 일홈과
벌서 애기어머니가 된 게집애들의 일홈과 가난한 이웃사람들의 일홈과
비둘기, 강아지, 토끼, 노새, 노루, 「뚜랑시쓰・쨤」, 「라이넬・마리아・릴
케」 이런 詩人의 일홈을 불러봅니다.

이네들은 너무나 멀리 있습니다.
별이 아슬이 멀듯이

어머님,
그리고 당신은 멀리 北間島에 게십니다.
나는 무엇인지 그리워
이많은 별빛이 나린 언덕우에
내 일홈자를 써보고,
흙으로 덥허 버리엿습니다.

따는 밤을 새워 우는 버레는
부끄러운 일홈을 슬퍼하는 까닭입니다.
그러나 겨울이 지나고 나의별에도 봄이 오면
무덤우에 파란 잔디가 피여나듯이
내일홈자 묻힌 언덕우에도
자랑처럼 풀이 무성할게외다
　　　　　　　　　－윤동주, <별헤는 밤> 전문

　1941년 11월 연전 졸업을 앞두고 시인이 어머니에게 보내는 편지글 형식으로, 경건한 어조로 쓴 이 시에서 느껴지는 기본적인 정서는 그리움이다.

　이 시에서 중심적인 심상은 별이다. 시인이 별을 헤는 것은 별을 동경하는 마음과 지상에서 가장 소중하게 여기는 것들의 이름, 곧 옛 고향의 추억을 헤는 것이고 현재 자기와 멀리 떨어져 있는 것에 대한 그리움을 표현하는 것이다. 별에는 추억과 사랑과 쓸쓸함과 동경과 시와 어머니 그리고 소학교 때의 동무 이름들, 중국 여자 아이의 이름들, 가난한 이웃, 비둘기, 강아지, 토끼, 노새, 노루와 같은 순수하고 약한 동물들 등등이 들어 있다. 화자가 동경하고 그리워하는 대상들은 원초적이고 근원적이며 자연적인 것이다. 여기에서 어머니는 그리움의 핵심을 이룬다.

4연 마지막 행에서 '별 하나에 어머니, 어머니,' 어머니가 반복 사용되고 있는 것을 통해서 동경 의식의 중심에 어머니가 자리 잡고 있음을 확인할 수 있다. 어머니는 생명 탄생의 근원이자 모든 인간이 마침내 귀소해야 할 지점이다. 인간의 삶이 모성에서 시작하여 그의 품으로 돌아가듯 어머니는 생명의 원적으로, 그리고 삶 이후의 궁극적인 세계라는 점에서 생명과 죽음이 공존하는 상징으로 자리 잡아 왔다. 이 시에서는 그리움의 대상이 모두 어머니에 귀착이 된다. 그리고 시적화자의 어머님은 7연 '어머님, / 그리고 당신은 멀리 北間島에 게신'다는 것이다.

화자에게 있어서 어머님이 계시는 북간도는 나서 자란 고향이고 시와 시심을 키운 터전이다. 화자에게 안겨오는 이 세계는 아름다운 화해와 사랑의 세계다. 마치 동화처럼 모든 삶이 조화롭게 어우러져 있고 또 모든 것이 아름다운 심미의 세계이다. 이는 시인의 삶이 근원적으로 도달하고자 하는 이데아(idea)이며 그 구체적인 심상은 명동마을에서의 삶으로 표상된다.

윤동주에게 장차 어디에서 살고 싶으냐고 물었더니 서슴치 않고 '내가 나서 자란 곳 명동'이라고 대답했다는 尹永春의 회고[49]에서 미루어 윤동주는 명동과 그 곳에서의 삶을 무척 사랑했던 것 같다. 김정우[50]의 다음과 같은 명동촌의 아름다움에 대한 추억은 명동 촌에서의 삶이 어린 윤동주에게 얼마나 완벽한 아름다움이었는가를 뒷받침해준다.

　　명동촌의 자연풍경을 설명해야겠다. 이 마을은 사방이 산으로 둘러싸

---

49) 윤영춘, 「명동촌에서 후쿠오카까지」, 『나라사랑』 여름호, 1976.
50) 김정우는 윤동주와 외사촌이고 숭실 교사이며 시인이다.

여있는 아늑한 큰 마을이다. 동북서로 완만한 弧線形 구릉이 병풍처럼
마을 뒤로 둘려 있고, 그 서북단에는 선바위란 삼형제 바위들이 창공에
우뚝 솟아 절경을 이루며 서북풍을 막아주고 있다. 그 바위들 후면에는
우리 조상들의 싸움터로 여겨지는 산성이 있고 화살같은 유물들이 가끔
발견되곤 하였다. 이 삼형제 바위는 명동 사람들의 공원이기도 하였다.
동쪽에서 뻗어오던 장백산맥이 오랑캐령인 오봉산과 살바위란 날카로운
산들을 원점으로 하여 서남쪽으로 지맥이 이루어지면서 마을 정면에는
고산준령이 첩첩이 뻗어 선바위를 스쳐간다.

봄이 오면 마을 야산에는 진달래 개살구꽃 산앵두꽃 함박꽃 나리꽃 할
미꽃 방울꽃들이 시새어 피고, 앞 강가 우거진 버들 숲 방천에는 버들강
아지가 만발하여 마을은 꽃과 향기 속에 파묻힌 무릉도원이었다. 여름은
싱싱한 전원의 푸름에 묻혀있고, 가을은 원근 산야의 단풍과 무르익은
황금색 전답으로 황홀하였다.

겨울의 경치는 더욱 인상적이다. 산야나목의 앙상한 가지들이 삭풍에
울부짖고 은색 찬란한 설야엔 옥색 얼음판이 굽이굽이 뻗으며 선바위 골
로 빠지는 풍경은 실로 절경이었다. 폭설이 내리는 날엔 노루 떼 멧돼지
떼들이 먹이를 찾아 마을로 내려오고, 그런 날이면 온 마을은 흥분의 도
가니 속에서 들뜨곤 했다. 박달나무 팽이 돌리기 썰매타기 스케이트 지
치기 매를 갖고 꿩 사냥하는 것을 구경하러 따라 다니기 등 명동촌의 겨
울은 지울 수 없는 추억들이었을 것이다.[51]

윤동주에게 있어서 명동촌은 항상 밝고 풍요롭고 맑고 평화로운 곳
이다. 즉 고향은 순수한 아름다움과 화해의 세계이다. 이러한 편안함과
평화로움이 있는 고향이란 공간은 윤동주가 동심을 갖고 시심을 키우
는데 기초적인 역할을 하였다. 더불어 시인의 인격 형성과 개인 발전에
가장 결정적인 역할을 한 것은 어머니라 할 수 있는데 문학 작품에서
어머니의 이미지는 유년, 고향, 영원한 피안 등으로 변주되듯이 윤동주

---

51) 金楨宇, 「윤동주의 소년시절」, 『나라사랑』 제23집, 1976.6, 117-119쪽.

의 시에서도 고향은 항상 어머니와 함께 공존하고 있다.

> 제비는 두 나래를 가지엿다
> 시산한 가을날一
>
> 어머니의 젖가슴이 그리운
> 서리나리는 저녁一
>
> 어린靈은 쪽나래의 鄕愁를 타고
> 南쪽하늘에 떠돌뿐一
>
> 　　　　　　　　　　　　一윤동주, <南쪽하늘> 전문

이 동시는 간도 은진 중학교에서 평양 숭실중학교 3학년으로 편입한 후에 쓴 작품이다. 이 시는 순수 서정적 이미지를 잘 드러냈다. 쓸쓸하고 스산한 가을날 두 날개를 펴고 날고 있는 제비를 바라보면서 고향과 어머니에 대한 그리움을 노래하였다. '시산한 가을날', '어머니의 젖가슴', '서리 내리는 저녁'이 그리움의 감정을 더욱 고조시키고 있으며 두 날개를 가진 제비에 비해 '쪽 나래의 향수'는 구체화된 아픔으로 고향과 어머니에 대한 동경 의식을 부채질한다.

그 외 윤동주의 초기 동시인 <고향집>에서도 '따뜻한 내고향 / 내 어머니 게신곧 / 그리운 고향집'이라고 고향을 떠난 외로움 속에서의 동경 의식을 드러내고 있다. 윤동주의 마음속에 새겨진 고향의 이미지는 고향을 떠나면서도 점점 되살아나 어머니와 함께 그의 마음속에 항상 달무리처럼 환히 비쳐지고 있었던 것이다.

이토록 윤동주의 시에서 어머니는 순수한 동심 지향적 의식세계를 이루는 요체로서 낙원으로 표상되는 고향은 어머니와 결합된 평화 공

간으로 나타난다. 또한 시인의 어머니에 대한 정은 자별하다. 동주의
어머니 김용은 한문 한학을 공부했던 지식인이었고 조용한 인품을 가
졌으며 또한 살림살이도 잘했던 듯싶다.

> 어머니!
> 누나 쓰다버린 습자지는
> 두었다간 뭣에 쓰나요?
>
> 그런줄 몰랐더니
> 습자지에다 내 보선놓고
> 가위로 오려
> 버선본 만드는걸.
>
> 어머니!
> 내가 쓰다버린 몽당연필은
> 두었다간 뭣에 쓰나요?
>
> 그런줄 몰랏더니
> 천우에다 버선본을 놓고
> 침 발려 점을 찍곤
> 내 보선 만드는걸.
>
> — 윤동주, <버선본> 전문

위의 동시에서는 자식들이 쓰다버린 습자지와 몽당연필을 버선본 만
드는데 재활용하는, 알뜰 살림하는 주부의 형상이 그려져 있다. 비록
시적 화자의 직접적인 감정 표현은 없지만 서술 속에서 어머니에 대한
애틋한 마음을 읽을 수 있는 부분이다.

그 사람을 키워내고 자라게 한 물리적 토대 안에 인간의 의식과 경

험이 구성된다. 태어나고 자라난 고향 명동마을은 동주에게 큰 위안이 되고 시심을 키운 고장이다. 나아가서 북간도는 시인에게 어머님이 계시는 고향, 어머님이 계심으로 자신이 거기에서 뿌리내리고 성장한 정겹고 그리운 고향으로 마음속에 자리 잡았다.

그뿐만 아니라 윤동주의 고향에 실존하는 교회당, 우물, 일목일초, 풍물 등 매개물들도 은연중 아주 자연스럽게 윤동주의 시에 녹아내려 시의 소재가 되고 있다. <自畵像>에 등장하는 '산모퉁이를 돌아 논가의 외딴 우물', <十字架>에서의 '쫓아오는 햇빛인데 / 지금 敎會堂꼭대기 / 十字架에 걸렸습니다'에서의 교회당 등은 모두 윤동주의 생가에서 멀지 않은 곳에 자리 잡고 있다.[52]

맑고 풍요롭고 평화로운 고향 명동은 송우혜가『윤동주평전』에서 밝힌 것과 같이 1929년 무렵부터 마구 자행된 살인 테러로 인해 위험이 도사리고 있는 마을로 변했다. 명동의 재산 많은 사람들이나 민족주의자들이 하나 둘 명동을 떠서 치안이 유지된 도회지로 나갔는데 윤동주 가족도 1931년 늦가을에 명동을 떠나 용정으로 이사한다.[53] 윤동주에게 명동마을은 풍요롭고 평화로움의 어린 시절 체험을 가득 안은 고향, 세월의 저편으로 사라진 아름다운 추억만을 가득 간직한, 오직 추억 속에서만 존재하는 고향이다. 그러하였기에 그의 시에서 나타나는 고향

---

52) '그(윤동주)의 집은 학교 촌 입구 첫 집이었다. 가랑나무가 우거진 야산 기슭에 교회당이 있고 그 교회당 옆으로 두 채의 집이 있는 앞집이다. 그의 집은 정남향 큰 기와집으로 후면과 좌우에는 그리 크지 않은 과수원이 있고, 뒷문으로 나가면 시 <자화상>에 영향이 되었다고 생각하는, 물맛으로 유명한 수십 길도 더 되는 깊은 우물이 있다. 우리는 동주와 같이 과수원 울타리로 되어있는 뽕나무 오디를 따먹고, 물을 길어 입을 닦기도 했으며, 그 우물 속을 들여다보고 소리치며 우물 속에 울리는 소리를 듣곤 했다.' 金楨宇, 「윤동주의 소년시절」, 『나라사랑』 제23집, 1976.6, 117-119쪽.
53) 송우혜, 『윤동주평전』, 열음사, 1988, 80-92쪽.

은 더욱 찬연하고 애틋하였는지도 모른다.

학업을 위해 서울과 일본을 거듭 오가며 타향살이를 하는 윤동주에게 북간도 명동은 영원한 그리움과 동경의 대상이었다. 고향 명동은 어린 시절 추억이 있는 곳으로 아름답고 황홀하기만 하다. 그리움의 대상들은 어머니, 친구, 이웃, 동물, 풍물들로서 원초적이고 근원적이며 자연적인 것이다. 그 중에서 어머니는 항상 핵심을 이루고 있으며 고향 공간은 항상 어머니와 함께 공존하는 원형의 모성 공간이다. 북간도 명동은 윤동주에게 과거와 소통하는 영원한 그리움과 동경의 대상이며 시인이 지향하는 낙원이자 이상형의 공간이기도 하다.

(2) 자아성찰과 부끄러움의 미학

윤동주에게 연희전문시절은 외계로부터 눈을 돌려 실존적 존재로서의 자아를 성찰하게 되는 시기이다. 윤동주의 시에서 자아성찰 공간으로는 '우물', '길', '방'이 주로 등장한다.

산모퉁이를 돌아 논가 외딴우물을 홀로
찾아가선 가만히 드려다 봅니다

우물속에는 달이 밝고 구름이 흐르고
하늘이 펼치고 파아란 바람이 불고
가을이 있습니다.

그리고 한 사나이가 있습니다
어쩐지 그 사나이가 미워저 돌아갑니다

돌아가다 생각하니 그사나이가 가엽서집니다

도로가 드려다 보니 사나이는 그대로 있습니다

다시 그사나이가 미워저 돌아갑니다
돌아가다 생각하니 그사나이가 그리워집니다

　　　　　　　　　　　　　　　　－윤동주, <自畫像> 전문

　이 시의 중심 소재는 '우물'이다. 여기에서 '우물'은 그의 다른 시에
서 나오는 '거울'이나 '하늘'의 이미지와 유사하다. 즉 자신의 분신과
삶을 비춰보게 하는 역할을 한다. 시인은 우물을 들여다보며 개인적 자
아의 삶을 성찰하고 있다. '우물 속에는 달이 밝고 구름이 흐르고 하늘
이 펼치고 파아란 바람이 불고 가을이 있'다. 이는 3연의 초라한 느낌
을 주는 '사나이'와 대조적인 이미지를 이룬다. 그리고 우물 속에 비쳐
진 본질적 자아와 우물을 들여다보는 현실적 자아는 동등한 것으로 결
합된 이미지를 갖고 있다. 식민지 지식청년으로 슬픈 민족사의 이력을
지니고 무기력하게 살아갈 수밖에 없는 자신의 모습, 이 모습이 싫고
미워져서 시적화자는 우물을 떠나버린다. 그러나 곧 자신의 모습에 연
민을 품고 돌아선다. 그래서 다시 우물을 들여다보고 다시 미워져서 돌
아가다가 생각해보니 그런 자신이 그리워지는 것이다.
　윤동주의 많은 시들이 두 가지 사상의 대립과 갈등을 통해서 조화로
운 세계를 지향하듯이 이 시의 구조면에서도 '미움'과 '연민', '돌아감'
과 '다시 돌아옴'이 대립관계로 나타나있다. 무기력하고 나약한 자신의
모습이 싫고 미워지고 화가 나면서도 또 어쩔 수 없이 그렇게 밖에 살
수 없는 자신이 안쓰럽고 가엾다. 이는 자신에 대한 이중적인 인식으로
괴로워하면서도 여전히 부단히 자신을 들여다보고 성찰하는 작업을 멈
추지 않는 시적화자의 '자화상'이다. 또한 이는 일제 식민지에서 결코

안주할 수 없었던 한 지식인의 강박관념에서 비롯된 '변증법적 자기 사랑의 모습'54)을 발견하게 된다.

윤동주의 우물은 이상의 '명경'과 같은 자의식의 피사체이다. 희랍신화의 나르시시즘(Narcissism)은 자기도취에서 출발하지만 윤동주의 시의 거울 이미지는 자신에 대한 가혹한 혐오와 자학으로부터 시작한다.55) 자화상과 거의 같은 주제로 된 작품은 <길>이다.

잃어 버렸습니다
무얼 어디다 잃었는지 몰라
길에 나아갑니다

돌과 돌과 돌이 끝없이 연달어
길은 돌담을 끼고 갑니다

담은 쇠문을 굳게 닫어
길우에 긴 그림자를 드리우고

길은 아츰에서 저녁으로
저녁에서 아츰으로 통했습니다

돌담을 더듬어 눈물 짓다
처다보면 하늘은 부끄럽게 푸릅니다

풀 한포기 없는 이 길을 걷는 것은
담 저쪽에 내가 남어있는 까닭이고

---

54) 유영자, 「윤동주 연구」, 인하대학교 교육대학원 석사논문, 1983, 73쪽.
55) 이해웅, 『한국현대시연구』, 세종출판사, 2006, 88쪽.

내가 사는 것은, 다만,
잃은 것을 찾는 까닭입니다.

－윤동주, <길> 전문

　'길'은 출발지에서 도착지로 오고가는 공간이며 목표를 향한 탐색의 과정을 지닌 행위의 공간이기도 하다. '길'의 공간성은 항상 도달해야 할 목적지가 있고 그 과정을 말하는데 거기에는 반드시 겪어야 할 시련이 존재한다. 시에서 '돌과 돌과 돌이 끝없이 연달아 길'과 '풀 한포기 없는 이 길'은 불모의 길, 고난과 시련의 길임을 말한다. 내가 이러한 길을 걸어가는 있는 이유는 '담 저쪽에 내가 남아있는 까닭'이다. '걸어가는 나'는 비본질적 자아이고 '담너머 나'는 본질적 자아이다. 그리고 '쳐다보면 하늘은 부끄럽게 푸릅니다'라는 구절이 있는데 부끄러움은 윤동주의 시세계에서 준엄한 자아성찰을 통한 자아완성을 지향하게 해 주는 원동력이다. 여기에서는 현실적 자아가 본질적 자아만큼 도달하지 못한 내적 성숙에 대한 부끄러움이다. 그러므로 '긴 그림자가 드리운' 돌담 같은 어둡고 절망적인 현실 상황 속에서도 '내가 사는 것은, 다만, / 잃은 것을 찾'기 위함이라고 끊임없는 자아성찰과 자기 수련을 통해 본질적 자아를 회복하고 찾겠다는 것이다. '방'을 통한 자아성찰을 보도록 한다.

窓밖에 밤비가 속살거려
六疊房은 남의 나라,

詩人이란 슬픈天命인줄 알면서도
한줄詩를 적어볼까,

땀내와 사랑내 포그니 품긴
보내주신 學費封套를받어

大學노-트를 끼고
늙은敎授의講義들으려간다

생각해보면 어린때동무를
하나, 둘, 죄다 잃어버리고

나는 무얼 바라
나는 다만, 홀로 沈澱하는 것일까?

人生은 살기어렵다는데
詩가 이렇게 쉽게 씌어지는것은
부끄러운 일이다.

六疊房은남의나라
窓밖에 밤비가 속살거리는데,

등불을 밝혀 어둠을 조곰 내몰고,
時代처럼 올 아츰을 기다리는 最後의 나,

나는 나에게 적은 손을내밀어
눈물과 慰安으로잡는 最初의 握手.
　　　　　　　　　　－윤동주, <쉽게 씌어진 시> 전문

　'육첩방'은 다다미를 여섯 장 펴놓은 좁은 공간의 일본 방을 말한다.
이 시에서는 공간의 협소함을 의미하는 동시에 식민지 지식인으로서
자신의 현재 삶을 돌아보면서 부끄러움과 안타까움, 정신의 부자유함

과 답답함을 은유한다. 부모의 피땀 어린 돈을 받아서 '늙은 교수의 강의'나 들으러 다니고 시대에 뒤떨어진 현실과는 거리가 먼 공부를 하고 있다고 자신을 시적화자는 비판적으로 인식하고 있다. 그리고 어린 시절 친구들과 다 헤어져 혼자 침전하는 것에 대해, 혼자 멀리 일본에 와서 무의미하게 생활하는 것에 대해서도 자책하고 있다. 현실에 참여하지 못하고 '시'로밖에 말하지 못하는 현실이 너무나 슬프고 부끄러운 일인 것이다.

그러나 시인은 자책에만 머물지 않고 '등불을 밝혀 어둠을 조곰 내몰고, / 시대처럼 올 아츰을 기다린다' 이러한 기대는 '최후의 나'로서 굳은 의지로 강조하였다. 이 시는 식민지 현실에서 현실에 참여하지 못하고 시만 쓰는 자신의 삶에 대한 부끄러움의 반성적 성찰을 통해 '민족 해방이 다가올 '아침'을 기대하는 극복의 의지로 나아간다.

故鄕에 돌아온날밤에
내 白骨이 따라와 한방에 누엇다

어둔 房은 宇宙로 通하고
하늘에선가 소리처럼 바람이 불어온다

어둠속에 곱게 風化作用하는
白骨을 드려다 보며
눈물 짓는것이 내가 우는 것이냐
白骨이 우는 것이냐
아름다운 魂이 우는 것이냐

志操 높은 개는
밤을 새워 어둠을 짓는다

어둠을 짖는 개는
나를 쫓는 것일게다

가자 가자
쫓기우는 사람처럼 가자
白骨몰래
아름다운 또다른 故鄕에 가자

— 윤동주, <또 다른 故鄕> 전문

인간은 누구나 현실에 바탕을 둔 내면세계와 탈현실의 단면을 띤 또
다른 내면세계를 가지고 있다. '내'가 현실적 고향인 북간도에 돌아온
날 밤 '백골'이 따라와 '한 방'에 눕는다. '나'는 불안과 고독의 절망적
분위기인 '어둔 방'을 우주처럼 넓고 공허한 공간으로 생각하고 하늘에
서 불어오는 바람소리를 들으며 대자연 속에 홀로 내던져진 고독한 자
신을 바라본다. '백골'과 '아름다운 혼'이 극적으로 만나는 장소는 '어
둔 방'이다. 여기에서 '방'은 바깥세상의 세계와는 반대되는 나의 정신
을 구속하는 갈등의 세계이다.

'소리처럼' 불어오는 바람은 '백골'을 '곱게 풍화작용하여' 백골이
사라지게 한다. 이러한 '백골을 들여다보며 / 눈물 짓는 것이 내가 우
는 것이냐 / 白骨이 우는 것이냐 / 아름다운 魂이 우는 것이냐'한다. 여
기에서 울고 있는 대상이 '나'인지, '백골'인지, '아름다운 혼'인지를 분
간하지 못하고 있는데 '나'는 개인적 자아·본질적 자아이고 '백골'은 사
회적 자아·유한적 자아로 이 둘은 모두 현실적 자아를 의미하고, '아름
다운 혼'은 종교적 자아·영원한 자아로 이상적 자아를 뜻한다.[56]

---

56) 마광수, 「윤동주 시 연구」, 연세대학교 박사학위 논문, 1993. 김호웅, 『재만조선인 문학
    연구』, 국학자료원, 1998, 101쪽.

시적화자가 현실적 세계와 이상적 세계의 사이에서 방황하고 스스로의 갈등에 못 이겨 괴로워하고 있을 때 '어둠을 짓는 개'의 울음소리가 들려온다. '아름다운 혼'을 지향하는 지조 높은 그 '개'는 '백골'과 等價를 이루는 '어둠'을 떨쳐 버리기 위하여 밤을 새워 짖는다. '어둠'은 '밤을 새워 어둠을 짓는 개'의 울음소리로 점차 사라지기에 '소리처럼 불어오는 바람'으로 인해 풍화 작용을 하여 소멸하는 '백골'과 등가를 이룬다. '개'는 시적화자로 하여금 '아름다운 혼'과 '또 다른 고향'을 찾아 나서도록 내몰고 있다. 이 시는 어둠으로 가득 찬 불안과 고뇌의 현실을 훌쩍 뛰어넘어 밝고 넓은 초현실세계로 승화하고자 하는 영원한 삶에 대한 시인의 동경을 노래하고 있다. 윤동주의 자아성찰은 시 <참회록>에서 극에 달한다.

> 파란 녹이 낀 구리 거울속에
> 내얼골이 남어있는것은
> 어느 王朝의 遺物이기에
> 이다지도 욕될가
>
> 나는 나의懺悔의 글을 한줄에 주리자
> ─滿二十四年一个月을
> 무슨 깁븜을 바라살아왔든가
>
> 내일이나 모레나 그어느 즐거운날에
> 나는 또 한줄의 懺悔錄을 써야한다
> ─그때 그 젊은나이에
> 웨그런 부끄런 告白을 했든가
>
> 밤이면 밤마다 나의거울을

손바닥으로 발바닥으로닦어보자

그러면 어느 隕石밑우로 홀로거러가는
슬픈사람의 뒷모양이
거울속에 나타나온다

－윤동주, <懺悔錄> 전문

이 시는 1941년 12월 27일 연희 전문학교를 졸업한 후 쓴 작품으로 일본 유학가기 직전에 쓴 것이다. 이 시에서 가장 눈에 띄는 것은 '부끄러움'이다. '부끄러움'은 자아성찰의 결과로서 자기 존재를 들여다보는 자의식이 남다른 것에서 온 것이다.

시적화자는 '파란 녹이 낀 구리거울' 속에 비치는 자신의 모습을 '왕조의 유물', 따라서 '욕된 것'이라고 인식하고 있다. 자아를 비춰주는 매개물인 '구리거울'은 이미 오래되어 녹이 끼어있으므로 거기에 비친 자신의 모습은 순수하게 맑지 않고 흐려져 있을 수밖에 없다. 이는 시적화자로 하여금 나라 잃은 식민지 백성으로 암담한 식민지 현실을 살아가는 것이 '욕된 삶'으로 느끼게 하였다.

시적화자는 자신의 삶을 돌아보고 뉘우치는 '참회의 글'을 쓰면서 이제까지의 삶은 '무슨 기쁨을 바라 살아왔던가'라고 표현함으로써 희망이 없는 무의미한 것이었음을 말하고 있다. 그러나 이러한 한탄과 자책은 새로운 방향으로 전환되는데 '내일이나 모레나 그 어느 즐거운 날에' 쓸 '한줄의 참회록'에는 젊은 나이에 무기력했던 희망 없는 태도를 반성하게 될 것이라는 미래지향적 의지를 보이고 있다.

제유법에 해당되는 '밤이면 밤마다 나의 거울을 / 손바닥으로 발바닥으로 닦아보자'는 어두운 현실에서 열심히 자신을 성찰하는 일에 매진하자는 다짐을 보여준다. 이 자아성찰은 닫힌 현실에 대한 끊임없는 극복의 한 행동방법으로서 민족적 참회로 이어지고 있다. 궁핍한 현실을 맞이하게 된 것을 주체적 책임으로 반성하려는 의지는 강렬한 희망의 세계를 촉구하게 한다.

그러므로 시인은 미래에 조국이 해방되는 '어느 즐거운 날'이 있음을 믿으며 스스로를 '운석 밑으로 홀로 걸어가는 슬픈 사람'으로 규정하고 있다. 운석은 별똥별을 말하는데 별이 하나 지면 사람이 하나 죽는다는 속설이 있다. 거기에 도달하는 과정은 역시 '죽음'으로 대변하는 고난과 희생으로 가득 찬 험난한 길이다. 시적화자는 현재의 고통을 감내하고자 하는 치열한 정신을 상징적인 시어로 표현하였다.

윤동주의 시는 부끄러움을 시세계의 기본 바탕으로 준엄한 자아성찰을 통한 자아완성을 끊임없이 지향하였다. 시인의 끊임없는 자아성찰에는 나라 잃은 식민지 지식인으로서 고뇌와 부끄러움, 민족적 참회가 들어있으며 자책뿐만 아니라 민족과 조국이 해방되어 새아침이 밝아올 것임을 기대하는 극복 의지도 나타나고 있다.

2) 개척을 통한 정착 공간 : 정착형 심연수와 이욱의 경우

정착(定着)은 일정한 곳에 자리를 잡아 붙박이로 있거나 머물러 사는 것을 말한다. 영어로는 settlement, domiciliation이다. 정착형 시인은 한반도 등에서 태어나 만주로 이민을 간 뒤 거기에 뿌리를 박고 정착한 시인을 말한다. 여기에는 심연수, 이욱 등이 포괄된다.

심연수는 1918년 5월 20일 강원도 강릉군 경포면 난곡리 399번지에
서 심운택과 최정배의 세 번째 자식으로, 장남, 장손으로 출생했다. 위
로는 두 누나 면수와 진수, 밑으로는 남동생 학수, 호수, 근수, 해수가
있었다. 심연수의 가족은 강릉에서 가난에서 헤어 나오지 못하게 되자
심연수가 6살 나던 해인 1924년에 고향 강릉을 떠나 구소련 블라디보
스토크로 이사한다. 거기에서 생활한 지 6년째 구소련에서 제1차 5개
년 계획을 실시하면서 조선인을 강제로 중앙아시아로 집단 이주시키는
바람에 살길 찾아 1931년에 중국으로 이주하게 된다. 중국에 건너온
후 처음에는 흑룡강성 밀산, 그 다음에는 신안진57)에 살았다. 1935년
에는 지금의 용정 吉興村에 정착하여 용정사립동소학교58)에 편입해서
1937년에 졸업하고 그해 용정의 동흥중학에 입학하여 1940년 12월 6
일에 졸업하였다. 1941년 2월에는 일본 유학의 길에 올라 일본대학 예
술학원 창작과에 입학하였다. 1943년에 일본군의 학도병 징발을 피해
일본에서 용정에 돌아온59) 심연수는 신안진으로 가서 진성 국민우급학
교에서 교사로 근무하였다. 1945년 5월 백보배와 예배당에서 결혼식을
올렸다. 그해 미국이 히로시마에 원자탄을 투하했다는 소식을 듣고 8월
8일 신안진으로부터 도보로 용정으로 돌아오던 도중 왕청현 춘양진에

---

57) 신안진은 흑룡강성 목단강시에서 70-80리 떨어져 있는데 그 당시 주소지로는 목단강성
   녕안현 신안진이었다. 현재는 흑룡강성 해림시 신안진으로 주소지가 변경되었다.
58) 지금의 용정실험소학교이다.
59) 심연수가 일본대학 예술학원 창작학과 입학하여 졸업했는지 여부에 대해서는 논의가 엇
   갈린다. 김해웅 「심연수 문학 연구」(한국학중앙연구원 박사학위논문, 2004), 황규수의 『심
   연수 원본대조 시 전집』(학술정보, 2007) 등에서는 모두 졸업한 것으로 되어있는데 이상
   규의 「재탄생하는 심연수 선생의 문학」(중국조선민족문화예술출판사, 2004) 논문에서는
   일본대학에 직접 가서 확인해본 결과 졸업생 명단에 심연수 이름이 누락되어 있다는 것
   이다. 이는 태평양 전쟁이 극도로 심화되었을 당시 일본군의 학도병 징발을 피해 심연수
   가 졸업하지 않고 용정으로 돌아온 것으로 보인다고 추론하고 있다.

서 일제 앞잡이에게 붙잡혀 27세의 젊은 나이에 무참하게 피살되었다.

이욱[60]은 1907년 7월 25일 러시아 연해주(블라디보스토크) 신한촌(일명 高麗村)에서 이한을의 맏아들로 태어났다. 그의 가족은 증조부 때에 중국 화룡현 강장에 이주하여 살았으나 거기에서도 빈궁에서 벗어나지 못하였다. 그러다가 살기 좋다는 소문을 듣고 러시아 신한촌으로 이사하였으나 거기도 여의치가 않아서 1910년, 3살 나던 해 부친을 따라 다시 전에 살던 강장동으로 이주하였다. 그는 좀 뒤늦게 초등학교를 마치고 1924년 4월에 용정 동흥중학교 2학년에 편입하여 공부하였으나 학비 난으로 중퇴하고 집에서 농사일을 도왔다. 그는 러시아 10월 혁명 승리에 고무되어 모스크바대학에 가서 진학하려는 욕망을 품고 써두었던 시고를 가지고 블라디보스토크에 갔으나 소망을 이루지 못하고 다시 돌아왔다. 그는 훈춘 창동학교에서 교직 생활을 하면서 시 창작을 하였는데 1924년에 첫 서정시 <생명의 예물>을 『간도일보』에 발표하였다. 이 시기 그는 지하당의 영향 밑에 당시 용정에서 발간된 진보적인 민간신문 『민성보』의 기자로 활동하였다. 『민성보』에 대한 일제의 탄압이 가혹해지자 그는 농사짓는 한편 야학을 꾸려 농민들에게 글을 가르치고 계몽사상을 전수하였다. 1937년 7월에 그는 『조선일보』와 『조광』의 간도 특파원으로 기자 겸 신문잡지 발행에 종사하였다. 1940년 8월 일제에 의하여 상기 간행물이 강제 폐간된 뒤로는 연길서점의 점원으로, 1942년에는 김조규가 편찬한 『재만조선시인집』의 裝幀과 題字를 맡았다. 1943년 5월에는 『매일신보』의 연길 주재 임시기자로 한

---

60) 이욱의 아명은 李秀龍, 30년대 후반에는 李鶴成, 광복 후에는 해방을 맞은 더없는 감격의 희열을 느끼며 "새로운 아침해가 뜬다"의 뜻으로 李旭으로 개명함. 이밖에 月村, 月波, 月草, 月秋, 紅葉, 丹立, 山琴, 白波, 로주, 春波 등 여러 가지 필명이 있다.

동안을 보냈다. 그러나 친일적인 기사를 쓸 것을 강요받자 사퇴하였다.

해방 후 이욱은 '간도예문협회' 문학부장과 '동라문인동맹' 시문학 분과의 책임자 그리고 문예지『불꽃』의 편집,『대중』지의 주필로 활약 하였고 연길대중도서관 관장, 연변사범학교, 연변대학에서 교직생활을 하였다. 1966년 시작된 문화대혁명 시기는 '반동적 학술권위', '반동문 인'으로 정치적인 박해를 받았고 창작 권리를 박탈당했으며 농촌 벽지 에 추방당했으나 대동란이 끝난 후 정치적 누명을 벗고 계속 시 창작 을 하였다. 1984년 2월 6일 그는 집필 도중 뇌출혈로 사망하였다.

순서	시 인	入滿時期	入滿 연유	재만생활기간	재만시기 대표작
1	沈連洙(1918~1945)	1931(13세)	가난	12	〈만주〉, 〈들꽃〉 등
2	李 旭(1907~1984)	1910(3세)	가난	74	〈별〉, 〈옛말〉 등

표 1 **정착형 시인 행적표**

토착형 시인의 고향이 하나이고 그 고향이 만주였다면 정착형 시인 들에 있어서 고향은 두 개로 존재한다. 즉 태어난 제1고향과 자라나고 성장하고 뼈가 묻힌 제2고향이다. 제1고향은 출발지이고 제2고향은 도 착지라고도 할 수 있다. 고향이 두 개인 경우, 대개는 정체성 혼란을 겪을 수 있다. 이들은 이민지에 정착하여 살아가면서 대체로 두 가지 생활 태도를 보일 수 있는데 하나는 평생 향수에 젖어 고국을 그리며 이민지에서 괴리감으로 살아간다던가 아니면 잘 정착하여 적응하면서 살아가는 것이다. 정착형 시인들이 두 개의 고향을 어떻게 인식하는가 는 만주 땅에 대해 어떻게 인식하느냐 하는 문제와도 집결되어 있다. 이 글은 우선 정착형의 두 고향에 대한 태도에 초점을 맞추어 분석을 진행한 후에 그 다음 정착형의 만주 인식은 어떠했는지를 살펴보고자 한다.

(1) 두 개 고향과 감정의 편차

　윤동주에게 북간도는 어머니가 계시는 고향이었다면 심연수에게 용정은 친근하고 편하고 낯익은 제일의 의미를 지니는 고장이다. 이는 그가 동흥중학을 졸업하기 전인 1940년 22세 때에 5월 5일부터 5월 22일까지 모처럼 18일간의 수학여행을 다녀와서 쓴 기행시조들에서 확인할 수 있다. 그의 수학여행 경로를 보면 용정에서 출발하여 도문강→원산→금강산→서울→개성→서울→평양→신의주→대련→려순→봉천→신경→하얼빈→목단강을 거쳐 용정으로 돌아온다. 여행에서 그는 67편의 시조61)를 남기는데 어떤 날(13일)은 많게는 13편을 썼다. 그의 유고작품이 총 250편임을 감안한다면 26%의 비중을 차지하는 이 부분은 그의 시세계를 연구하는데 홀시할 수 없는 부분이다. 그는 위에서 나열한 번화하고 화려한 국제도시들을 많이 돌았지만 용정이 제일 맘에 들고 도문강, 동해, 온정리, 구만물상, 옥류동, 구룡연, 묘길상, 모하연, 만폭동, 망군대, 면경대, 한강, 대동강, 청천강, 압록강 등 그 많은 강을 다 둘러보았지만 해란강만 못하다고 하였다. 그가 용정과 해란강에 대한 정은 각별하였다. 떠날 때 쓴 <떠나는 날>과 돌아오는 날 자신의 감회를 뜨겁게 묘사한 <여행은오날이끝이다>, <낯익은품속의사랑>, <용정역두에서>, <수학여행을맞이고>를 살펴보도록 한다.

　　크나큰 집도보고 번화한 좋은거리도
　　내게는 못할세라 맨땅인 龍井거리

---

61) 수학여행에서 쓴 기행시조 도표

마음이 가는곧은 낯익은 이곧뿐이다.

알뜰이 맞아주는 사람이 없어도
내마음 시원해라 맞아준 이곧空氣
映畵館 속에있다가 날아래 나온것같더라.

—심연수, <龍井驛頭에서> 전문

　시인은 '크나큰 집'인 경복궁, 덕수궁, 장안사와 '번화한 좋은 거리'
인 서울, 평양, 대련, 여순, 하얼빈, 목단강 등을 다 둘러보았지만 '맨땅
인 용정거리'가 제일 '낯익고 마음에 간다'고 했다. 알뜰히 맞아주는

	날짜	시작품(67편)	여행지
1	1940.5.5	〈떠나는 길〉, 〈국경의 하로밤〉	도문강
2	5.6	〈동해〉, 〈원산허두에서〉	동해, 원산허두
3	5.7	〈동해북부선차안에서〉, 〈외금강역〉, 〈온정리〉, 〈구만물상〉, 〈온정리하로밤〉,	
4	5.8	〈신계사〉, 〈금강문〉, 〈비봉포〉, 〈옥류동〉, 〈구룡연〉, 〈곤사문〉, 〈마의태자릉〉, 〈비로봉〉, 〈은제와금제〉, 〈묘길상〉, 〈모하연〉, 〈만폭동〉, 〈장안사〉, 〈장안사촌에서〉,	금강산
5	5.9	〈삼불암〉, 〈서산대사와 사명비〉, 〈망군대〉, 〈면경대〉	
6	5.10	〈금강산을 떠나면서〉, 〈금강산 전철을 따고서〉, 〈한강〉	서울
7	5.11	〈남대문〉, 〈북악산〉, 〈서울의 밤〉, 〈경복궁〉, 〈경회루〉, 〈덕수궁〉	서울
8	5.12	〈송도〉, 〈만월대〉, 〈선죽교〉, 〈송도를 떠나며〉	송도, 개성
9	5.13	〈목단봉〉, 〈목단대〉, 〈을밀대〉, 〈부벽루〉, 〈대동강〉, 〈기자릉〉	평양
10	5.14	〈청천강〉, 〈압록강〉	신의주
11	5.15	〈대련항시〉	대련
12	5.16	〈려순〉, 〈요동반도의 하로〉, 〈황해〉, 〈연경순밤차〉,	려순
13	5.17	〈봉천〉, 〈북릉〉	봉천
14	5.18	〈봉천성우에서〉	
15	5.19	〈신경〉	신경
16	5.20	〈합이빈역두에서〉, 〈러인공동묘지〉, 〈송화강〉, 〈끼다야쓰카의 밤〉	할빈
17	5.21	〈빈수선차중에서〉, 〈목단강〉	목단강
18	5.22	〈여행은오늘이끝이다〉, 〈낯익은품속의사랑〉, 〈용정역두에서〉, 〈수학여행을맞이고〉	용정

이가 없어도 용정의 공기를 한껏 들이켜도 시원해지는 마음이다. 그 기
쁘고 시원한 심정을 "映畵館속에 있다가 날아래 나온것같더라"라고 직
유로 표현하였다. 어두컴컴하고 통풍되지 않는 답답한 영화관 속에 있
다가 바깥으로 나왔을 때의 시원한 느낌으로 시인은 용정에 대한 감회
를 이야기하고 있다. 용정은 시인이 초등학교, 중학교를 다니고 가족의
보금자리가 있던 정들고 때 묻은 고장이다. 그래서 시인에게 용정은 항
상 '낯익은 품속의 사랑'으로 안겨오는 멜로디이다.

> 馬鞍山 허리턱에 실바람 올려분다.
> 黑煙이 않끼이는 龍井의 품속에는
> 平和의 내殿堂이 있는곤 우리의터.
>
> 海蘭江 물맑어서 봄하늘 빛인곤에
> 힌구름 가고오니 그림인듯 하여라
> 旅窓에 지친몸을랑 고히 받아주소서.
> —심연수, <낯익은품속의사랑> 전문

심연수에게 있어 '평화의 내 전당'은 바로 '용정의 품속'이다. 마안
산 허리 턱을 감고 불어오는 실바람, 흑연 한 점 끼지 않는 깨끗하고
청정한 공기, 봄 하늘에 두둥실 떠다니는 흰 구름이 수면에 비쳐진 맑
디맑은 해란강 물, 시인에게 용정의 자연 모습은 마치 한 폭의 그림을
방불케 하였다. 시인은 이런 아름답고 평화로운 품에 여창에 지친 몸을
맡기고 싶은 마음을 드러냈다.

> 裝飾없는 龍井의품 나는또 돌아왔오
> 모든 것 다못하니 이곳이 제일이요

마음이 편한곳에다 내집을 짖고싶쇠다.
                    ─심연수, <수학여행을맞이고> 부분

　수학여행을 마치고 되돌아온 용정, <용정역두에서>와 마찬가지로
시인은 그 많은 곳을 다 돌았지만 모든 게 소박하고 장식 없는 용정의
품보다 못하다. 용정만이 "마음이 편하고 이곳에 내집을 짖고 싶도록
제일"인 안식처이다. 용정뿐만 아니라 해란강 또한 시인에게 오랜 세월
끈끈한 정으로 맺어진 '동무'였다.

　　내잊지 못할 하나의 흐름인 너
　　검은 땅 간도의 품을 흐르는 生命水야
　　너는 永遠히 믿음성 있는 나의 동무엿다

　　목말러 허덕이든 불상한 옛날
　　꾸여진 背囊에 헌 옷만이 남엇을제
　　힘차고 늠실 늠실한 너를 찾엇섯다.

　　얼마나 반겻는지 너는 알리라
　　고갈이 추기고 고로를 싳은 것도
　　이 몸이 이만 됨도 누구의 힘인지 알리라

　　六年이란 그 동안 잊지 못할 一生의 한 토막
　　바람 세인 北쪽 하늘에 黃塵이 날릴제
　　눌러쓴 고개를 숙여 龍門橋를 건너다넛다

　　봄 여름 가을 겨울 흐린 날 개인 날
　　말없이 혼자서 다니는 때도
　　마음속엔 언제나 네가 동무하여 주엇섯다.
                    ─심연수, <追憶의 海蘭江> 전문

시간적 배경이 과거시점에 있는 이 시는 해란강을 '영원히 믿음성 있는 동무', '마음속의 동무'라 표현하였다. 해란강은 백두산에서 뻗어내린 남강산맥과 영액령산맥의 분기점인 증봉산, 계관라자산에서 시작되어 북간도의 서에서 동으로 가로질러 흐르다가 나중에 두만강으로 잦아든다. 간도 이민들에게는 생명수이고 용정을 있게 한 근원이기도 하다. 북간도의 상징인 해란강은 시인에게 '동무'처럼 친근하고 눈물겨운 존재이다. 정착형 이욱의 시에서도 해란강은 생명의 의미로 등장한다.

그렇다면 심연수가 태어난 한반도 강릉에 대한 정은 어떠했을까? 시인은 같은 해인 1940년 8월에 호적등본을 떼러 강릉으로 내려간다. 호적등본은 심연수가 그 이듬해인 1941년 2월 일본유학가기 위한 수속으로 떼지 않았나 추측된다. 6살 때(1924) 가난을 못 이겨 떠난 태어난 고향을 십여 년이 훌쩍 뛰어넘어 성인이 된 후에 찾아온 것이다. 그는 옛터-솔밭 길-동해바닷가-경포대-경호정-관제암-새바위-죽도-동해의 순서로 돌아보면서 9편의 시[62]를 남겼다. 너무나 오랜 만에 찾아온 그에게 강릉은 아련한 기억만 불러일으키는 존재였고 모두가 변해버린 모습은 서먹서먹하고 낯설기만 하다.

> 그리도 좋다던게 그닥지 않고나
> 할마니 자랑말도 옛날의 자랑이고
> 할아배 고생터전이 이제는다 없어젓노
>
> 어릴적 놀던시내 방축이 높어젓고
> 그많던 물조차 인제는 말러젓으니

---

62) 시들을 날짜 별로 보면 다음과 같다. 1940. 8.10 <옛터를지내면서> ; 8.11 <솔밭길을걸으며> ; 8.14 <바다ㅅ가에서>, <경포대> ; 8.15 <경호정>, <형제암>, <해변일일> ; 8.16 <새바위> ; 8.17 <죽도>.

옛터에 남긴기억이 더 할세라.

─심연수, <옛터를지나면서> 전문

물결이 허비는듯 백사불 핥고가고
난바다 설은곤에 낯선객 발자욱이
핥고 허비는물결에 지윗다 없엇다하네.

─심연수, <바다ㅅ가에서> 부분

고향에 대한 많은 동경과 기대를 품고 왔지만 그리던 고향은 "그리도 좋다던게 그닥지도 않다." 할머니가 흥미진진하게 자랑하던 고향의 이야기들도 이제는 옛날의 자랑에 불과하고 할아버지가 피땀 흘려 고생스레 가꿔온 터전도 이제는 자취를 감추고 없어졌다. 그런데다 어릴 때 놀던 시내 방축도 생소하니 높아져 있고 그 많던 물조차 고갈이 들어 인제는 바짝 말라붙어 있다. 유년의 행복했던 추억을 담고 있던 매개물들이 생소하게 변해져있어 옛터에 남긴 기억은 더욱 희미할 수밖에 없다. 고향인 강릉 동해안 바닷가에 가보니 물결도 허비는 듯 백사장을 핥아가며 백사장에 찍힌 낯선 발자국만 지윗다 없었다 한다.

머언 추억의 고향에 돌아온 외로운 나그네
이끼 낀 담 밑에서 서성이는 옛 임자
아득한 옛날에서 찾으려는 세간사리
그것은 벌써 남이 가진 터전이엇다

떠돌든 맘이 되돌아 오게 함도
한낱 서러운 향수에 애착
지고 간 설음에 늙어온 반생이
찾으려든 터전도 낯서러워라

─심연수, <나그네2> 전문

머언 추억 속에 어렴풋이 자리 잡은 태어난 고향에 왔건만 나는 '외로운 나그네'일 뿐이어서 이끼 낀 담 밑에서 서성이기만 한다. 옛날의 세간살이는 벌써 남의 터전이 된지 오래다. 향수에 대한 애착은 한낱 서러움뿐이고 "지고 산 설움에 지고 온 반생애"가 찾으려던 고향도 낯설기만 하다. '나그네'인 '나'와 '남'은 모두 한민족, 동족으로서 시인이 태어난 고향을 바라보는 시선은 그냥 내가 태어난 고향이구나라는 정도에 그치지 않는다. 시인이 태어난 강릉에 대한 감회는 자라난 용정에 견줄 바가 못 된다. 시인에게 있어 시인이 자라나고 뼈를 굳혀온 정든 간도 용정은 태어난 한반도의 강릉보다도 더욱 마음에 다가온 것이다.

그만큼 심연수에게 익숙한 것은 만주 간도 땅이지 한반도 땅이 아니다. 심연수의 작품에 자주 등장하는 것은 '胡窓의 희-미한 등불', '胡馬의 발굽', '검정빛 얼골', '만주말' 들이다. 그가 수학여행을 가서 <서울의 밤>을 지새면서 쓴 기행시조를 보면 "서울서 밤을자니 서울밤 보곺어서 / 거리에 나서니까 말소리 서울말씨 / 옷도 조선옷이요 말도다 조선말이더라. // 거리엔 힌옷이 조선옷 힌빛이요 / 얼골은 조선얼골 모습도 조선모습 / 눈을 귀를다뜨고 듣고보고 하엿쇠다 //" 서울에서는 너무나 당연한 '서울말씨', '조선힌옷', '조선말', '조선얼굴', '조선모습'들이 심연수에게는 그립던 대상에 대한 반가움으로 안겨와 "눈과 귀를 다 열고 듣고 본 "것이다. 민족적 정체성을 엿볼 수 있는 대목이다.

이상 보다시피 심연수는 태어난 고향―한반도 강릉에 대해서는 내가 태어난 고향이라는 정도의 주관적인 감상을, 자신이 뼈를 굳혀온 용정에 대해서는 친밀감과 안정감을 드러내고 있음을 보아낼 수 있다. 그리고 그의 시에서는 두 개의 고향을 갖고 있는 경우의 정체성의 혼란은 찾아볼 수 없었고 '조선모습'에 대한 반가움에서 민족정체성을 확인할 수 있었다. 이는 어린 시절 만주로 건너가 오랜 세월 거기에서 생활하면서 타향의 고향화가 되었음을 말해주고 있다. 이는 시간의 흐름 속에서 스스로 조금씩 변화되는 과정을 통해 형성되는 자연적인 성격의 타향의 고향화라 할 수 있다.

정착형 시인 이욱도 시 <별>에서 향수는 '나의 가슴속에 묻혀 고이 잠든다'고 하였다.

> 나는
> 밤이면
> 창공을 우러러
> 별을 보는 습성을 가졌다.
> 별은
> 정답고
> 적막하고
> 유원하여
> 밤하늘은 고향같기도 하다.
> 별은
> 함박꽃처럼 피여나는 호젓한 이 밤에
> 만년몽에 파묻혀서
> 황홀한 신화를 속삭이느니
> 이제 별은
> 나의 가슴속 적은 호수에도
> 푸른 향수를 묻고 내려 고이 잠든다
> 고이 잠든다.
>
> ―이욱, <별> 전문

이욱에게 고향의 매개물은 '별'이다. 시인은 별을 빌어 정답고 적막하고 유원한 고향을 표현하였다. 별이 있는 밤하늘은 나의 고향을 방불케 한다. 밤하늘의 별들은 황홀한 신화를 속삭이는 듯하다. 신화는 실현되기 어려운, 실현될 수 없는 존재라 할 수 있다. 그러기에 고향을 향한 '푸른 향수'는 '내 가슴의 작은 호수'에 묻고 고이 잠들 수밖에 없다. 푸른색은 무한한 공간의 영원성, 근본적이고 일반적이고 순수한 그 어떤 것, 언어에 선행하는 것의 이름이라는 의미를 지닌다.63) 향수라는 용어는 두 가지의 상반된 의미가 내포되어 있다. 하나는 구체적인 고향에 대하여 근심하면서 돌아가고자 하는 망향과 귀향의 병이고, 다른 하나는 미지의 장소나 옛날에 대한 막연한 그리움, 곧 동경이다. 앞에는 귀향 의지이고 뒤에는 이와 반대 지향인 이향 감정이다.64) 이욱의 시에서 향수는 후자로 이해할 수 있다. 즉 푸른 향수는 곧 시적화자의 미지의 장소나 옛날에 대한 일반적이고 순수하며 신비로우며 또한 막연하면서도 영원한 그리움이나 동경으로 볼 수 있다. 그러나 이러한 그리움이나 동경은 '내 가슴의 작은 호수'에 묻혀 '고이 잠들어'버린다. '고이 잠들다'는 시간적으로 퇴행된 의식을 말한다. 여기에서의 고향은 스러져가는 회복할 수 없는 고향이다. 이는 제3부분에서 언급하게 되는 거류형 시인들의 시에서 전자의 의미로 나타나는 고향의식과 구별된다.

정착형 시인 심연수, 이욱의 고향에 대한 시를 검토해 본 결과 심연수는 자신이 뼈를 굳혀온 용정에 대해서는 태어난 고향인 한반도 강릉에 비해 더욱 친밀감과 안정감을 드러내었다. 이욱은 '별'을 고향의 매개물로 고향에 대한 푸른 향수를 작은 가슴에 묻어 고이 잠재운다고 표현했다.

---

63) 오세영, 『한국현대시 분석적 읽기』, 고려대학교 출판부, 1998.
64) 미르세아, 『종교 형태론』, 이은봉 역, 형설출판사, 1985, 416쪽.

요컨대 그들은 자신이 태어난 고향에 대해서는 시간이 흐를수록 스러져가는 향수와 점점 멀어지는 거리감을 표현하고 있다. 다시 말하면 그들에게 있어서 진정한 고향은 자라나고 뼈를 굳힌 정착하여 생활해 나가고 있는 만주 땅이라 할 수 있다. 이는 어릴 적 만주로 와서 오랜 세월 생활을 하면서 스스로 조금씩 변화되는 과정을 통해 형성된 자연적인 성격의 '타향의 고향화'라 할 수 있다. 반면에 태어난 고향땅은 환경적, 시간적, 심리적으로 멀어짐에 따라 형성된 타향화라 할 수 있다.

(2) 이주사와 개척의지

토착형이 만주에서 태어나 이미 정착을 한 상태라면 정착형의 경우는 만주를 제2의 고향으로 생각하고 정착하고 개척함에 있다. 이는 타향의 고향화가 되는 요소[65] 중의 하나이기도 하다.

심연수의 경우, 하나의 지역인 용정을 떠나 전반적인 만주가 객관적으로 시인의 눈에 들어오기는 일본 유학을 거쳐서였다. 심연수는 삶의 논리 그 자체를 놓고 만주 땅을 표현하고 있다.

> 잘살려고 故鄕떠나
> 못사는게 他鄕사리
> 간곳마다 펴친心荷
> 뜰때마다 허실됏다
>
> 흐무할 품을찾어
> 들뜬마음 잡으려고

---

65) 후설의 '타향의 고향화' 이론을 참조하여 전광식은 타향의 고향적 이상성 구비, 전통 세우기, 고향다운 환경 조성, 공동체를 이루고 있는 구성원들 간의 상호 유대성 등 요소들로 이루어졌다고 하였다. 전광식, 『고향』, 문학과 지성사, 2007, 196-197쪽.

두러서 東海를 漁船에실려
대인곤은 漠漠한 벌판이엿다

싸늘한 北風바지 헤넓은곧
떼장막을치고누어
떠돌든몸 쉬이려든心思
불상한流浪民의 꿈이엿다

서글퍼 가엾든 부모형제
헐벗고 주림을 참든일
지금도 뼈앞흐은 눈물의記錄
잊지못할 拓史의 血痕이엿다.

ㅡ심연수, <滿洲> 전문

이 시는 시인이 일본대학 예술학원 창작과 재학 중에 쓴 것이다. 한반도에 대한 일제의 식민통치가 더욱 가혹해지자 많은 농민들은 고향에서 평생 일해도 가난에서 헤어나지 못할 것이라고 생각하고 잘살아보려는 일념으로 고향을 떠난다. 그들은 마음이 흐뭇하게 느껴지도록 잘 살 수 있다는 곳을 찾아 들뜬 마음 부여안고 동해 바다의 어선을 타고 타향을 향해 간다. 그러나 어선이 닿은 곳은 막막하고 황량한 만주 벌판이었다. 싸늘한 北風을 맞받아서 드넓고 막막한 벌판에 떼 장막을 치고 떠돌음에 피곤하고 지친 몸을 쉬려고 누웠다. 그러나 '잘살려고 떠났으나 못 사는 게 타향살이'어서 간곳마다 펼친 心荷는 허실되고 수포로 돌아간다. 그야말로 불쌍한 유랑민의 꿈이 아닐 수 없다.

이 시는 심연수의 한국 6년, 러시아 6년, 일본 2년, 중국 만주로 여러 나라 국경을 넘나들며 지내온 생활 경험과 일본유학 경험, 더불어

가족 이주사 경험이 겹쳐지면서 이주의 수난 체험이 짙게 반영되어 있
다. 심연수 가족은 고향인 강릉을 떠나 러시아 블라디보스톡으로 이주
를 간다. 러시아에서 생활한 지 6년 만에 1931년 구소련 제1차 5개년
계획이 실시되면서 중국으로 이주하게 된다. 중국에 건너온 후에도 여
러 차례 이사를 다니는데 처음에는 흑룡강성 밀산과 해림 신안진 등지
를 돌다가 35년에 용정의 길홍촌에 정착한다.

이 시는 식민지로 전락된 조선을 떠나는 한민족의 고향상실 나아가
서는 타향에서의 유랑을 역사적 배경으로, 나라 잃은 한민족의 서러움
과 한, 울분, 저주, 애환이 스며져 있는 유민사의 축소판이다. 더불어
이명재가 지적한 바와 같이 '이국에서 지내온 나라 잃은 백성의 流氓스
런 삶의 절실한 재현이 문학작품으로 승화된 실체'[66]이다.

시에서 할아버지, 아버지 그리고 나 자신의 유민사를 집약시킨 만주의
이미지는 매우 주관적이다. 이 시는 단순히 '슬픔이나 절망에 그치는 게
아니라 깊은 고독과 서러움 속에서도 새로운 안식처로서의 터전을 마련
하기 위한 개척의지와 귀향지향이 함께 하고 있어 안정감을 획득'[67]한다.

만주는 결국 '척사의 혈흔'으로 땅을 넓히고 개척해 온 피가 묻은 흔
적의 땅이다. 그리하여 끝 부분에서 시인과 가족들은 갖은 고초 속에서
새로운 삶의 터전 마련에 피땀을 흘렸던 것이다. 만주라는 터전에서 땀
을 흘려 개척하고 건설하는 과정에서 정이 들고 정착하게 된 것이다.

일본 유학을 거친 후 심연수의 <만주>에 대한 인식은 그의 시 중
친일시 논란을 빚고 있는 <신경>[68]과도 대조적이다. 유학 전에는 신

---

66) 이명재, 「민족시인 심연수 문학론」, 『20세기 중국조선족문학사료 전집1, 심연수 문학편』,
     중국조선민족문화예술출판사, 2004, 543쪽.
67) 위의 논문, 544쪽.
68) "國都의 얼골에는 웃음이 넘엇어라 / 假頭에 가고오는 五族의 우슴소리 / 이아니 王道樂

경을 오족의 웃음소리 넘쳐나고 왕도낙토 다른데 없다고 노래했다면, 유학 후에는 만주에 올 수밖에 없었던 조선인들의 아픔과 허허벌판 만 주땅을 개척하는 민족의 모습을 읽어내고 시로써 표현한 것이다.

새로운 터전을 개척하는 민족의 개척 의지는 그의 시 <들꽃>에서도 거듭 확인된다.

> 曠野에 피는꽃
> 참다운 삶의靑春
> 塵世를 떠난곧에
> 微笑하며 춤을춘다
> 끝없이 맑은하늘에
> 키도듬을 하며큰다
> 大地의 품에 안겨
> 볕에붉은 天眞한 얼골
> 雜草숲에 추려자란 哲土의뜻
> 억세일天候를 익이려는힘
> 보다 높은理想에 살려는맵시
> 들에서 찾어낸 귀여운 님이엿다
> 내가 찾는 참다운 生命의꽃
> 零落없을 열매의 꽃이란다
>
> —심연수, <들꽃> 전문

시적화자는 자신이 지향하는 대상인 '님'을 들에서 찾고 있다. 들은 새 생명을 잉태하고 탄생시키고 키우는 생명력의 근원이고 개척민에게 는 어머니와 같은 존재이다. 그렇다면 시적화자가 찾는 '님'은 누구일

土 다른데 없으이다 // 大同街 아스팔트 南으로 뻣엇으니 / 南方 瑞祥들어 옵시사 이나라 서울 / 大滿洲 도읍터에 吉祥이 나리소서 //" 심연수, <新京> 전문.

까? 제목에서 제시된 들꽃이다. 여기에서 들꽃은 개척민을 상징한다. 들꽃은 일명 野芳·野生花·野花이다. 들꽃은 드넓은 광야에서 塵世를 떠나 나름대로 자라는 눈에 띄지 않는 수수한 꽃이다. 광야에 뿌려진 들꽃의 씨앗은 맑은 하늘과 키 돋움하며 자라고, 관계하는 이 없어도 미소하면서 춤을 추며 쑥쑥 잘 자란다. 이러한 들꽃은 이 대지의 품에 안겨 말없이 햇볕아래 열심히 일하여 얼굴이 볕에 붉게 탄 개척민과 흡사하다. 들에서 찾아낸 이 귀여운 님인 들꽃이 영락없을 열매의 꽃이고 참다운 생명의 꽃이라면 광야를 건설하는 참다운 한 떨기 꽃으로 피어나는 청춘 또한 대지에 새 생명을 불어넣고 키워나가는 참다운 생명의 꽃인 것이다. 잡초 숲에서 자란 철사의 뜻은 바로 억세일 천후를 이기려는 힘이고 보다 높은 이상에 살려는 의지이다. 이 시는 새로운 터전에서 새 생명을 잉태하고 키워나가는 개척의 뜻을 찬양하고 있다.

　이 외에 이욱의 시 <내 두만강에 묻노라>, <옛말>에서도 한민족이 두만강을 건너 만주에 정착하게 된 경위와 개척의지를 적고 있다.

　　그 한때
　　이주민
　　이 땅으로
　　낫과
　　호미.
　　그리고
　　쪽박을 차고
　　밤도와 이동할 때
　　너는
　　얼마나 목메여 울었느냐!

경술 쓸쓸한 바람
옛 성들에
피눈물을 뿌리고 떠난
애국지사들을
네가
목을 추기여 업어 건넬때
너는
정녕 목 놓아 울었으리라.

－이욱, <내 두만강에 묻노라> 부분

   이 시는 두만강에 질문하는 형식으로 농사꾼들이 먹고 살기 위해 낫과 호미, 쪽박을 차고 두만강을 건너 간도로 건너오는 장면과 경술년 나라가 국권을 상실했을 때 애국지사들이 피눈물을 뿌리며 독립 운동을 하고자 두만강을 건너 만주로 오는 상황을 그리고 있다. 1905년 을사늑약이 체결돼 사실상 일제지배가 구체화되기 시작하자 한말의 지사들은 애국계몽운동과 의병 전쟁을 치르면서 일제와의 독립 전쟁을 수행할 근거지 건설을 열망하기 시작했다. 1차 대상지가 압록강과 두만강 건너의 만주 지역과 연해주 지역이었다. 1904년의 러일전쟁으로 일본과 대립관계에 있던 러시아의 연해주 지역과 러시아와 국경을 맞대고 있는 만주 지역은 일제의 직접 지배력이 미치지 않는 곳이었고 청 정부도 관여하지 않는 가장 좋은 조건이었기에 일정한 국제 외교적인 안전지대로 인식됐던 것이다.

기사년에 류진에
큰 흉년이 들어서
남녀로소 샛섬을 건너는적
도문강은 주검을 싣고

목이 베였느니라는……
이깔나무에
까마귀 울었느니라는……

월강죄는 무서워도
하나 둘 한떼 두떼
주린배를 안고
높은산을 넘어서
남강 북강 서강이라는 곳
진동나무속 귀틀집 막사리에
솔광불을 켜고
묵은데를 떠서
감자씨를 박았단다
보리씨를 뿌렸단다.

-이욱, <옛말> 부분

이 시도 위의 시와 같은 문맥에서 월강 죄가 두렵긴 하지만 사이섬에 농사를 지으러 오는 월경 조선인들의 모습을 그리고 있다. "감자씨를 박았단다 / 보리씨를 뿌렸단다"라는 표현은 간도를 개척하는 개척민들의 모습을 진지하게 그리고 있다.

그 외에도 천청송의 <先驅民>에서도 "나귀탄 族屬잇서 / 오랑캐嶺을 넘어오든 날 // 아름느리 나무는 쩍히고 / 키넘은 쑥밧텐 불길이 펄펄 놉하섯느리라."라는 새로운 땅에서의 개척 과정을 그리고 있다. 이욱의 <역마차>는 한걸음 더 나아가 "한 자리에 / 두 겨레의 體溫이 사귀여 / 凍土우에도 화기 돈다"라고 두 겨레가 동토에서 함께 일하는 모습을 다정하게 그리고 있다. 여기에서 두 겨레는 조선인과 중국인을 가리킨다. 겨우내 언 땅이 풀리기 전에 땅을 개간하려는 두 겨레의 평화스러운 모습을 그리고 있다.

이상 정착형 심연수, 이욱의 시들에게 볼 수 있는 바와 같이 그들에게 새로운 땅 만주는 새로운 개척의지의 땅이었다. 어린 시절 건너와 오랜 세월 보낸 정착형 시인들에게 친근한 것은 만주일 수밖에 없다. 심연수의 시에서는 대륙적인 기질이 다분한 <대지의 봄>, <벽공>, <세기의 노래> 등의 시를 발견할 수 있었고 이욱의 해방 전의 시는 많이 산실되어 25편밖에 남아있지 않았지만 만주에 대한 애정을 읽을 수 있었다.

3) 망명과 이민 공간 : 거류형 서정주, 유치환, 김조규, 이용악의 경우

거류(居留)의 사전적 의미는 어떤 곳에 임시로 머물러 살거나 남의 나라 영토에 머물러 삶을 이른다. 영어로는 residence, residing이다. 여기에서 거류형은 한반도에서 태어나 만주로 가서 몇 개월 내지 1년 혹은 몇 년을 임시로 체류하면서 조국이 광복되거나 그 전에 다시 한반도로 돌아온 시인을 가리킨다. 여기에는 김조규, 김달진, 박팔양, 백석, 서정주, 유치환, 윤해영, 이육사 등 시인들이 포함된다. 이용악은 만주에 거류한 흔적은 없지만 유이민들의 생활에 관심을 갖고 여러 번 만주 답사를 하면서 만주와 관련된 시편들을 많이 남겼기에 여기에 포함시킨다. 거류형의 재만, 재중시기 행적을 도표로 정리하면 다음과 같다.

순서	시인	入滿	入滿연유	出滿	출만후 거주지	재중 체류 기간	재중시기 작품
1	김조규	1938	자의 -피난	1945.3	북한	7년	〈연길역으로 가는 길〉, 〈북행열차〉, 〈3등 대합실〉 등 60편
2	김달진	1941	자의 피난	1945	남한	4년	〈용정〉, 〈향수〉 등
3	박팔양	1937	자의	1945	북한	8년	〈계절의 환상〉, 〈사랑함〉 등 2편
4	백석	1940.1	자의	1945	북한	5년	〈북방에서〉, 〈귀농〉, 〈조당에서〉 등 13편
5	서정주	1939.10	자의 -경제난	1940.봄	남한	5개월	〈만주에서〉, 〈멈둘레꽃〉, 〈신부〉, 〈무제〉 등 4편
6	유치환	1940.3	자의	1945.6	남한	5년 3개월	〈생명의 서〉, 〈북방추색〉, 〈일월〉, 〈절명지〉, 등 50여편
7	윤해영	1920년대	자의	1946	북한	26년 정도	〈만주아리랑〉, 〈선구자의 노래〉, 〈오랑캐꽃〉 등 14편
8	이용악	미상	미상	미상	북한	미상	〈낡은 집〉, 〈오랑캐꽃〉, 〈하나씩의 별〉 등
9	이육사	1925, 26, 31, 32-33, 43.	항일	1944	북경 옥사	2년 정도	〈광야〉, 〈절정〉, 〈꽃〉 등

표 3 **거류형 시인들의 재만, 재중시기 행적표**

그 외에도 거류형에 포함되는 시인들로는 김북원, 함형수, 신채호, 최남선, 모윤숙, 손소희 등이 있다. 도표에 근거하여 거류형 시인들의 만주와의 접촉 형태는 그 목적에 따라 크게 두 가지로 분류할 수 있다.

첫째는 항일 독립혁명을 위해 거류한 시인들이다. 그 일례로 이육사, 신채호 등을 들 수 있다. 이육사는 항일독립운동을 위해 만주, 상해, 남경 등지를 수차례 드나든 인물이다. 만주지역은 경술국치 이후 항일 무력 투쟁의 명실상부한 전진기지 역할을 담당했던 공간이다. 바로 일제가 만주국을 세우기 이전까지 이 지역은 당시 조선 독립군의 근거지가 된 공간이고 해방 전까지도 많은 지사들이 독립 운동을 벌인 곳이다.

둘째로 자의 이주 혹은 자의 피난형이다. 김조규, 김달진 등은 일경의 감시를 피해 핍박에 의해 자의 피난 갔고 유치환, 박팔양, 백석, 서정주 등은 자의로 만주로 건너갔다.

만주라는 지역은 시인들의 거주 목적, 방식, 및 정서에 따라 똑같은 공간이라도 서로 다른 모습으로 존재할 수 있으며 따라서 그들이 만주에 대한 인식도 다를 수 있다. 우선 만주가 고향인 토착형 시인들과 비교해볼 때 거류형 시인들의 고향은 한반도 땅이라는 점에서 구별된다.

거류형 시인들이 만주나 중국에서 생활한 기간은 윤해영(26년 정도), 박팔양(8년), 김조규(7년), 유치환(5년 3개월), 백석(5년), 김달진(4년), 이육사(짧은 기간 여러 번 왔다갔다 함, 대체로 2년 정도), 서정주(5개월)이다. 시인들이 거주한 시간에 따른 만주 인식을 살펴보면 가장 오래 거주한 윤해영과 박팔양이 만주에서 친일 행적을 보임과 동시에 친일시를 썼으며 그 외 시인들은 뚜렷한 차이를 보이지 않는다.

시인들의 시세계도 다양한 음향과 율동으로 화음과 멜로디를 연주하듯이 다각도, 다층적인 시각으로 바라보는 시들이 있다. 윤해영은 친일시뿐만 아니라 만주의 역사적 공간에 관한 시를, 김조규는 자연지리적인 만주와 더불어 불행한 이민지의 현장을 파헤치는 시를, 이용악은 팔려간 여인의 나라 만주와 더불어 만주로 쫓겨 가는 신세와 조선으로의 회귀 과정에 관한 시를 썼다.

거류형의 만주 인식은 크게 망명과 이민 공간, 개념적 상징 공간으로 나뉠 수 있다. 망명과 이민 공간은 생활공간이라 할 수 있는데 여기에는 여러 시인들의 고향 상실과 향수, 서정주, 유치환의 도피처로서의 만주와 거기에서 느끼는 허무 의지, 김조규, 이용악의 이민지로서의 만주와 유이민에 대한 연민의 정이 포함된다. 이 장에서는 생활공간인 망명과 이민 공간을 다루고 사상공간이라 할 수 있는 개념적 상징공간에 대한 논의는 다음 부분에서 다루고자 한다.

(1) 고향 상실과 향수

고향은 단순히 인간이 태어나서 자라난, 하나의 터전으로서의 작은 공간이나 지역이 아니다. 고향은 그대로 역사이고 전통이며 문화이다. 그리고 정신이고 신앙이고 정서인 것이다. 따라서 고향은 인간 마음속의 낙원이고 안식처라 할 수 있다. 그러므로 인간은 자신을 키워내고 자라게 한 고향을 일정기간 떠나 타향에 있으면 본래적 장소로 돌아가고 싶은 본성을 지니고 있다. 이는 한 인간의 의식과 경험이 오랜 기간 그 환경에서 형성되었기에 익숙한 장소에 대한 애착과도 연결된다.

거류형 시인의 경우, 그들이 만주로 건너간 시기는 대체로 1930년대 후반, 40년대 초이다. 이때가 바로 일제가 조선을 완전히 일본화하기 위해 내선일체와 황국화신민화 정책을 공개적으로 강행하여 조선 지식인들의 사상과 표현의 자유가 극도로 억압된 암흑기였다. 반면 만주국은 이미 성립(1932년)된 지 몇 년이 되었고 '민족협화'의 슬로건 아래 조선에 비해 얼마간의 언론자유가 있었을 뿐만 아니라 조선인이 일자리를 얻을 수 있고 경제적 부도 실현할 수 있는 미지의 세계로 떠오른 때였다. 거류형의 만주행도 이때의 시대배경과 맞물려 있다. 그들이 만주로 건너간 시기를 순서대로 나열해 보면 박팔양은 1937년에, 김조규는 1938년에, 서정주는 1939년에, 백석은 1940년에, 유치환과 김달진 1941년에 이주했다. 이때 그들의 나이는 김조규, 서정주 25세, 박팔양 26세, 백석 28세, 김달진 35세, 유치환 34세였다.[69] 다시 말하면 거류

---

69) 거류형 시인들의 출생연도(생애)와 출생지는 아래와 같다. 김조규 1914.1.20~1990.12.3 평남 덕천 출생, 김달진 1907.2.4~1989.6.5 경남 창원 출생, 박팔양 1905.8.2~1988 경

형 시인들은 조선에서 20여년 혹은 30여년의 생활을 한 후 만주로 건너온 것이다. 그들이 만주에서 생활한 기간은 적게는 5개월에서 많게는 26년 정도이다.

만주에 체류하면서 향수나 고국에 대한 그리움을 남긴 그들의 시편들을 정리해보면 아래와 같다. 김조규의 <향수>, <편지>, <병든 構圖>, <담배를 물고>, <밤과 女人과 나>, <새들은 날아가는데>, <호궁> ; 김달진의 <鄕愁>, <용정> ; 유치환의 <飛燕과 더불어>, <歸故>, <思鄕>, <편지> ; 백석 <고향>, <흰 바람벽이 있어>, <두보나 백석같이> 등이다.

그 외에도 그 당시 만주에서 간행한 『북향』, 『만선일보』, 『재만조선시인집』, 『만주시인집』에서도 향수 혹은 고향에 대한 그리움을 토로한 많은 시편들을 쉽게 찾아볼 수 있다. 예를 들면 金炳基 <그리운 故鄕>(북향, 1936.2호), 崔奉錄의 <思鄕>(북향, 1936, 2호) 송철리의 <故鄕>(만선일보, 1940.3.25), 朴相勳의 <離鄕>(만선일보, 1940.5.4), 조학래의 <鄕愁>(만선일보, 1940.2.13), <旅愁>(만선일보,1939.12.12), 伯鄕의 <버들의 鄕愁>(만선일보, 1940.5.8), 權寧和의 <異國의 달>(만선일보, 1940.5.15), 함형수의 <歸故>(만주시인집, 1943), 천청송의 <드메>, <무덤>, <이역의 밤>, 손소희의 <밤車>, 김북원의 <봄을 기다린다> 등이다.

우선 거류형들의 시에 나타나는 고향은 한반도로서, 이 사실이 시에서 명확히 밝혀져 있다. 유치환의 시 <비연과 더불어>를 보도록 한다.

기 수원 출생, 백석 1912.7.1~1995.1월경 평북 정주 출생, 서정주 1915.5.18~2000. 12.24 전북 고창 출생, 유치환 1908.7.14~1967.2.13 경남 통영 출생.

북만주 먼 벌판 끝 외딴 마을의
새빨간 석양이 물든 적막한 한때를
영 끝에 모여서들 蒼穹을 대하여
조잘대며 이루 나는
제비야 먹머기야 새끼제비야
날아라 날아 마구 날아라
滿艦飾의 깃발처럼 눈부시게 날아라
오늘도 머나먼 고국 생각에
하루해 보내기 얼마나 힘들더냐

허물어진 성 문턱에 홀로 앉으면
태평양의 푸른 물이 하염없이
찰삭찰삭 변죽을 와서 씻는 조선반도!
팔매처럼 숨막히게 날아오르면 제비야
서울 장안이 보이느냐
남대문이 보이느냐
압록강을 건너고
추풍령을 넘어
우리 고장은 경상도 남쪽 끝 작은 항구!
그 하아얀 십자ㅅ길 모퉁집이
우리 부모가 할아버지 할머니로 계시는 곳이란다

오늘도 광야의 기나긴 해를
먼 고국생각에 가까스로 보냈노니
제비야 먹머기야 새끼 제비야
오히려 그리움의 寂寞한 恨에
날아라 날아 마구 날아라
먼 벌이 저물어 안 뵈도록 날아라

—유치환, 〈飛燕과 더불어〉 전문

이 시는 제비, 먹머기, 새끼 제비 등 비연을 빌어서 북만주에 온 지 1년이 된 시인의 머나먼 고국에 대한 간절한 그리움을 보여주고 있다. '북만주 먼 벌판 끝 외딴 마을'은 시인에게 낯설고 '적막'함을 느끼게 하였다. 그 적막함은 하루해도 가까스로 보낼 정도로 힘들다. 반면 고국과 고향을 바라보는 시인의 시선은 애틋하고 다정하다.

시인의 고국은 '태평양의 푸른 물이 하염없이 / 찰삭찰삭 변죽을 와서 씻는 조선반도'이다. 조선반도에는 서울 장안이 있고 서울에는 남대문이 있다. 여기에서 장안은 서울을 수도라는 뜻으로 일컫는 말이고 남대문은 조선시대 서울도성을 둘러싸고 있던 성곽의 정문인 崇禮門을 이르는 말이다.

시인은 자신의 고향은 '압록강을 건너고 / 추풍령을 넘어 / 우리 고장은 경상도 남쪽 끝 작은 항구!'라 한다. 여기에서 '경상도 남쪽 끝 작은 항구'는 시인이 살던 경상남도 통영시를 가리킨다. 통영시는 지리적 특성상 육로보다는 해로교통이 일찍부터 발달한 항구도시다. 시인은 여기에서 태어났고 일본유학을 가기 전까지 거주한다. 그리고 이 고장은 또한 시인의 '부모가 할아버지 할머니로 계시는 곳'이기도 하다. 그의 집은 '그 하아얀 십자ㅅ길 모퉁집'이다. 시인이 자신의 집에 대한 묘사는 <歸故>라는 시에서 '우리 고향의 선창가는 길보다도 사람이 많았소 / 양지바른 뒷산 푸른 송백을 끼고 / 남쪽으로 트인 하늘은 깃발처럼 다정하고 / 낯설은 신작로 옆대기를 들어가니 / 내가 크던 돌다리와 집들이 / 소리 높이 창가하고 돌아가던 / 저녁놀이 사라진 채 남아 있고 / 그 길을 찾아가면 / 우리 집은 유약국'이라고 자상히 설명하고 있다.

시인의 말 그대로 시인의 고향은 '맑고 고운 자연의 풍치'로 넘친다.

그러나 이런 아름다운 고향을 떠나 시인이 와있는 곳은 허허벌판의 북만주, 북만주에서 고향까지의 거리는 멀어 한반도와 만주의 국경을 이루는 국제하천인 압록강을 건너고 충청북도와 경상북도의 경계에 있는 추풍령을 넘어야만 고향에 닿을 수 있다. 고향과 고국인 한반도에 대한 시인의 무한한 그리움과 애정을 엿볼 수 있는 대목이었다. 김북원의 시에서도 한반도 고향이 명확히 명시되어 있다.

> 잔뼈는 굵어진 故鄕말이뇨
> 洛東江물을 에워 젖처럼 마시며
> 아배사 할매사 살엇드란들
> 그것이야 아스런 옛이야기지.
>
> —金北原, <봄을 기다리다> 부분

거류형 김북원도 '낙동강물 에워 젖처럼 마시며' 잔뼈가 굵어진 고향을 이야기하고 있다. 그러나 시에서의 시적화자는 시인과 동일한 게 아니다. 시인의 고향은 함경북도 함남이다. 그러나 여기에서 시인이 한반도를 분명한 고향으로 여기고 있음을 볼 수 있다. 이는 거류형 시인들의 시에 나타나는 공통된 특징이라 할 수 있다.

고향은 분명 한반도이지만 이 고향은 일제에 의해 식민지로 변해버린, 잃어버린 고향이고 빼앗긴 조국이다. 그러나 고향 떠나 타향에 오래 머물게 되면서 그리워지는 고향과, 시간이 흐를수록 마음속에 더욱 짙게 느껴오는 향수는 너무나 자연스러운 것이다. 시인들의 고향상실감과 고향을 향한 향수의 정을 확인해보도록 하자.

> 머리맡에 귀뜨래미 울어예고
> 어둔 창경밖 머-ㄴ 하늘끝으로

별 하나 떨어져 흘러간 밤

찬 벼개 우에 여윈 가슴 어루만지며
흘러간 내 나이 되푸리해 오이어 보면
늦 가을 靑昏 못물속으로 가만히 떠오르는 흰 蓮꽃처럼 피어나는
鄕愁가 슬프고나
鄕愁가 슬프고나.

 ─어름같이 차야할 나의 漂泊의 꿈이었거니.

  ─김달진, <鄕愁> 부분

鄕愁는 또한
검정 망토를 쓴 병든 고양이런가
해만 지면 은밀히 기어와
내 대신 내 자리에 살째기 앉나니

  ─유치환, <思鄕> 부분

드메의 봄은 짧다

내살든 곳은
거울이 없어도 괜찬엇다

사슴 뿔솟는 샘엔
입뿐 색씨 얼골 돋고

뒷고개는
양춘 삼월에도 한눈을 이고 앉었겠기

내 향수도
차거운데

이런밤엔 으례 뻐꾸기가 울었다

—천청송, <드메> 전문

도라지 피면 八月도 피고
八月이 되면 鄕愁도 피드라

산,
물,
길,
돌쇠,
갓난이,
삽살개,

하염업시 쓰러보는 파--란 꼿송이에
무지개마냥 아롱지는 흘러간 옛마슬.

그러나
도라지 지면 八月도 지고
八月이 지면 鄕愁도 지드라.

—宋鐵利, <도라지> 전문

꿈을 잃었다. 고향도 없다. 사랑마저 남쪽에 묻고.
「하이랄」의 심장은 코스모프리탄이즘으로 탄다는데
황혼이면 부푸는 떫은 향수는 웬일이뇨?

—김조규, <鄕愁> 부분

두고온 고향이여
언제 한번 걸어볼 것인가
못 잊을 마을의 오솔길과
시냇가 언덕을,

어머니 무덤엔
雜草 무성했으려니
갈려도 못 가는 이 不幸을 참는 것이
청년들의 운명이란 말입니까
　　　　　　　　　　－김조규, <밤과 女人과 나> 부분

　위의 시들은 모두 향수와 관련되어 있다. 향수를 불러일으키는 매개
물로 김달진은 '귀뚜라미 울음소리와 별'이고 유치환은 '해가 지는 저
녁'이며 천청송은 '뻐꾸기'이고 송철리는 '도라지'이고 김조규는 '황혼'
이다.
　김달진과 유치환은 직유법을 인용하여 향수를 재치있게 표현하였다.
김달진은 향수를 차거운 이미지를 주는 '늦 가을 靑昏 못물속으로 가만
히 떠오르는 흰 蓮꽃'으로 표현하였다. 늦가을의 흰 연꽃은 청초하고
아름답지만 외롭고 바야흐로 져야만 하는 슬픔의 꽃이다. 타향에서 얼
음같이 차갑게 표박해야만 하는 시적화자에게 향수는 서러움으로 더
한층 짙게 다가온다. 유치환은 향수를 '검정 망토를 쓴 병든 고양이'
같다고 표현하였다. 병든 고양이는 무기력하면서도 조용하다. 게다가
저녁에 검정 망토까지 쓴 고양이는 기척조차 알아채기 어려울 것이다.
저녁은 어김없이 찾아오고 시적화자에게도 향수는 슬그머니 은밀히 다
가온다. 저녁이 되면 온통 고향생각 뿐인 시적화자의 고독함과 외로움
을 표현하고 있다.
　천청송, 송철리, 김조규의 시에서는 고향을 생각하게 만드는 1차적
매개물과 더불어 고향 생각에 대한 세부적인 사물들로 2차적 매개물을
설정하고 있다. <드메>에서는 '샘물, 사슴, 색시, 뒷고개'이고 <도라
지>에서는 '산, 물, 길, 돌쇠, 갓난이, 삽살개'이며 <밤과 女人과 나>

에서는 '오솔길, 시냇가 언덕, 어머니 무덤' 등이다.

<드메>에서의 두메산골은 거울같이 맑은 샘물에 뿔 솟은 사슴과 예쁜 색시가 함께 비치고 햇살 따스한 삼월에도 뒷 고개는 풍년을 기약하는 흰 눈을 이고 있는데 그야말로 아늑하고 평화로운 고장이다. <도라지>에서의 고향도 산이 있고 시내물이 있으며 길이 나져있고 돌쇠가 있고 갓난이가 있고 삽살개가 있는 하염없이 쓸어보는 파란 꽃송이에 무지개마냥 아롱진 아름다운 마을이다. 그러나 시적화자에게 현실은 뻐꾸기만 달래주는 고독한 향수뿐이고 도라지가 지면 향수도 스러지는 허무뿐이기만 하다. 천청송과 송철리는 전통적인 한국풍과 한국가락으로 향수를 시화하였다.

<밤과 女人과 나>에서는 고향을 가려 해도 못가는 불행을 개탄하고 있다. 잊지 못할 고향의 오솔길과 시냇가 언덕을 걷는 것도 소원이건만 더욱이는 자식 된 도리로서 어머니 무덤에 무성히 자란 잡초마저 제대로 벌초를 해드리지 못하고 있다. 이는 현실에 대한 울분이 고향을 떠나게 만들었고 고향을 잃게 한 일제에 대한 무언의 항거와 분노의 표출이다.

향수는 인간이나 동물에게 모두 있는 본능적인 감정이자 행위라고 할 수 있다. 동물의 예를 들더라도 연어는 온 대양을 누비며 살다가 죽을 무렵이 되면 자기가 태어났던 냇물을 찾아 되돌아 와서는 알을 낳고 죽는다. 짐승이나 새나 물고기들까지도 모두 그들이 태어나고 자란 곳을 죽을 때까지 잊지 못하고 그리워하며 살고 되돌아가고자 하는 것이다. 동물들의 회귀본능과 마찬가지로 만물의 영장인 인간도 자기가 태어났던 장소에 대하여 본능적으로 애정을 느끼는 장소애(topophila)를 갖는다. 그러기에 '여우도 죽을 때에는 고향 언덕을 향하여 머리를 둔

다[首邱初心]'는 말도 전해 오고 있고 중국의 옛 시에도 '호마는 언제나 북쪽 바람을 마주하여 서고 월나라 새는 늘 남쪽 가지에 깃들인다[胡馬 依北風 越鳥巢南枝]'라는 표현이 있다.

인간은 원형으로 현실적 삶이 불행할수록 삶의 안식처가 절실하기에 고향에 대한 애정이 더욱 강하게 나타난다. 거류형 시인들의 시작품에서 향수와 고향에 대한 주제가 많은 이유도 여기에서 유래된다. 향수병의 근본 치료제는 귀향 외에는 달리 없다. 거류형 시인들의 작품들은 혹독한 생존 조건에서 체험한 실향의식과 유민화되는 현실을 문제 삼고 있는 시편들도 적지 않지만 그 종결인 귀국의 정황을 그리고 있는 시들도 많다. 이는 일제강점기 만주로 이주한 216만여 명의 조선인들 중 절반 가까운 사람들이 해방직후 다시 한반도로 돌아온 사실이 이를 뒷받침해 설명해주고 있다. 그러나 그들의 귀향은 역시 이향 때와 마찬가지였다.

이향과 귀향의 문제를 일관하게 심화시킨 시인으로는 이용악이다. 이용악은 "만주 간도 등지를 배경한 침통한 북방의 어조"[70]를 날카롭게 각인하는 데 남다른 시인적 역량을 보여준 시인이다. 그의 귀향과정을 다룬 <하나씩의 별들> 시편에서는 "험한 땅에서 험한 변 치르고 / 눈보라 치기 전에 고향으로 돌아간다는" '남도사람들', '두만강 저쪽에서 온다는 사람들', '쟈무스에서 온다는 사람들'의 '갈 때와 마찬가지로' '헐벗은 채로' 고향으로 돌아가는 모습을 그리고 있다. 더불어 이용악의 <하늘만 곱구나>에서는 세부적으로 거북이네 일가의 상황을 그리고 있다.

---

70) 백철, 『조선신문학사조사(현대편)』, 백양당, 1949, 356쪽.

거북네는 만주서 왔단다 두터운 얼음장과 거센 바람 속을 세월은 흘러
거북이는 만주서 나고 할배는 만주에 묻히고 세월이 무심찮아 봄을 본다
고 쫓겨서 울면서 가던 길 돌아왔단다.

띠팡을 떠날 때 강을 건늘 때 조선으로 돌아가면 빼앗겼던 땅에서 농
사지으며 가 갸 거 겨 배운다더니 조선으로 돌아와도 집도 고향도 없고
― 이용악, <하늘만 곱구만> 부분

이 시는 1946년 12월 전재동포 구제 '시의 밤' 행사에서 낭독한 시
이다. '두터운 얼음장과 거센 바람속'에서도 흘러가는 무심하고 차디찬
세월이었다. 어제 날 거북이네는 조선에서 쫓겨 만주로 갔다. 만주에서
거북이 할아버지가 세상을 떠나고 거북이가 태어났다. 조국광복이 되
어 거북이네는 '만주 띠팡(지방, 지역이라는 뜻의 중국어)을 떠나 조선으로
돌아오면 빼앗겼던 땅도 찾아 농사도 짓고 공부도 할 수 있다는 꿈을
안고 왔건만 허망하게도 땅도 못 찾고 집도 남의 소유가 되어있으니
고향이 없어진 거나 다름없었다. 이는 한국사회가 해방 후에도 친일파
청산이 지지부진하여 민중들은 여전히 고통을 받았음을 말해주고 있다.

(2) 도피처와 허무의지

① 너무 많은 하늘과 기대의 무너짐 ― 서정주

서정주는 1939년 10월[71]에 직장을 구해 만주로 이주한다. 만주로 가
기 전인 1937년 가을에 서정주는 아버지의 주선으로 정혼을 하고

---

71) 김학동 외, 『서정주 연구』, 새문사. 2005. 730쪽에서는 서정주가 '1940년을 1개월 정도
남겨놓고 (중략) 만주로 갔다' 즉 1939년 12월에 간 것으로 되어 있는데 본인이 서정주
<만주일기>의 날짜를 추정해보면 1939년 11월 1일 전에 만주로 간 것으로 그의 만주
체류기간은 3개월이 아닌 5개월 정도로 보인다.

"1938년 3월 24일 / 사모관대에 당나귀를 타시고 가서 / 족두리 쓰고
연지 바른 만 십칠 세 사 개월짜리 / 方규수와 그 신성한 결혼식을"
(<구식의 결혼>에서) '순구식의 혼인'으로 올리게 된다. 결혼을 하고나서
처자를 거느려야 한다는 책임감으로 고창 군청 경리과 임시고원으로
들어갔으나 주판이 서툴러 곧바로 밀려나고 장인이 경영하는 사법서사
의 견습 수업도 해보았지만 그것도 맘에 맞지 않았다. 그리하여 서울로
올라와 민태규, 박덕상 이외에도 몇몇 친구들을 모아 '노가대'판 三仙組
를 결성하기도 했으나 일거리를 찾지 못하여 흐지부지하고 말았다.
1939년[72])에 그의 아내는 고창읍 하월곡동 집에서 장남 升海를 낳았다.
그는 아이를 돌보는 일도 아내와 부모에게 맡겨두고 직업도 없이 떠돌
기만 하였다. 고향에서 무료하게 직업 없이 지내다가 어선에 덤으로 타
고 서해로 나가 오랫동안 바다에서 지내다가 집으로 돌아오기도 했다.
그는 더 이상 이렇게 지낼 수 없어 직장을 찾아 돈 벌러 만주를 선택한
것이다.

> 나도 가리라 너를 따라서
> 산과산새가 해질무렵엔
> 모가지에다 바람을 감스고
> 적은배처럼 조용히 醉해
> ○

---

72) 서정주의 맏아들 승해의 출생연월일이 중요하지는 않겠지만 많이 쓰고 있는 1940년 1월
20일은 맞지 않은 것 같다. 왜냐하면 11월 1일의 <만주일기>에는 '지난달初에 어서 돈
벌어서 升海사탕을 사주라는 집에서는 銅錢한닙 갓다 쓸 생각 말라는 封套가 온 뒤엔'라
는 구절이 있는데 이는 승해가 이미 1939년 11월 1일 그전에 출생했음을 말하며 또한
애가 사탕 먹을 정도로 컸음을 설명해준다. 오마이 뉴스「미당 서정주 시인의 별세」
(2000.12.24) 기사를 보면 재미변호사이자 재미심장전문의인 서정주의 맏아들 승해(60
세)로 되어있는 데 그의 실제 출생일이 1939년 후반이나 1940년 1월 사이로 생각된다.

成功하겠습니다
愉快하게愉快하게 成功하겟습니다
어머니 豆滿江□橋를 건네가며 잇발을 아조 설흔두개 다아내여노코
썩明朗하게 한번웃섯더니 稅關史가 나의 보짜리만은 그러케 조사하지안
습듸다
썩명랑하게

ㅡ서정주, <滿洲日記 上> 전문

만주로 건너가서 좋은 직장을 잡고 돈도 벌고 성공도 하고 싶었지만
생각대로 그리 쉽지는 않았다. 그는 연길 局子街의 만주 양곡 주식회사
간도 출장소 경리과에 자리를 얻어 들어갔다가 얼마 지나지 않아 또
용정 출장소에 옮겨져 그곳에서 근무하게 된다. 그러나 거기에서도 일
본인 소장과 맞지 않아 일하기가 무척 어려웠다. 서정주의 만주 일기를
통해 만주에서의 생활상을 엿보도록 한다.

1939년 11월 1일
  종일 비가내린다. 未成年設了 汪淸鄕糧穀會社出張所로 日間가게되리라
한다. 下宿料와빗을合하면 百圓은잇서야한다. 또 外套와內衣等도 사야만
한다. 또 汪淸을가면 月給을타기까지 누가 나를밋고먹이여주나 最小限
二百圓은 잇서야할텐데 어쩌케하나 아버지한테선 두달이넘도록 無一張消
息이다. 그러케여러번이나 편지와電報를 하엿건만는 低劣하게도 血書까
지 써보냇건마는 어머니에게서 二十圓돈이 누이의편지와가치 왓습쓸이
다. 妻한테서도 요새는 消息이엽다. 지난달初에 어서돈버러서 升海사탕을
사주라는 집에서는 銅錢한닙 갓다쓸생각말라는 封套가온뒤엔 도무지 잠
잠하다.

ㅡ서정주, <滿洲日記 中> 전문

1939년 11월 6일

기맥히는일이다. 하로에나는 멧마듸식이나 말을하는가 이러케 한一年
만지내면 말하는습관을 아조이저버릴것만갓다. 그건조흔일일까.
—서정주, <滿洲日記 3> 부분

1939년 11월 7일
　아무 奇別도업다. 참지웁고아무라도막 나를함부루해도 조을것만갓다
中國人飮食店에가서胡酒한리食과　만두한그릇을사먹엇다.　마지막一圓이
다. 마지막一圓으로는 언제나胡酒와 만두를 살일. 胡人이무얼보고 그러는
지나보고 막 "니야나야"한다. 醉한김에 좀火가나서 "고노야로씀마니야
다… 고노야로!"하고 소리를 하여보앗다. 胡人들은어안이벙벙하야 그양
무섯고 나도事實은 좀우수엇다 來日도기다릴까?
—서정주, <滿洲日記 4> 전문

1939년 11월 12일
　就職이고 무엇이고 다아거즛말이다. 아무도 나를 그러케는식혀주지안
는것이다. 내게서는 벌서무슨그런냄새가 나는것이안일까 步行할새는 나
를쫏는 고함소리가 四方에서 들린다 이놈아 9이속모를놈아 바보갓은놈
아外國人의 外國人아 가거라地球박으로… 宇宙박그로!
　일테면 썩上座로 찬란한 구름近傍으로 가겟습니다. 테테가겟습니다.
—서정주, <滿洲日記 4> 전문

　　그는 항상 의식주에 시달려 집에서까지 돈을 부쳐올 정도의 경제난,
타국에서의 언어의 불 소통, '외국인'으로서의 소외감, 적막과 고독, 더
불어 가족과 고향에 대한 무한한 그리움으로 시달렸다. 그는 공휴일에
는 자기보다 앞서 와서 만주 도문에서 교편을 잡고 있던 함형수를 가
끔 찾아가 향수를 달래기도 했다 한다. 함형수는 불교전문 동기생으로
함께 『시인부락』 동인을 결성하기도 했던 아주 친한 사이였다. 그러나
그것도 잠시 뿐, 그는 만주 생활에 적응하지 못하고 5개월 만에 그곳

생활을 접고 고국으로 돌아오는 짐을 꾸리지 않을 수 없었다. 그는 1940년 봄에 귀국하였다.

아무튼 너무나 춥고 고통스러웠던 만주에서의 생활은 25세인 그에게 <만주에서>와 같은 시들을 남기게 하였다. 그는 만주에 체류하면서 남에게서 얻어들은 <멈둘레꽃>, <무제>, <신부> 등 설화이야기를 시로 창작하였고 그 외 <滿洲帝國局子街의 1940년 가을>, <日本憲兵 고 쌍놈의 새끼>, <間島 龍井村의 1941년 1월 어느날>[73] 등을 창작하였다. <만주에서>를 보도록 한다.

> 참 이것은 너무 많은 하눌입니다. 내가 달린들 어데를 가겠읍니까. 紅布와같이 미치기는 쉬웁습니다. 몇千年을, 오─ 몇千年을 혼자서 놀고온 사람들이겠읍니까.

> 鍾보단은 차라리 북이있읍니다. 이는 멀리도 안들리는 어쩔수도없는 奢侈입니다. 마지막 불을 이름이 사실은 없었읍니다. 어찌하야 자네는 나 보고, 나는 자네보고 웃어야하는것입니까.

> 바로 말하면 하르삔市와같은것은 없었읍니다. 자네도 나도 그런것은 없었읍니다. 무슨 처음의 복숭아꽃 내음새도 말소리도, 病도, 아무껏도 없었읍니다.

> ─서정주, <滿洲에서> 전문

제1연의 '참 이것은 너무많은 하눌입니다'는 바로 끝없이 무한정 넓디넓고 막막한 만주벌판에 지평선 끝이 안 보이니 하늘이 꽉 차 있는 듯한 느낌이 든다는 것이다. 시인은 하늘을 형상화하여 경제난으로 큰

---

73) 이 세 편의 시는 서정주의 시집이나 전집 어디에도 수록되지 않은 시로 2001년 『시와 시학』 계간지에 실렸음.

기대를 품고 만주로 간 자신이 도처에서 부딪치게 되는 어려움과 더불어 생기는 절망감, 허무감을 표현하였다. 계속 이어지는 '내가 달린 들 어데를 가겠읍니까'는 이 역시 내가 아무리 달려 봐도 똑같은 하늘에 똑같은 벌판, 내가 아무리 달리고 노력을 해봐도 허사였다는 표현이다. 처음으로 이런 똑같은 환경과 상황을 접하는 사람은 '紅布와같이 미치기는 쉬웁습니다.'라는 것이었다. 즉 이는 붉은 천을 보고 마구 덤비는 소처럼 미치기 쉽다는 말로 풀이되는데 처음 외홀로 만주로 간 사람은 고독과 외로움, 절망 등으로 미칠 지경으로 되기가 쉽다는 것이다. 그러나 여기 있는 인간들은 이렇게 '몇千年을, 오— 몇千年을 혼자서 놀고 온 사람들이겠습니까.' 몇 천 년을 이런 환경에 적응하며 살아온 사람들이라는 것이다.

제2연은 소리내기로는 종보다도 차라리 북이 나은데 그러나 북이라 한들 멀리까지 들리겠는가? '소리내기'는 만주에서 자리 잡고 사는 것으로 이해할 수 있고 '종'보다도 '북'은 능력도 있고 더 나은 사람일 것이다. 그러나 북이 있음은 사치에 불과한 것과 같이 더 능력 있는 사람이 만주에 가서 사는 것도 어렵다는 뜻으로 해석된다.

제3연의 '바로 말하면 하르삔74)市와 같은 것은 없었습니다.'는 만주에 많은 기대를 품고 간 서정주가 특히는 하얼빈에 대한 기대가 무너지는 것으로 이해할 수 있다. 재정 러시아의 중동철도 부속지를 중심으로 개발된 계획도시 하얼빈은 1898년 철도 기공식을 거행했을 당시만 해도 송화강 연변에 민가 대여섯 채 밖에 없는 한적한 어촌에 불과했지만 철도건설에 따른 시가지의 조성과 인구 유입에 의해서 도시화가

---

74) 하르삔, 합이빈, 현재는 하얼빈으로 표기한다.

급격히 진행되었다. 특히 1903년 중동철도 전선이 개통된 시기를 전후
하여 철도 부속지가 확대되면서 러시아인, 중국인 인구가 급증했고 이
후 하얼빈은 거대도시로 형성되어 나가기 시작했다. 그러나 서정주의
눈에 안겨오는 하르삔은 국제도시라는 생각과는 달리 일자리 제대로
없고 경제난 해결하기 어려운 기대일 곳 없는 '텅 빈 공간뿐'[75)]이라는
의미를 담고 있다.

요컨대 서정주는 만주를 기대가 무너져 내리는 하늘뿐인 텅 빈 공간
으로 파악하였다. 그는 돈 벌어보려는 일념으로 크나큰 기대를 품고 만
주로 갔건만 일자리 찾기도 쉽지 않아 항상 의식주에 시달려 집에서까
지 돈을 부쳐올 정도의 경제난에 시달렸다. 게다가 외국인이라는 언어
불소통과 소외감, 한반도의 가족에 대한 무한한 그리움은 그의 만주생
활을 더욱 어렵게 하였다. 이러한 만주에서 그는 항상 적막감과 고독
감, 절망 그리고 허무의지를 느꼈다.

② 절망적인 광야와 허무의지 – 유치환

靑馬 柳致環이 만주로 건너간 시기는 1940년 3월[76)]이다. 그가 간 곳

---

75) 김윤식은 「우리 문학의 만주체험 – 염상섭의 경우(하)」(『소설문학』, 1986.7)에서 만주를
'국내에서나 일본에서 배우고 체험한 작가의 안목에서 보면 만주국은 하늘뿐이고 텅 빈
곳으로 파악'하였는데 필자는 서정주의 경우도 만주를 '하늘뿐인 텅 빈' 공간으로 파악
한 것으로 보고 있다.

76) 유치환의 만주 이주시기에 관해서는 유치환의 『구름에 그린다』(경남도서출판, 2007)에
서는 '1941년 첫봄 나의 첫 시집인 『청마시초』가 그동안의 畏友 素雲 兄의 주선으로 나
오게 되자 우연한 기회를 얻어 나는 달갑게 내게 따른 권솔들을 이끌고 북만주로 건너
갔던 것이다'로 되어있고 그 외 문덕수의 『청마 유치환 평전』(시문학사, 2004)에서는
1940년 3월에 가권을 거느리고 북만주로 간 것으로, 박해수의 「유치환 시 연구」(대구효
성가톨릭대학교 박사논문, 1996)에서도 1940년 봄으로, 김훈겸의 「재만 조선인 시문학
의 디아스포라적 양상 – 일제말기 김조규, 유치환의 시를 중심으로」(『한국언어문화』 제
28집, 2005)에서는 1940년 4월로 되어있다. 통영의 청마 문학관 유치환 연보에 따르면
1940년 3월 통영협성상업학교 교사를 사임하고 만주 빈강성 연수현으로 이주하여 농장

은 북만주인 濱江省[77] 延壽縣 維新區 2號였다. 1903년에 설립된 연수현 은 흑룡강성의 동남부에 위치하고 있으며 하얼빈시에 속하고 흑룡강성 의 주요. 도시인 하얼빈, 목단강, 쟈무스의 중심에 자리잡고 있다. 하얼 빈과의 거리는 160km이다. 연수현에는 유치환의 형 동랑 유치진의 처 가에서 소유한 농장이 있었는데 그는 부탁을 받고 그 농장을 관리하였 다. "거기에서 2년쯤 살다가 그들은 연수현에서 100리쯤 떨어진 가신 촌이라는 한적한 시골로 이사를 하였다. 관리해야 할 많은 농토들이 嘉 信村에 있었기에 연수현에서 다니기는 너무나 불편했기 때문이었다."[78] 거기에서 다른 데로 옮겼는지는 확실하지 않다. 유치환의 시를 보면 하 얼빈에 관한 시가 두 편,[79] 하얼빈과 가까운 五常堡城外에 관한 시가 한편, 그 외 하얼빈에서 송화강을 따라 내몽고 쪽인 서북쪽으로 더 멀 리 가야 하는 肇州와 郭爾羅斯後旗行도 눈에 뜨인다.

유치환이 만주로 가게 된 원인을 그의 산문집 『구름에 그린다』에서 는 그 경위[80]를 다른 주요한 원인으로 적고 있다. 즉 '일제관헌의 감시

관리 및 정미소 경영을 한 것으로 되어 있다. 여기서는 통영 문학관의 연보에 따라 1940년 3월로 표기하도록 한다.

77) 위만주국시기, 위만주정권은 省、縣 혹은 市 2급의 체제를 실시하였다. 1934년부터 동 북에 대하여 "나누어 통치하는 정책"(分而治之)을 실시하여 성의 수량이 늘어나고 구역 은 작게 획분하였다. 위만주국이 멸망 직전 만주지역에는 15개의 성과 1개의 특별시가 있게 되었다. 그중 현재의 흑룡강성만 보더라도 龍江、濱江、三江、黑河、北安、東安 등 6 개의 성이 있었다. 1945년 일제가 패망한 후에는 黑龍江、嫩江、松江、合江、牡丹江 다 섯 개 성으로 합하였다가 얼마 지나지 않아 이 다섯 개 성을 黑龍江과 松江 두 성으로 나뉘었으며 1954년에는 이 두 성도 합병하여 黑龍江省이라 불렀고, 성소재지는 하얼빈 으로 지정하였다. www.baidu.com에서 참조.

78) 유자연, 「나의 아버지 청마 유치환」, 『청마문학』 제3집, 청마문학회, 2000, 130쪽.

79) 하얼빈에 관한 시로는 <哈爾濱道裡公園>과 <우크라이나 寺院>이 있다. 우크라이나 사 원은 할빈시 南崗大路에 있는 데 1903년 할빈 建設 當時의 犧牲者와 拳匪事件의 籠城子 를 중심으로 우크라이나 인민이 모시는 절이라 한다. 최동식 편, 『청마 유치환전집1 旗 빨』, 정음사, 1984, 103쪽.

80) "나의 첫 시집인 『청마시초』가 그동안의 畏友 素雲 兄의 주선으로 나오게 되자 우연한

가 표딱지처럼 붙어 다니고' 일제가 '비위에 거슬리는 한국의 지식분자
는 모조리 말살하려는 광태를 부리는 상황'의 위험한 처지에서 '용하게
도 호구를 모면할 대책으로' 만주 이주를 선택하였던 것이 주요한 원
인이며 '훗날에 이르러 돌아보아 이 길(만주 이주-필자 주)은 나의 생애
에 있어 한 轉機되었을 뿐만 아니라 이 탈출이 없었던들 장차 나의 신
상에 어떠한 이변이 생겼을지 예측하기 어려웠던 것'이라고 하였다. 마
찬가지로 유치환은 만주를 떠나 고국으로 돌아올 때81)도 '용하게 험한
고비를 모면했다'고 적고 있다.

유치환의 글을 보고 판단하면 유치환의 만주행은 '자의 피난', 어쩔
수 없는 '탈출'이라고도 볼 수 있겠으나 이 후일담들은 조국이 광복된

기회를 얻어 나는 달갑게 내게 따른 권솔들을 이끌고 북만주로 건너갔던 것입니다. 훗날
에 이르러 돌아보아 이 길은 나의 생애에 있어 한 전기가 되었을 뿐만 아니라 이 탈출
이 없었던들 장차 나의 신상에 어떠한 이변이 생겼을지 예측키 어려웠던 것입니다. 왜냐
하면 다 알다싶이 일제 군국주의의 무모한 전쟁은 마침내 영미와의 개전으로까지 이르
렀던 것과 동시에, 그들의 광태는 그들의 비위에 거슬리는 한국의 지식분자는 모조리 말
살해 치우려는 데까지 뻗쳐, 우리 고향만 하더라도 많은 젊은이들이 붙들려 무진한 경난
을 겪었을 뿐만 아니라 개중에는 미결인 채 감방에서 옥사한 친구까지 생겼던 것이니,
말하자면 나는 용하게도 그 호구를 모면할 길을 얻은 셈이었습니다. 여기에 덧붙여 말하
고 싶은 것은, 나의 주변에는 많은 '아나키스트'와 그 동반자들이 있었고, 따라서 내게도
항상 일제 관헌의 감시의 표 딱지가 떨어지지 않고 붙어 다녔지만, 그로 말미암아 나의
초기의 작품들은 영영 잃었을 뿐 그 영광스런 돼지우리의 구경만도 끝내 한 번이고 해
본 적이 없었으니, 그 점은 어떤 요행에서보다 나의 천성의 비겁하리만큼 적극성의 결핍
한 소치의 결과로서 생각하면 부끄럽기 한량없는 일입니다." 유치환, 『구름에 그린다』,
경남도서출판, 2007, 26-27쪽.
81) "내가 북만주에서 돌아오기는 8·15직전인 6월이었습니다. 그곳에서 해방을 맞이하였던
들 압제받던 이 민족들 속에서 주권 없는 나라의 백성으로서 패망된 일본인과 거의 다
를 바 없이 무진한 경난을 겪었겠으나 일군의 패전을 미리 알기나 한 듯이 이렇게 그 경
난을 요행하게 모면한 것은 일본의 운세가 점점 기울어짐에 따라 異民族 새에서 무언지
신변에 불안이 느껴졌으므로 일단 가족들이나마 고국으로 돌려보내 놓고자 그들을 데리
고 돌아와서 그 길로 종전을 맞게 되었던 것입니다. 말하자면 처음 만주로 달아나던 그
때와 마찬가지로 이번에도 용하게 험한 고비를 모면한 셈이었습니다." 유치환, 위의 책,
58-59쪽.

후인 1959년에 적은 것으로서 신빙성이 떨어진다. 더불어 그의 만주행
은 적극적으로 친일한 형 동량과 관련되어 있어 의혹이 제기된다. 우선
빈강성 연수현에 동량의 아내 심재순의 아버지가 소유한 농장이 있었
다고 했는데 이는 유치진이 친일의 대가로 일제로부터 하사받은 땅일
것이라는 의혹이다. 그의 친일 행적82)으로 보아 이는 완전히 가능한
일이다. 다음으로 유치환의 만주행 원인에 관한 의혹이다. 그 원인은
'자의 피난', 어쩔 수 없는 '탈출'이라기보다는 형 동량의 부탁으로 농

---

82) 유치진은 극작가로서 일제의 國體劇 추진운동자의 일원으로 큰 활약을 했다. 그는 1940
년 이후로 황민화연극(국책극)의 이론을 정립하고 작품을 무대에 올리는 역할을 담당하
였다. 1940년 12월 23일 조선연극협회가 결성되면서 전 조선의 극단을 통합함으로써 전
시체제에 부합하는 "국가 이념에 기할 새로운 연극 이상의 지도자와 연극인 상호간의
친목"을 그 목적으로 내걸었다. 이러한 실천은 1941년 3월 총독부 연극 담당 사무관 나
라데가 주도하여 직접 현대극장을 결성하여 국민연극을 표방하면서 유치진의 <黑龍
江>(1941. 6)을 출품했다. 유치진은 이 작품에 대해 "만 2년에 걸쳐 5차의 퇴고를 거듭
한 彫心鏤骨의 야심작"이며 "우리 민족의 대표적인 기질에 다이나믹한 박진력을 살려
보다 높은 이념으로 승화시킨 낭만을 내 나름대로 추구한 작품"이라고 자평했다. 그러나
실제로는 만주를 낙토로 설정하여 조선인을 개척이민으로 보낼 목적으로 다루어진 작품
이었다. 이어서 <黑鯨亭>(1941. 9), <北進隊>(1942. 10월까지 공연) 등을 공연하였다.
<北進隊>는 조선인 부역자들이 만주철도를 부설하는 과정을 설명하면서 주요 군수품
수송수단으로써 만주국을 수립할 수 있는 원동력이 되었다고 역설하는 연극이다. 극은
근로봉사자들이 열심히 봉사하고 있다고 선전하고 있으며 또한 북진대가 멸사적 봉공정
신으로 동아건설을 한다는 높은 평가를 받고 있다고 극찬하였다. 희곡 <대추나무>는
'分村運動'을 다루고 있는 작품으로 만주로의 강제이민정책의 일화를 그리고 있다. 이
당시 일제는 1942년부터 만주개척민 제2차 5년 계획으로 만주바람을 대대적으로 일
으켜 나갔는데 이 희곡도 그런 입장에서 만주를 미화하고 만주이민을 부추기고 있는 것
이다. 이 희곡은 분촌운동을 통해서 만주 땅에서 큰 돈을 벌 수 있다고 선전하고 있다.
그 외에도 유치진은 조선문인협회에 적극 참여하였는데 조선문인협회는 1939년 10월
29일에 결성하면서 시국강연회, 전쟁문학의 밤, 해군견학단 파견, 결전문예좌담회, 기타
황민문학 건설과 총력운동, 신도 실천의 모든 부문에 걸쳐서 전개되었으며 이밖에 문단
의 중요행사로 1942년 이후 매년 1회씩 3회에 걸쳐서 개최된 대동아문학자대회가 있었
다. 그는 협회의 임원으로 활동하면서 만주개척이민, 국민연극 이론을 만들었는데 이는
내선일체와 황민화에 따른 조선인의 역할을 담았고 협회의 중요한 위치를 차지하였다.
그리고 국내에서 진행된 '부여신궁의 창설'에 참여했으며 일본의 제국주의적 행동을 찬
양하는 등 많은 친일행위를 하였다. 전갑생, 「친일 연극인의 삶, 유치진-한국 근대연극
계 거목에서 황국신민인으로」, 디지털말, 2003.6.27 참조.

장관리로 간 것이 더 적절하다. 왜냐하면 조선에서 유치진이 노골적으로 친일을 하면서 거대한 경제적 부를 이루었기에 유치환은 경제적인 어려움은 별로 느끼지 않았을 것이고 굳이 친일 할 필요도 없었을 것이다.

유치환이 만주에서 생활한 시간은 5년 3개월 정도, 1940년 봄에 건너가서 1945년 6월에 귀국하였다. 그가 만주 체류 기간 창작한 작품으로는 <내 차라리 생기지 않았던들>, <山>, <내 너를 내세우노니>, <絶島>, <首>, <絶命地> 등 총 50여 편이다. 만주에서 발표한 작품으로는 <생명의 서>, <노한 산>, <陰獸>, <편지>, <귀고>, <하얼빈 도리공원>이다. 그리고 그의 제2시집 <생명의 서>는 만주 방랑 시기의 시가 대부분이고 여기에 수록한 <생명의 書>, <일월> 등은 그의 대표작으로 손꼽힌다. 그렇다면 유치환의 눈에 비친 만주는 어떠한 공간이었는지 그의 시편을 통해 살펴보도록 한다.

> 興安嶺 가까운 北邊의
> 이 광막한 벌판 끝에 와서
> 죽어도 뉘우치지 않으려는 마음 위에
> 오늘은 이레째 暗愁의 비 내리고
> 내 망난이에 본받아
> 화툿장을 뒤치고
> 담배를 눌러 꺼도
> 마음은 속으로 끝없이 울리노니
> 아아 이는 다시 나를 過失함이러뇨
> 이미 온갖을 저버리고
> 사람도 나도 접어주지 않으려는 이 자학의 길에
> 내 열번 패망의 인생을 버려도 좋으련만
> 아아 이 悔悟의 앓음을 어디메 號泣할 곳 없어

말없이 자리를 일어나와 문을 열고 서면
나의 탈주할 사념의 하늘도 보이지 않고
정차장도 이백 리 밖
암담한 진창한 갇힌 철벽 같은 절망의 광야!

　　　　　　　　　　　　－유치환, <광야에 와서> 전문

　시적자아가 조선에서 "이미 온갖 저버리고 / 사람도 나도 접어주지 않으려는 자학의 길에"서 떠나온 곳은 바로 만주의 "흥안령 가까운 북변의 / 광막한 벌판 끝"이었다. 흥안령은 흑룡강의 가장 북부에 위치하고 있는바 만주에서도 가장 북쪽에 위치하고 있다. 이는 <飛燕과 더불어>에서도 '북만주 먼 벌판 끝 외딴 마을'이라는 구절과 <새에게>라는 시에서의 "아아 나는 예까지 내처 왔고나 /…허구한 세월을 가도 가도 인기척 드문 여기"라는 구절 등과 서로 일맥상통으로 읽을 수 있다. 정거장도 2백 리밖에 떨어져 있는 매우 궁벽한 곳인 것을 봐서는 농장이 있는 연수현이나 혹은 가신촌으로 생각된다. 게다가 7일째 연속 내리는 '暗愁의 비'는 여기를 '암담한' '진창'으로 만들어놓았다. '망나니를 본받아 화투장도 뒤치고 담배도 피우고 눌러끄고' 하지만 '죽어도 뉘우치지 않으려는 마음'은 '암담함'과 '절망'을 느낀다. 자신의 '悔悟의 앓음'을 유일하게 호소하고 싶은 '사념의 하늘'조차 보이지 않는다. 그야말로 '철벽같은 절망의 광야'이다. 그러나 여기에서 중요한 것은 '절망'을 안겨주는 광야에서 스스로를 가두고 처벌하고자 한 것, 그 의지와 광야의 빈틈없는 어울림, 이것이 바로 이 시가 뛰어난 작품이게 하는 한 요인이다.[83] 아래 시도 비슷한 내용으로 읽히는 시이다.

---

83) 정호웅, 「한국 현대소설과 만주 공간」, 『문학교육학』, 한국문학교육학회, 2001, 188쪽.

고향도 사랑도 회의도 버리고
여기에 굳이 立命하려는 길에
광야는 陰雨에 바다처럼 황막히 거칠어
타고 가는 망아지를 小舟인 양 추녀끝에 매어두고
낯설은 胡人의 客棧에 홀로 들어앉으면
오열인 양 회한이여 넋을 쪼아 시험하라
내 여기에 소리없이 죽기로
나의 인생은 다시 기억치 않으리니

　　　　　　　　　　　　　　－유치환, <絶命地> 전문

　'고향도 사랑도 회의도 버리고' 만주로 온 시인은 '굳이 立命하려는
길'에 들어선다. '굳이 立命하려는 길'이란 자기 자신을 한번 다시 재정
립해 보겠다는 비원이 서린 각오이다. 그러나 시인에게 다가온 북만주
의 세계는 '陰雨에 바다처럼 황막히 거칠은' 광야, 바로 시인이 '여기에
소리 없이 죽기로' 한 '絶命地'나 다름없는 곳이었다. 한마디로 만주는
시인의 이상과 포부를 송두리째 무너뜨리는 절망의 곳이었다. 그러나
여기에서도 회한을 오열인양 넋을 쪼아 시험하려는 시인의 허무의지를
볼 수 있다. 여기에서 허무의지란 스스로 자신이 밝힌 것처럼 일체의
인간적 감정을 초극하고 냉혹하고 비정한 인간이 되겠다는 의지이다. 이
는 시적 내지 철학적 사유가 도달한 인식으로서 단순한 허무주의나 염세
주의가 아니고 그 순수함 내지 순정을 강렬하게 만드는 동력원이다.[84]
　만주는 유치환에게 있어서 '봄이라고 와봐야 봄 같지도 않은 소박하
고도 단조롭기도 한 허허벌판'(<생명의 서> 재판 서문)이었고 '허무 절망
한 그 곳 광야에 위협을 당하며 알아야'(<생명의 서> 초판 서문) 했던 공

---

84) 김종길, 「청마 유치환론」, 『청마 유치환 시 전집』, 정음사, 1984, 350쪽.

간이었다. 뿐만 아니라 만주의 오월, 시월과 십이월은 어떠한가?

여기는 하르빈 道裡公園
五月도 섣달갓치 흐리고 슬푼季候
사람의 솜씨로 쑤며진 꼿밧 하나업시
크나큰 느름나무만 하늘도 어두이 들어 서서
머리우에 가마귀떼 終日을 바람에 우짓는
슬라브의 魂갓튼 鬱暗한 樹蔭에는
懶怠한 사람들이 검은想念을 망토갓치 입고
或은 쏀취에 눕고 혹은 나무에 기대여 섯도다
하늘도 曠野갓치 외로운이北쪽거리를
짐승갓치 孤獨하여 호올노 걸어도
내오히혀 人生을 倫理치 못하고
마음은 望鄕의 辱된 생각에 지치엿노니
아아 衣食하여 그대들은 어쩨케 스스로 足하느뇨
蹌踉히 公園의 鐵門을 나서면
人車의 흘러가는 거리의 먼 陰天 넘어
할수업시 나누은 曠野는 荒漠히 나의 感情을 부르는데
남누한 사람잇서 내게 吝嗇한 小錢을 欲求하는도다

—유치환, <哈爾濱道裡公園> 전문

하얼빈 도리구는 하얼빈시의 주요 상업구로서 하얼빈의 중심이라 할 수 있다. 그러나 시인의 눈에 비치는 하얼빈 중심지에 자리잡은 도리공원에 찾아온 오월은 '섣달갓치 흐리고 슬푼季候'이다. "사람의 솜씨로 쑤며진 꼿밧 하나업시 / 크나큰 느름나무만 하늘도 어두이 들어 서서 / 머리우에 가마귀떼 終日을 바람에 우짓는 / 슬라브의 魂갓튼 鬱暗한 樹蔭", '하늘도 曠野갓치 외로운 이 北쪽거리', '할수업시 나누은 曠野', 그야말로 인위적인 것 하나 없이 거칠고 음산하기만 한 풍경이다. 더불어

그가 하얼빈의 백성을 바라보는 시각 또한 이 풍경과 별반 다르지 않았다.85)

> 이곳 시월은 벌써 죽음의 계절의 시초리뇨
> 까마귀는 성귀에 모여들 근심하고
> 다시 天日도 볼 수 없는 한 장 납빛 하늘은
> 황막한 광야를 철책인 양 눌러 막아
>
> 십이월의 北滿 눈도 안 오고
> 오직 만물의 茄刻하는 흑룡강 말라빠진 바람에 헐벗은
> 이 적은 街城 네거리에
>
> −유치환, <首> 부분

만주 시월은 '죽음의 계절'의 시초였다. 까마귀는 성귀에 오구작작 모여서 근심하고 있다. 문덕수는 이 土城이 유치환이 살던 가신구 마을 주위에 에워싸인 토성일 것이라 한다.86) 구름이 꽉 뒤덮여 다시 해조차 볼 수도 없는 한 장 납빛 하늘은 쇠로 만든 울짱인 鐵柵인양 황막한 광야를 눌러 막아서 그야말로 갑갑하고 침침하며 황막하기만 하다. 십이월은 "北滿 눈도 안 오고 / 오직 만물의 茄刻하는 흑룡강 말라빠진 바람에 헐벗은" 거칠은 계절이었다. 그야말로 "허구한 세월이 / 광야는 외로워 絶島"(<絶島>)이다.

---

85) 유치환이 바라본 하얼빈에 거주하는 여러 나라의 백성들도 하얼빈의 풍경과 별반 다를 바가 없었다. '그 당시 하얼빈은 진정 나라 없는 백성들의 거리였습니다. 두 겹으로 나라를 잃고 영화롭던 옛날의 추억 속에 연명하는 육중한 白系露人과 어디고 인간의 퇴적물같이 번식해 사는 중국인과 안하무인한 거만스런 왜인들과 그리고 그 속에서 어떠한 수단으로서도 악착같이 다가붙어서 살려는 우리 겨레' 유치환, 『구름에 그린다』, 경남도서출판, 2007, 44쪽. 이 부분은 유치환이 러시아인, 중국인, 일본인, 한인을 바라보는 시각이 두드러지는 부분이다.

86) 문덕수, 『청마 유치환 평전』, 시문학사, 2004, 113쪽.

훗날 유치환이 한반도에 돌아와 쓴 시 <讚歌>에서도 "그날 욕된 하늘의 이슬도 싫어 / 어두운 大陸으로 옮아간 너희 짐승들도 / 돌아와 이 밝은 法度에 힘입어 살라"라는 구절이 있쪽. 여기서 "어두운 대륙이란 저 울암한 북만주의 벌판을 말함이여 그리고 옮아간 짐승들이란 그 광야에서 이날토록 방황하던 그날 나와 같던 무수한 절망의 蒼氓들을 가리킴은 두말할 것 없다."87)라고 그는 말하였다.

유치환에게 북만주의 벌판은 시인의 시정과 생활 현실이 첨예한 대립을 이루는 특수상황의 처소였다. 유치환이 체험했던 만주 생활, 非情의 他者的 절망적인 광야에서 그는 한편으로는 슬픔과 그리움에 젖은 애련, 허무의지, 나아가서는 죽음을 느끼는가 하면 다른 한편으로 자연에서 생명을 향한 몸부림과 자기의 존재를 다시 한번 확인하고 수호하려는 가열한 생명의지, 삶의 허무와 자신의 허무의지를 극복해나가려는 신념과 의지를 다지고 있다. 만주 체험에서 시인은 일체의 인간적 감정을 초극하고 냉혹하고 비정한 인간이 되겠다는 허무의지, 단순한 허무주의나 염세주의가 아니고 그 순수함 내지 순정을 강렬하게 만드는 동력원인 철학적 사유가 도달한 허무주의적 회의를 거침으로써 거대한 시력을 얻고 자유에 대한 강렬함과 삶에 대한 열애, 인생과 우주를 바라보는 생명의식을 계속 할 수 있었다.

요컨대 유치환에게 안겨오는 만주는 인위적인 것 하나 없는 거칠고 황막하고 외롭고 암담하고 절망적인 광야였고 절명지였으며 절도였다. 그러나 한편 시인은 이를 철학적 사유가 도달하는 허무의지로서 극복하고자 하였다.

---

87) 유치환, 『구름에 그린다』, 경남도서출판, 2007, 60쪽.

(3) 이민지와 비극적 삶

① '열차', '대합실', '역' 근대공간과 이주민들의 절망적인 삶 – 김조규

김조규는 1938년경[88])에 만주로 건너갔다. 그가 간도로 간 경위는 시
<북행열차>에 고스란히 나타나있다. "안개 짙은 밤 / 나는 그늘진 나
의 청춘을 안고 / 북행열차에 실려 / 도망치듯 고향을 떠났노라 / 산 속
을 기여 / 해안을 달음질쳐 / 북관천리……//", "오라는 글발도 없고 /
기다리는 사람도 없는 / 밤과 밤을 거듭한 / 追放의 막막한 나그네 길"
이라고 노래하고 있다. 김조규가 고향을 떠난 이유는 그의 행적으로 미
루어 보아 일경의 감시를 피해 본인 스스로 고향을 떠나 간도로 피신
한 것으로 보인다.

김조규의 연보를 살펴보면 그는 1929년 숭실중학 재학시절 광주학
생사건에 성원하는 학생운동에 참여했다가 일경에게 잡혀 평양 감옥에
서 미결수로 복역한 적 있고 그것이 전과가 되어 평양 숭실전문학교
영문과에 다니면서도 해마다 광주사건 기념일과 메이데이를 전후로 일

---

88) 김조규가 만주로 건너간 연대에 대해서는 1937년 설, 1938년 설, 1939년 설, 1940년 설
이 있다. 조양천제일중학교 校史에는 김조규가 1937년 조양천 농업학교에 부임되어 온
것으로 되어있다. 권철의 「김조규 연보」(『김조규 시전집』, 흑룡강조선민족출판사, 2002),
조양천 농업학교의 졸업생인 시인 설인의 회억 「김조규 선생과 춘향전」, 김경훈의 「김
조규의 해방 전 시세계」(『중국조선민족문학대계6 김조규, 윤동주, 리욱』, 보고사, 2006),
장춘식의 「김조규의 재만시기 시문학 연구」(『조선-한국언어문학 연구』, 2007) 등에도
모두 1938년으로 보고 있다. 권영진의 「김조규의 시세계-해방이전의 작품을 중심으로」
에서는 김조규가 1940-1944년 시기 만주에 머무른 것으로 보고 있다. 김진희는 「1930
-1940년대 해외 기행시의 인식과 구조-임화와 김조규의 일본. 만주 기행시를 중심으
로」(『한국문학연구』, 한국문학연구회, 2007)에서 "내가 독서회 사건으로 고향으로 떠나
간도로 피신하여 연길현 조양천에서 영어, 역사 교원으로 있던 때가 1939년 6월부터
1944년 3월"이라고 했는데 이는 정확하지 않다. 『단층』은 1937년에 창간되어 1937년 9
월 7일에 제2집, 1938년 2월 28일에 제3집, 총 3권으로 폐간되었다. 김조규가 1938년
김이석·김화청·최정익·유항림·양운한 등과 함께 『단층』의 동인으로 활동한 것을
감안한다면 김조규의 만주행은 1938년이 정확하다고 보아진다.

주일씩 평양 경찰서에 예비 검속되기도 했다. 그 후 1937년 초봄, 숭실 전문학교를 졸업한 후 일본 유학을 시도하였으나 학생운동 전과 때문에 불온학생이라 낙인이 찍혀 성사되지 못하고 선교부 계통의 함경북도 성진 보신학교 교사로 취직하였다. 또한 김조규 자신이 교사로 있었던 조양천 농업학교의 지하혁명조직 학생친목회 활동과 관련한 글에서 "내가 독서회 사건으로 고향으로 떠나 간도로 피신하여"[89]라는 대목이 있는 데 이를 참조할 수 있다.

여하튼 김조규는 1938년 문학동인지인 『단층』, 『맥』의 동인으로 작품 활동을 하다가 그해 봄에 그는 일경의 감시를 피해 만주에 건너가 조양천 농업실천학교 영어과 교사로 취임하였다. 그리고 이 기간에 어문 수업도 하였는데 당시 '국어'인 일본어 수업에 <춘향전>, <청산별곡>과 같은 고전을 강의하고 또 자신이 쓴 <연길 역 가는 길>, <3등 대합실> 등 창작시를 직접 학생들에게 읊어주기도 하였다. 1942년 10월에 『재만조선시인집』을 편찬하여 출간하였는데 이는 같은 해 9월 박팔양이 편집하고 출간한 『만주시인집』과 함께 40년대 한국 시문학의 귀중한 자료가 되고 있다. 1943년 가을 그는 위만주국 신경에 있던 『만선일보』에 입사하여 시인 박팔양, 소설가 안수길 등과 같이 편집 기자로 일하였다. 1945년 3월경 조선 평남 향리로 돌아온 김조규는 고향에서 8·15광복을 맞게 된다. 해방 후 김조규는 계속 북한에 머물면서 시 창작을 하였으며 1950년 6·25전쟁 때에는 종군 작가단으로 전선에도 뛰어들었고 대학교수, 문학 동맹위원 등의 활동을 하면서 북한에

---

89) 류만, 「김조규의 광복 전 시 창작에서 주목되는 점」, 『제2회 세계 코리아학 대회 공동 논문집: 화해와 협력시대의 코리아학』, 국제고려학회, 2007.2, 250쪽. 김진희, 「1930~ 1940년대 해외 기행시의 인식과 구조-임화와 김조규의 일본·만주 기행시를 중심으로」, 『한국문학연구』, 한국문학연구회, 2007, 162쪽에서 재인용.

서 일생을 살다가 1990년에 세상을 떠났다.

김조규는 1931년 10월에 『조선일보』에 시 <연심>을 발표하고 같은
해 『동광』 현상공모에 시 <검은 구름이 모일 때>가 1등으로 당선되면
서 시인으로의 문학도의 생을 시작하면서 1990년 세상 뜰 때까지 60여
년의 작품 활동을 하였다. 현재까지 알려진 김조규의 작품은 모두 550
편이다. 1938년 만주에 들어간 후부터 1945년 북한에 가기 전까지 그
가 약 7년간 만주에 체류하면서 창작 발표한 작품들은 약 60편에 달한
다. 시작품들로는 <두만강>, <연길 역으로 가는 길>, <북행열차>,
<3등 대합실>, <채찍>, <칼바람>, <배암>, <분묘의 동굴> 등이
있다. 김조규 자신은 재만 시기를 '暗夜行路'라 지칭하였다. 뜻인즉 어
두운 밤길을 걷고 있다는 것이다.

일경을 피해 만주로 피난 갔고 7년간 체류한 김조규에게 만주는 어
떻게 인식되었을까? 우선 만주로 가기 전 김조규는 北滿에 있는 破波에
게 서한체 형식의 시를 두 편 남겼는데 이는 만주체험 직전의 김조규
의 만주의 인식을 잠깐 들여다 볼 수 있는 계기가 된다.

<다시 北으로-破波에게>[90]는 破波에게 서한체 형식으로 쓴 시이다.
만주로 피난가기 전의 김조규는 아직 만주 무체험 상태였기에 다른 사
람에게서 들은 만주에 대한 풍경을 이야기하면서 청자인 破波를 위안

---

90) "검은 네 눈섶에 하얀 서리가 돋는다지 / 네 살결이 가죽 外套밑에서 움츠러들겠고나 //
零下 三十九度- / 북쪽 겨울은 몹시 맵다더라 / 松花江畔의 푸른 逍遙가 눈 속에 묻혔으
려니 / 한여름 부풀었던 네 노스탈쟈가 / 지금은 들판 白楊木가지에서 어이없이 떨겠고
나 // 그렇게 구슬프던 胡弓 소리도 하늘에 얼었다지 / 아무리 치워도 南쪽 바라지만은
封하지 말어라 / 어름ㅅ길 千里- / 아득한 南녘 地平線을 바라보기에 / 追憶에 젖은 네
눈동자마저 얼어서야 되겠니? / 南方이 그리우면 冊床에 기대앉어. 해빛 흰-한 들窓살
을 헤여보렴 // 오호 찬 기운이 心臟까지 스며든다 / 엄지 발까락이 알사탕처럼 얼기 전 /
빨리 驛馬車를 불러 타고 집으로 돌아가라 / 엊저녁도 이곳에선 火爐불을 끼여안고 / 외
로운 네 이야기에 밤이 깊었단다 //" 김조규, <다시 北으로-破波에게> 부분.

하고 당부한다. 북쪽을 가리키는 만주 겨울은 영하 39도의 몹시 맵고 추운 날씨의 지속이다. 바깥에 서서 있노라면 불과 얼마 되지도 않아 '검은 눈섶에 하얀 서리가 돋고' '살결은 가죽 外套밑에서 움츠러'든다. 어찌나 추운지 '구슬픈 호궁소리도 하늘에 얼어붙고' '찬 기운이 심장까지 얼어들며' '엄지발까락 또한 알사탕처럼 얼어 붙는다'. 한마디로 모든 게 꽁꽁 얼어붙는 지독하게 춥기 그지없는 북쪽의 겨울이다. 이런 만주의 추운 겨울 풍경은 남승경의 <북방소묘>91) 시에서도 확인이 된다. 시에서는 추운 겨울 날씨와 더불어 마음도 얼어붙어 있는 破波를 걱정해주고 보듬어주고 위로해 주려는 시적화자의 마음을 읽을 수 있다. 춥고 냉혹하고 쓸쓸한 경물에 의탁하여 시적화자는 청자의 심경을 이해해주고 있다.

破波의 얼어붙은 마음은 김조규의 다른 서한체시 <北으로 띄우는 便紙─破波에게>와 연결시켜보면 향수에서 기인된 듯하다. "제비의 쪽빛 날개가 네 들창을 두드리면 / 季節의 부푼 消息에 고달픈 네 마음은 운다지 / 뭉게뭉게 모기불의 하이얀 煙氣가 追憶을 그리며 天井으로 기여 올은다 / 밤─煙氣속 네 얼골이 또 다시 파리하다 // 南쪽이 그리우면 黃昏을 더부리고 먼─ 松花江ㅅ가으로 逍遙해라 / 노래가 그리우면 아아 흘러오는 胡弓의 旋律을 조용히 어루만지거라 / 바람과 季節과 疲勞와 네 나히밖에 너를 쌓 안는 아무것도 없지? / 異域의 胡弓소리는 미칠 듯한 鄕愁를 눈물겨운 寂寞으로 이끈다드라"라고 표현하고 있다.

김조규가 파파에게 쓴 두 편의 서한체 시 가운데 한편은 북만의 겨

---

91) "바람은 바람을 안고 지랄을 치고 / 눈은 눈을 안고 몸부림 친다 / 한울과 땅이 分別없이 얼어붙은 날 // 零下三十六度九分! / 썰매의 방울소리 마저 바람에게 捕虜된날" 南勝景, <北滿素描> 부분.

울을 썼다면 다른 한편 <北으로 띄우는 便紙－破波에게>에서는 여름[92]에 대해 쓰고 있다. 대륙의 여름은 몹시 뜨거운데 들판의 기후 또한 몹시 거칠다. 그러나 뜰 가에 높이 자란 고량 이파리는 여름에는 한밤에 세치나 자란다는 것이다. 이는 만주가 비록 여름이 거칠고 뜨겁긴 하지만 토지가 비옥하여 고량이 밤새 잘 자란다는 것이다.

　종합적으로 만주로 가기 전 김조규가 쓴 두 편의 시를 정리해보면 남에게서 들은 만주의 삭막한 기후와 풍경에 치우쳐 말하면서 그 풍경을 빌어 심경을 고백하고 있다. 그러므로 자신이 '안개짙은 밤' '북만으로 떠나는 북행열차를 타'고 갈 때 "벌써 대지는 얼어 / 북만엔 눈발이 섰다는데 / 홋적삼 토스제로 이제 / 대륙의 칼바람을 어이 견데낼 것인가 //"(<북행열차>)라고 스스로를 걱정하기도 한다. <北으로 띄우는 便紙－破波에게>보내는 시 두 편은 김조규의 대표작으로 손꼽을 수 있는 <연길 역으로 가는 길>을 배태하기 위한 前身이라 할 수 있다. 두 편의 시에서 사용된 '高粱', '驛馬車', '停車場', '황혼' 등 어휘들은 고스란히 아래 시구에 등장한다.

> 벌판우에는
> 갈잎도 없다 高粱도 없다 아무도 없다
> 鐘樓넘어로 한울이 묽어저
> 黃昏은 싸늘하단다.
> 바람이 외롭단다.
> 머얼리 停車場에선 汽笛이 울었는데 나는 어데로 가야하노!

---

92) "大陸의 여름은 몹시 뜨겁다드라 / 들판의 氣候는 몹시 거츨다드라 /(중략/ 뜰ㅅ가에 높이 자란 高粱 이파리가 네 푸른 노스탈쟈를 어지럽히지나 않니 / (한밤에 三寸나 여름은 자란다는데 ……)" 김조규, <北으로 띄우는 便紙－破波에게> 부분.

호오 車는 떠났어도 좋으니
驛馬車야 나를 停車場으로 실어다다고
바람이 유달리 찬 이저녁
머언 포플라길을 馬車우에 홀로.

나는 외롭지 않으련다
조곰도 외롭지 않으어다.

— 김조규, <延吉驛 가는 길> 전문

연길역으로 가는 만주벌판 위에는 갈잎도 없고 고량도 없고 아무 것
도 없이 황량하기만 하다. 종루 너머로 하늘이 무너져 황혼은 싸늘하고
바람 또한 외롭다. 황량하고 싸늘하고 외롭기만 한 분위기를 깔고 있
다. '바람이 외롭다'는 마지막 연에 두 번 나오는 "외롭지 않으련다"와
조응을 이루면서 실제로의 외로움을 강조하여 짙게 드러내고 있다. 1
연의 '머얼리 停車場에선 汽笛이 울었는데 나는 어데로 가야하노!'에서
는 목표 없이 불안해하고 방황하는 화자의 모습이 이 한마디 속에 농
축되어 있다.

2연의 "호오 車는 떠났어도 좋으니 / 驛馬車야 나를 停車場으로 실어
다다고"에서는 기차는 떠났지만 어데라도 떠나야겠다는 일종의 강박
관념이 담겨져 있다. 비록 "바람이 유달리 찬 이 저녁 / 머언 포플라길
을 馬車우에 홀로"여서 한없이 쓸쓸하고 외롭지만 "나는 외롭지 않으
련다 / 조곰도 외롭지 않으어다." 반복으로 강조함으로써 이 모든 외로
움을 견뎌 이겨내려는 처절한 노력이 돋보인다.

황량하고 쓸쓸한 만주 벌판의 환경은 이민지에서 이주민들의 삶의 불
안과 외로움을 드러내기 위한 분위기 조성에 충분한 역할을 하고 있다.

재만 시절 김조규의 시에는 '열차(기차)'93), '대합실', '停車場', '역'

등의 공간을 가리키는 어휘들로 이주민들의 처지와 삶의 현장을 다루고 있다. <북행열차>, <삼등대합실>, <대두천역에서>, <한 교차역에서>, <연길역 가는 길> 등의 시작품이 여기에 해당된다.

근대에 등장한 '열차(기차)', '대합실', '停車場', '역'은 떠남과 돌아옴, 이별과 만남을 상징하는 공간들이다. 그러나 김조규의 시에서 이들은 떠남과 이별의 공간이며 이향을 상징한다.

(할머니 그 늙으신 몸에
北行列車를 더 타시렵니까?)
눈물의 북쪽 만리 아하하
쫓기우는 족속이여

                              － 김조규, <三等待合室> 전문

안개 짙은 밤
나는 그늘진 나의 청춘을 안고
北行列車에 실려
도망치듯 고향을 떠났노라
산속을 기여
海岸을 달음질처
北關千里……

                              － 김조규, <北行列車> 부분

경산도, 평안도, 관북 사투리
제 고장 기름진 땅 누구에게 빼앗기고

---

93) 식민지 조선에서 열차는 남행 열차와 북행 열차로 나뉘었다. 서울의 남대문에서 출발해 부산을 거쳐 관부 연락선을 통과하고 다시 일본 내에서 주로 大阪, 橫濱로부터 동경까지 이르는 열차의 여로가 남행 열차이다. 반면 남대문에서 출발해 한반도의 북쪽 지역을 통과하면서 압록강 철교를 건너 봉천역까지가 북행 열차의 여로이다. 차혜영, 「1920년대 해외 기행문을 통해 본 식민지 근대의 내면형성경로」, 『국어국문학』, 2004.9, 415쪽 참조

이리도 멀고 먼 이역 땅
두메 막바지에 흘러왔담?

쫓기는 신세라 이제 또한
얼마나 많은 눈물
무거운 근심을
이 大陸 황무지에 쏟을 것인가

— 김조규, <大肚川驛에서> 부분

　　시적화자는 조선 이주민들이 제 고장의 기름진 땅은 누구에 의해 다
빼앗기고 먼 이역 땅인 만주, 연해주로 쫓겨나는 신세가 되었냐고 질문
하고 있다. 그러면서 한민족은 '눈물의 북쪽 만리로 쫓기우는 족속'이
라고 말하고 있다. 시인은 우리 민족의 비참한 현실을 제대로 짚어내고
있다. 車室은 유이민들의 한 폭의 생활축도였다.

차실은 우리 모두가 안고있는
한폭의 생활축도런가
행복은 문 어구에도 없고
불행만 꽉 차 숨이 막힌다

눈에 보이는 모든 것 잃었으니
어느 구석엔들 웃음이 있으리요
빈 젖을 파고드는 애기의 울음을
어머닌들 무엇으로 멈춘단 말인가
그런데 욕설로 무찌르는 異邦 말……
……
아, 어제도 오늘도
또 래일도
북행열차는 더 큰 불행과 슬픔을 싣고

어덴가 자꾸 떠나고 있어라

－김조규, <北行列車> 부분

슬픈 石膏像처럼 창턱에 기대여
낯선 거리의 저무는 風景을
失神한듯 내다보는 젊은이도 있다

－김조규, <三等待合室> 부분

"행복은 문 어구에도 없고 / 불행만 꽉 차 숨이 막"히는 차실, 큰 불
행과 슬픔만을 싣고 어디엔가로 자꾸 떠나는 열차이다. 차실의 '빈 젖
을 파고드는 애기의 울음을 멈출 길 없는 어머니', 삼등대합실94)의 '슬
픈 석고상처럼 창에 기대여 실신한 듯 창95)밖을 내다보는 젊은이'…
이런 이주민들의 피폐한 모습은 <대두천역에서>라는 시에서 더 한층
사실적으로 형상화되어 묘사되었다.

마을도 없는
산비탈에 서있는 외진 山間驛
하늘엔 눈발이 부연데
待合室은 지친 얼굴들로
가득차 있다

우묵 패운 볼

---

94) 일제는 객차의 내선 차별과 등급 분리를 제도화하여 급행열차의 경우, 조선인과 일본인
　　이 타는 차량과 기차의 칸까지 구분하였다. 만주로 가는 궁핍한 조선인들이 타는 기차는
　　3등 완행 열차였다. 3등 대합실은 3등 완행열차를 타는 조선인들이 대기해있는 대합실
　　이었다.
95) '창'은 분할된 두 공간을 연결하는 통로로 안에서 밖을 내다볼 수 있는 가능성을 뜻하기
　　도 하고 밀폐된 공간 안에서 바깥을 바라보면서 어쩔 수 없는 처지에 있음을 뜻하기도
　　한다. 김조규의 처지는 후자에 가깝다고 할 수 있다.

　　두드러진 뼈
　　눈동자는 저마다 닥쳐올 운명에
　　초불처럼 떨고 있으니
　　貧窮의 한 배속에서 나온 형제들이냐
　　행복이란 손에 한번 쥐어 못본 얼굴들이다
　　……
　　흐트러진 머리를 쓸어올릴 생각도 없이
　　흙바닥만 뚜러지게 들여다보는 녀인
　　눈물 자욱 마르지 않은 걸 보니
　　오는 길에 애기를 굶어 쥑인 게로구나

　　할머니는 천리길 걸어 아들 면회 갔다가
　　'비적'의 어머니라 구두발에 채여
　　감옥 문간에서 쫓겨났다지요?
　　먹다 버린 벤또를 주워 먹는
　　애야 너는 그렇게도 배가 곺으냐?
　　(중략)
　　고향은 강 건너 조선땅이지만
　　흙 한번 밟아보지 못했다는 사람들

　　　　　　　　　　　　－김조규, <大肚川驛에서> 부분

　'大肚川'은 현재의 길림성 東豊현의 속칭이다.[96] 동풍현은 조선인 이
주민이 1922년에는 164가구 813명, 1929년에는 겨우 500명 정도였
다.[97] 위의 시는 행복이란 손에 쥐어보지 못하고 불행하기만 한 조선

---

96) 동풍현은 길림성 서남부에 위치하고 있다. 자료에 의하면 동풍의 지형이 胃처럼 생겼다
　　고 해서 큰 배 같다는 뜻에서 대두천이라는 이름이 유래하였다. '배'와 지형이 교묘하게
　　맞아떨어져 이렇게 부른 것도 있겠지만 또한 "盛京圍場"중의 이름 하나가 "大度川"이었
　　는데 사람들이 발음이 비슷한 "大肚川"으로 부르기 시작한 것에서 연유한 것도 있다.
　　www.dongfeng.gov.cn 참조.
97) 1916년까지는 조선이주민 이주자가 없다가 1919년에 횡도구 사평가 등 지역에 200∼

이주민의 비극적 모습이 생생하게 서사적으로 그려져 있다. 시적화자가 대두천역에서 본 유이민들은 오는 길에서 애기가 굶어죽어 눈물 자국이 마를 새없는 여인, 비적으로 몰린 아들을 면회하러 천리 길 걸어왔으나 비적98) 어머니라 구두 발에 채여 감옥 문간에 쫓겨난 할머니, 먹다 버린 벤또(도시락)를 주어 먹는 아이 등인바 그들의 이야기는 조선이주민의 비극적 실상들이다.

종합적으로 김조규의 만주에 대한 인식을 두루 종합해보면 入滿 이전 김조규는 남의 이야기만 듣고 삭막한 기후 이야기만 하던 데로부터 만주에 직접 가서 체험을 거치면서 역, 대합실, 기차 등 공간을 통해

300명의 집단이주가 있어 현 내 조선이주민 수가 1,000명을 돌파하였다. 그러나 1921년 후부터 점차 감소되었다. 주성화, 『중국 조선인 이주사』, 한국학술정보, 2007, 144쪽.

98) 일제는 만주국에서 활동하는 항일무장투쟁 단체들을 공식적으로는 강도 집단과 구분하지 '않고 '匪賊'이라 통칭했는데 내부적으로는 '政治匪', '思想匪'(민족주의적이거나 공산주의적인 비적들)로 구분하였다. 1937년 만주의 '비적'들은 30만 명(1931)에서 2만 명으로 급속히 줄었을 뿐만 아니라 대부분이 공산주의 계열의 항일무장 세력인 '共匪'였다. 이정식, 『만주혁명운동과 통일전선』, 사계절, 1989, 281-282쪽.

그리고 김조규의 다른 시 <찌저진 포스타가 바람에 날리는 風景>에서 통비분자가 등장한다. '(전략)아, 한 많은 세상살이 / 허리는 굽었지만 / 마음이야 굽어들손가 / 마을은 침묵으로 외면하고 있는 한낮 // 오늘도 또 한사람의 '통비분자' / 묶이어 성문 밖을 나오는데 / '王道樂土' 찢어진 포스타가 / 바람에 喪章처럼 펄럭이고 있었다' 김조규, <찌저진 포스타가 바람에 날리는 風景> 전문, 1941.8 老土溝에서.

여기에서 정착촌에서 오늘 또 끌려 나오는 '통비분자', 通匪분자는 비적 집단과 내통 혹은 결탁한 자를 말하는데 그 당시 일본제국주의는 항일유격대, 독립군 등을 비적 집단이라 했다. 이 시에서 통비분자는 이들과 연계를 가진 조선인을 일컫는 말이다. 끌려가는 통비분자는 희생되어 이 마을의 풀 한포기 돋지 않은 분묘의 언덕으로 변한다. 풀 한포기 돋지 않았다는 것은 이 마을의 조선인들이 들풀이 자라도록 방치하지 않았다는 뜻이고 다시 말하면 통비분자의 정신을 기린다는 뜻으로도 해석이 된다. 이런 분묘 앞에 바람에 喪章마냥 펄럭이는 찢어진 '왕도낙토'의 포스타는 퍼그나 역설적이고 풍자적이다. '왕도낙토'인 이념으로 건국된 만주국에 대한 간접적인 야유와 풍자라 볼 수 있다.

이상 김조규의 시에서 등장하는 '비적'과 '통비분자'는 모두 항일무장 투쟁하는 조선인이나 혹은 거기에 협력하는 조선인을 가리키고 있음을 알 수 있다. 그 외 노천명의 <국경의 밤>, 유치환의 <수> 등 여러 작품에서도 비적이 출현한다.

식민지 조선 이주민들의 비극적인 삶의 모습과 절망적인 풍경을 그리고 있다. 이러한 시들은 해방 후에 창작한 <기차>와 대조적인 내용을 이루고 있다.[99] 이주민들의 절망적인 삶을 현장에서 김조규는 식민시대의 상황을 투철히 깨달았고 인식하였으며 지식인으로서의 책임감과 책무를 느끼지만 어쩔 수 없는 처지임을 통감한다. 그는 버림받은 이주민들과 자신을 동일시하였다. 김조규는 자의식을 시의 새로운 재산으로 추가한 시인으로, 일제의 식민통치하에서 겨레와 운명을 함께 하면서 유발된 갈등을 시로 승화시키는데 진력한 시인으로 평가 받고 있다.

② 팔려간 여인과 민족공동체의 비극적 운명 – 이용악

1930년대 후반 서정주, 오장환 등과 함께 3대시인으로 불리는 이용악이 만주나 러시아 등에 거주한 시기는 분명하지 않다. 이용악의 고향 후배이자 한때 그의 집에 기숙하기도 한 시인 유정의 증언에 따르면 이용악의 집안은 그의 할아버지 대에서 아버지 대를 걸쳐 러시아 영토를 오가는 생활을 했다 한다. 금을 얻기 위해 주로 소금 밀수에 종사한

---

99) "車窓은 / 움직이는 나의 그림테두리 // 눈을 뜨면 / 푸른 하늘이 地平까지 닿았고 / 하늘을 바래 / 허이연 湖水가 흰 낮을 浪漫하는데……// 산이 움직인다 / 뒤으로 뒤으로 / 電柱가 다름질친다 / 움짓 움짓 樹林이 몸을 돌리는데 / 電柱는 大地를 바느질하며 따라온다 // 지난날 나의 旅行은 / 피곤하고 외롭고 슬프기만 하여 / 窓까에 턱을 고이고 / 움직이는 窓밖 風景을 虛寂하며 / 담배만 담배만 피웠는데……// 오늘 가는 길은 工作의 길 / 나의 旅行에 날개가 돋았구나 / 車室이 모오두 내 이웃 내 家族같구나 / 祖國의 이야기를 어엿이 하는 / 平安道 咸鏡道 慶尙道 사투리 // 汽車야 / 네 장하다 / 네가 붉은 軍人과 解放을 실어왔고 / 네가 우리 빨치산과 建設을 실어왔고 / 그리고 오랜 神話를 깨트리며 / 마을의 새 이야기를 실어왔다 / 들판을 지나 / 첩첩 山속으로 기어들 때 / 장쾌하게 뿜는 네 고함소리에 / 들 菊花 갸웃 갸웃 고개 흔든다 / 汽笛아 울리어라 / 바퀴야 달리어라 / 平元¹⁾(평원은 平元이 아니라 平原의 오타가 아닐까 한다) 120킬로의 峻嶺을 넘으면 / 咸鏡道 아가씨가 너를 반기고 / 東海 푸른 물이 너를 씻어주리니 // 칙칙칙 들들들 // 汽車는 달린다 / 새 消息 새 이야기 가득 싣고 / 오오 우리 汽車는 祖國의 기름진 땅을 줄다름 친다 //" 김조규, <汽車> 전문.

것으로 추정되는데 그의 유년시절 아버지가 객사하자 그의 가족은 고향인 함북 경성에 정착하여 어머니가 주로 달걀 장사, 국수 장사, 떡 장사 등으로 어렵게 생계를 꾸렸다고 한다. 이는 그의 시 <우리의 거리>에서 "아버지도 어머니도 / 젊어서 한창땐 / 우리지오로 다니는 밀수꾼 // 눈보라에 숨어 국경을 넘나들 때 / 어머니의 등곬에 파묻힌 나는 / 모든 가난한 사람들의 젖먹이와 다름없이 / 얼마나 성가스런 짐짝이었을까"에서도 확인이 된다. 그리고 <풀벌레 소리 가득차 있었다> 시에서도 객지에서 아버지가 운명하는 모습을 떠올릴 수 있다.[100] 이용악이 태어나고 성장한 함경도는 국경 도시로서 1869년 이후 흉년이 거듭되어 기아에 허덕이는 농민들은 강을 넘어 광대한 미개지를 개척하고 물자 결핍으로 인해 러시아로 품팔이를 가는 사람도 적지 않았다[101]는 사실도 그때의 시대 배경을 말해주고 있다.

이용악은 동경유학 시절에도 으레 귀향하였고 또 조선인들이 밀집적으로 거주하는 간도 등지를 몸소 답파하고 만주 유이민들의 비극적인

---

100) "우리집도 아니고 / 일가집도 아닌 집 / 고향은 더욱 아닌 곳에서 / 아버지의 寢床 없는 最後의 밤은 / 풀버렛소리 가득차 있었다 // 露領을 다니면서까지 / 애써 자래운 아들과 딸에게 / 한마디 남겨두는 말도 없었고 / 아무을灣의 파선도 / 설룽한 니코리스크의 밤도 완전히 잊으셨다 / 목침을 반듯이 벤 채 // 다시 뜨지않는 두 눈에 / 피지 못한 꿈의 꽃봉오리가 깔앉고 / 얼음장에 누우신 듯 손발은 식어갈 뿐 / 입술은 심장의 영원한 停止를 가르쳤다 / 때늦은 醫員이 아모 말 없이 돌아간 뒤 / 이웃 늙은이 손으로 / 눈빛 미명은 고요히 / 낮을 덮었다 // 우리는 머리맡에 엎디어 / 있는 대로의 울음을 다아 울었고 / 아버지의 寢床없는 최후 最後의 밤은 / 풀버렛소리 가득차 있었다" <풀버렛소리 가득차 있었다> 전문.
윤영천은 이용악의 父亡시기는 아무리 늦더라도 1922년 이후로 내려 잡기는 곤란하다고 하였다. 왜냐하면 레닌혁명의 시베리아 제압으로 '극동 러시아령의 소비에트화'가 구체화된 1922년 이후부터는 조선인의 소비에트화를 극도로 경계한 일제에 의해 국경 봉쇄가 매우 삼엄해졌으며 따라서 이 방면으로의 '가족이주, 집단이주'는 사실상 불가능해졌기 때문이라 하였다. 윤영천, 「민족시의 전진과 좌절」, 『이용악 시전집』, 창작과비평사, 2000, 206-207쪽.
101) 고승제, 『한국근대사론1』, 서울 지식산업사, 1977, 338-346쪽.

삶의 전모에 깊이 주목하였다.102) 시인이 바로 이런 비극적 삶의 체험
세계를 바탕으로 하여 시 창작하였기에 그의 작품은 유이민의 비극적
삶을 깊이 있게 통찰하였고 이를 민족 모순의 핵심으로 명확히 인식하
고 형상화하였다는 평가를 받고 있다.

　이용악의 시작품은 총 100여편103)으로 그중 만주나 시베리아의 이
주 조선인과 관련된 시로는 <북쪽>, <풀버렛소리 가득 있었다>, <천
치의 강아>, <제비같은 소녀야>, <두만강 너 우리의 강아>, <낡은
집>, <하나씩의 별들>, <하늘만 곱구나>, <우리의 거리> 등이다.
이용악의 시에서는 북쪽, 북간도, 만주, 대륙 등 어휘들이 다양하게 등
장하는 데 이들이 어떤 의미로 쓰였는지 주목해보자.

> ①북쪽은 고향
> 그 ②북쪽은 여인이 팔려간 나라
> 머언 산맥에 바람이 얼어붙을 때
> 다시 풀릴 때
> 시름 많은 ③북쪽 하늘에
> 마음은 눈 감을 줄 모르다
>
> 　　　　　　　　　　　　　　　　　　　-<북쪽>, 1937.5.30
>
>
> 멀구 광주리의 풍속을 사랑하는 ④북쪽 나라
> 말 다른 우리 고향-
> (중략)
> 봉사꽃 유달리 고운 북쪽 나라
> 　　　　　　　　　　　-<아이야 돌다리 위로 가자>, 1938.11.10

---

102) 윤영천, 위의 논문, 207쪽.
103) 이는 윤영천 편『이용악시전집』(창작비평사, 1988)의 시 외에 이 책에서 누락한 <기관
　　구에서>(『문학』三一기념 임시 증간호(1947. 2)를 추가한 것이다. 최두석,「민족현실의
　　시적 탐구」, 윤여탁, 오성호 편,『한국현대리얼리즘 시인론』, 태학사, 1990, 191쪽.

눈이 오는가 ⑤북쪽엔
함박눈 쏟아져내리는가

-<그리움>, 1947.2

더러는 오랑캐령 쪽으로 갔으리라고
(중략)
⑥북쪽만 향한 발자욱만 눈 우에 떨고 있었다

-<낡은 집>, 1937.5.30

회파람은 돌배꽃 피는 洞里가 그리워
⑦北으로 北으로 갔다

-<길손의 봄>, 1937.5.30

깊어가는 ⑧大陸의 밤-
未久에 먼동은 트러니 햇살이 피려니

-<제비같은 少女야-강건너 酒幕에서>, 1937.5.30

두터운 벽도 이웃도 못미더운 ⑨북간도 술막

-<전라도 가시내>, 1939.8

거북네는 ⑩만주서 왔단다 두터운 얼음장과 거센 바람 속을 세월은
흘러 거북이는 만주서 나고 할배는 만주에 묻히고 세월이 무심찮아 봄을
본다고 쫓겨서 울면서 가던 길 돌아왔단다.

-<하늘만 곱구만>, 1948.1

이용악의 시에서 만주란 객관적인 용어는 조국광복 후인 1948년에
야 등장하고 북간도는 1939년에 한번, 대륙도 1937년에 한번, 그 외에
모두 북쪽으로 등장하고 있다. 북쪽이란 서울의 시점에서 볼 때 서울
이북을 모두 가리키고 있는바 여기서는 이용악의 고향인 함경북도 나

아가서 만주, 시베리아 등을 모두 포괄하고 있다. 그렇다면 여기에서 북쪽은 어디를 가리키느냐 하는 문제가 제기된다. 이용악의 시에서 고향은 만주나 시베리아를 가리키는 경우, 고향과 만주를 모두 통합하는 경우 두 가지이다.

첫째로 만주 나아가서 시베리아를 가리키는 경우는 ②⑥이다. 여기에서 여인이 팔려간 나라는 주로 만주로 보는 게 적절하다. 아래에서도 논의가 되겠지만 <전라도 가시내>나 <제비같은 소녀야>에서는 북간도나 만주에서 작부로 일하고 있는 팔려간 조선 여인을 다루고 있다. 그리고 <낡은 집>에서도 하루 밤 사이에 없어진 털보네 가족을 마을 사람들은 모두 만주나 시베리아로 갔다고 짐작하고 있다. 이는 '더러는 오랑캐령 쪽으로 갔으리라고'에서의 <오랑캐령>과도 연관시켜 볼 수 있는 대목이다. 털보 네가 고향을 떠나 어디론가로 가지만 그 어디론가는 <북쪽>의 '북쪽'처럼 희망과 절망의 어느 쪽으로도 가늠할 수 없는 아득한 공간이 되는 것이다. 어디로 가든 식민지하의 조선의 '북쪽'은 '눈우에 떨고 있는 발자욱'같은 처지일 것이다. 고향을 떠나 유랑의 삶이 식민지 조선의 비극성과 맞물려 있다.

둘째로 고향 함경북도와 만주를 통합하여 보는 경우인데 이는 ①③④⑤⑦이다. '시름많은 북쪽하늘'은 고향이나 만주나 다 똑같은 상황인 것이다. 이처럼 이용악 시에서의 '북쪽이나 북'은 고향인 함경북도 나아가서는 만주를 가리키고 있다. 이는 뒤에서 다루게 될 이육사 시에서의 '북방, 북극, 북해안, 북해, 북쪽' 등과도 차이가 있다. 그러나 이용악시에서 '북쪽'이 고향이냐 만주냐를 구별하는 게 중요한 게 아니다. 왜냐하면 북쪽은 현실 상황을 총체적으로 가늠할 수 있는 계기를 마련해주고 있고 고통 받는 현실적 삶과 역사의 시적 등가물로 치환되어 있기 때문이다.

　이용악의 만주에 관한 시에서 돌출되어 나타나는 부분은 '팔려간 여인'에 대해서이다. 이는 <북쪽>을 비롯해서 <전라도 가시내>, <제비 같은 소녀야> 등을 들 수 있다.

　우선 <북쪽>에서 유정은 "용악의 <북쪽>은 개인의 서정을 떠나 사회적인 관심을 치열하게 내포한 시작품이다. 여인이 팔려간 나라는 종래의 서정시에선 보기 드문 사회적 현상에의 관심이고… (중략) 시름 많은 북쪽 하늘에는 단순한 향수의 영역을 벗어난 것이다. 서정성을 지니면서 그 서정 속에 사회의식을 강렬하게 반영했다는 데서 이 시는 용악의 초기의 대표작이다. 이후의 그의 시 방향을 점치는 지표가 되었다고 할 수 있겠다."104)라고 평가하였다.

　<북쪽>은 화자의 내면 감정을 표백하는 독백의 성격을 지닌다. '북쪽'을 바라보며 시름에 잠겨 있는 화자의 내면은 "시름 많은 북쪽 하늘에 / 마음은 눈감을 줄 모른다"로 명징하게 제시되어 있다. 그리고 '머언 산맥에 바람이 얼어붙을 때 / 다시 풀릴 때'라는 묘사적 표현은 '북쪽'의 예사롭지 않은 상황을 암시하고 있다. 바로 '그 북쪽은 여인이 팔려간 나라'이기 때문이다. 이 객관적 서술은 '북쪽'에서 일어나고 있는 상황을 구체적으로 제시한 것으로 화자가 시름을 겪게 하고 있는 動因이라 할 수 있다. 이러한 구체적인 사건은 화자의 주관을 배제하고 객관적인 서술로 표출되었기에 보편성과 객관성을 획득하고 있다.

　1930년대 들어서서 일제하의 조선농민이 분해되면서 수많은 조선

---

104) 柳呈, 「암울한 시대를 비춘 외로운 시혼－향토의 시인 이용악의 초상」, 윤영천 편, 『이용악시전집』, 창작과 비평사, 2000, 191쪽.

이농민의 딸들이 '이민열차'에 실려 짐짝처럼 만주 등지로 팔려갔고 몇 푼 안 되는 돈을 받고 자기의 아녀자를 청류로 팔아먹는 사례가 다반 사였다. 이는 일제가 이미 1916년에 서둘러 실시함으로써 조선 전체를 유곽화하려는, '조선인 일반화를 방탕화'하려고 전면적으로 企圖한 일제의 야만적인 정책이었다.105)

　<낡은 집>에서 털보네의 셋째 아들 탄생에 대한 마을 아낙네들의 무심코 하는 차거운 이야기 "털보네는 또 아들을 봤다우 / 송아지래두 불었으면 팔아나 먹지"에서도 아들이 송아지보다 못하며 나아가서는 딸보다도 못하다는 상품가치 체계의 구축 양상을 드러내고 있으며 동시에 가치가 높은 상품이 '딸'이 되는 집단 자체의 역사적 배경도 나타낸다. 이러한 인간이 사물화 되는 비인간적인 가치관은 경제적 결여, 궁핍함에 의해 기인된 것이다. 이러한 궁핍한 현실을 시적으로 반영한 <전라도 가시내>를 보도록 한다.

　　알록조개에 입맞추며 자랐나
　　눈이 바다처럼 푸를뿐더러 까무스레한 네 얼골
　　가시내야
　　나는 발을 얼구며
　　무쇠다리를 건너온 함경도 사내

　　바람소리도 호개도 인전 무섭지 않다만
　　어드운 등불 밑 안개처럼 자욱한 시름을 달게 마시련다만
　　어디서 흥참한 기별이 뛰어들 것만 같애
　　두터운 벽도 이웃도 못미더운 북간도 술막

---

105) 문정창,『군국일본 조선강점 36년사(상)』, 백문당, 1967, 105-107쪽. 윤영천,『한국 유이민시』, 실천문학사, 1987, 109쪽에서 재인용.

온갖 방자의 말을 품고 왔다
눈포래를 뚫고 왔다
가시내야
너의 가슴 그늘진 숲속을 기어간 오솔길을 나는 헤매이자
술을 부어 남실남실 술을 따르어
가난한 이야기에 고히 잠거다오

네 두만강을 건너왔다는 석 달 전이면
단풍이 물들어 천리 천리 또 천리 산마다 불탔을 겐데
그래두 외로워서 슬퍼서 초마폭으로 얼굴을 가렸더냐
두 낮 두 밤을 두루미처럼 울어 울어
불술기 구름 속을 달리는 양 유리창이 흐리더냐

차알삭 부서지는 파도소리에 취한 듯
때로 싸늘한 웃음이 소리없이 새기는 보조개
가시내야
울 듯 울 듯 울지 않는 전라도 가시내야
두어 마디 너의 사투리로 떼아닌 봄을 불러줄게
손때 수집은 분홍 댕기 휘 휘 날리며
잠깐 너의 나라로 돌아가거라

이윽고 얼음길이 밝으면
나는 논포래 휘감아치는 벌판에 우줄우줄 나설게다
노래도 없이 사라질 게다
자욱도 없이 사라질 게다

－이용악, <전라도 가시내> 전문

이 시는 함경도 사내가 '가시내야'라고 호칭하면서 전라도 가시내에게 말을 하는 형식으로 되어있다. 함경도 사내는 "발을 얼구며 / 무쇠 다리를 건너"왔고 전라도 가시내는 '석달 전에 두만강을 건너온' 술집

작부이다. '눈이 바다처럼 푸를뿐더러 까무스레한 얼골'을 가진, '알룩
조개에 입맞추며 자랐을' 가시내가 술집 작부가 될 수밖에 없는 사연
에 사내는 연민을 느끼고 있으며 그녀가 같은 민족임에 더 큰 고통을
느끼고 있다. 가시내가 일하는 낯선 술집은 바로 '흉참한 기별이 뛰어
들것만 같'고 '두터운 벽도 이웃도 못미더운' 불안과 절망을 안겨주는
낯선 '북간도 술막'이다. 사내는 여인의 슬픔이 곧 자신의 슬픔임을 감
지하고 있으며 이국땅을 떠돌아야 하는 그녀의 삶과 자신의 삶이 별로
다를 바 없음을 느낀다. 사내는 날이 밝으면 다시 눈보라 치는 벌판으
로 나서야 하고 그녀 역시 현실을 마주해야 한다. 구체적이고 현실적인
대안은 세울 수 없고 희망적인 봄은 잠시 '두어 마디 너의 사투리로'서
만 위안할 수밖에 없다. 이 시는 사내와 가시내의 이야기를 통해 식민
지 조선의 비극성을 전하고 있고 비극적인 민족 공동체적인 운명을 상
징하고 있다.

> 어디서 호개 짖는 소리
> 서리 찬 갈밭처럼 어수성타
> 깊어가는 大陸의 밤―
>
> 손톱을 물어뜯다도 살그만히 눈을 감는
> 제비같은 少女야
> 少女야
> 눈감은 양볼에 울정이 돋힌다
> 悲劇의 群像을 알고 싶다
>
> 지금 오가는 네 마음아
> 濁流에 흡살리는 江가를 헤매는가
> 비 새는 토막에 누더기를 쓰고 앉었나

쭝쿠레 앉었나

감았던 두 눈을 떠
입술로 가져가는 유리잔
그 푸른 잔에 술이 들었음을 기억하는가
부풀어오를 손등을 어찌려나
윤깔나는 머리칼에
어릿거리는 哀愁

胡人의 말몰이 고함
높낮어 지나는 말몰이 고함—
뼈자린 채쭉 소리
젖가슴을 감어 치는가
너의 노래가 漁夫의 자장가처럼 애조롭다
너는 어느 凶作村이 보낸 어린 犧牲者냐

깊어가는 大陸의 밤—
未久에 먼동은 트려니 햇살이 피려니
성가스런 鄕愁를 버리자
제비같은 少女야
少女야……
　　　　　　—이용악, <제비같은 少女야—강건너 酒幕에서> 전문

　이 시는 <전라도 가시내>와 내용이나 형식상 비슷한 구조를 보이고
있지만 과도한 자기의식의 표출로 위 시에 비해 작품성이 떨어진다는
평가를 받고 있다. 이 시에서도 화자는 두만강 변 주막에서 만난 한 소
녀에 대해 연민을 갖고 있다. '가시내'처럼 '少女' 역시 일제의 가혹한
수탈과 농촌의 경제적 궁핍함에 못 이겨 만주 등지로 흘러들어야 했던
많은 여인들 중의 한 사람이다. 화자는 아름다운 꿈으로 활짝 피어나야

할 '제비꽃'같은 연약한 소녀가 사내들에게 짓밟히면서 목숨을 연명해
야 함에 깊은 슬픔을 느끼고 있다. 소녀는 소녀 자신만의 불행이 아니
라 시대의 불행으로서 '흥작촌이 보낸 어린 희생자'이다. 소녀의 '젖가
슴을 감어 치는 채쭉 소리'가 화자의 마음속에도 아픔으로 느껴지면서
동족으로서의 애처로움을 감추지 못하고 있다. <전라도 가시내>의 화
자는 '가시내'를 부르면서 마음을 전하고 있고 이 시의 화자 역시 '少
女'를 부르면서 화자의 애달픔을 전하고 있다. 이러한 호칭법은 화자와
시속의 대상과의 관계를 아주 친밀하게 만드는 역할을 한다. 그러나 이
시는 '너의 노래가 어부의 자장가처럼 애조롭다', '너는 어느 흥작촌이
보낸 어린 희생자냐' '성가스런 향수를 버리자' 등의 소녀에 대한 과도
한 자기의식의 표출과 대상에 대한 감상적 연민의 태도는 적절한 미적
거리106)의 미확보로 인해 작품성이 떨어진다는 평을 받고 있다.

그럼 같은 모티프로 쓴 김조규가 만주에서 만난 <미쓰-조선>을 보
기로 한다.

너는 '모나리자'의 알수 없는 미소로 나를 끌어당기고 있었고 불타는
수족관은 독초연기에 취하여 흔들리고 있는데 나는 나라 잃은 젊은이의
설움과 버림받은 나의 인생을 슬퍼하며 술상을 마주하고 있었다. 너의
량 길손 흰저고리와 다홍치마는 '하나꼬'라는 낯선 이방이름과는 조화되
지 않았으니 너의 검은 머리채속에는 네가 잃어 버린 것 그러나 잊을 수

---

106) 현실의 정당한 반영을 그 대전제로 삼아야 하는 리얼리즘 시에서 대상에 대한 시적 화
자의 미적거리 확보는 매우 중요하다. 윤여탁은 '이용악 시의 시적 화자와 그 양상'이
라는 항목을 통해 시적화자의 유형화에 접근하려는 이론적 시도가 있었다고 하였다.
그것을 대별하여 나누면 다음과 같다. 시적화자의 탈락-<오랑캐꽃>, 시적화자의 직
접 진술-<기관구에서>, 내재된 대화-<전라도 가시내>, 관찰자가 된 시적화자-
<낡은 집>. 윤여탁, 「서정시의 시적 화자와 리얼리즘」, 『시의 논리와 서정시의 역사』,
태학사, 1995, 231-254쪽 참조.

없는 모든 것이 그대로 깃들어 숨쉬고 있는 것이 아니냐? 어머니의 자장
가와 네가 뜯던 봄나물과 흙냄새, 처마 밑의 지지배배 제비 둥지, 밭머리
의 돌각담, 아침 저녁 물동이에 넘쳐나던 물방울과 싸리바자 담모퉁이
두엄무지, 처마끝의 빨간 고추, 배추쌈의 된장맛… 그리고 그리고 한마
디 물음에도 빨개지던 네 얼굴을 후려갈기던 집달리의 욕설, 끌려가던
돼지의 비명, 아버지의 긴 한숨과 어머니의 긴 통곡소리… 아아 채 여물
지도 못한 비둘기 할딱이는 네 젖가슴을 우악스런 검은 손에 내맡기고
너의 정조를 동전 몇닢으로 희롱해도 너는 울지도 반항도 못하고 있고나.
　　술상 건너 깨어지는 유리잔과 정력의 낭비와 난폭한 욕설, 순간에서
영원한 쾌락을 찾는 환락의 일대광란속에서 시드는 너의 청춘을 구원할
생각도 없이 웃음과 애교로 생존을 구걸하고 있으니 슬프다 유리창은 어
둡고 밤은 깊어가고 거리에는 궂은 비 주룩주룩 서럽게 내리는데 "누나
가 보고 싶어 누나가 보고싶어" 네 어린 동생의 영양실조의 눈동자가 창
문에 매달려 들여다보는데도 너는 등을 돌려대고 내게 술잔을 권하고 있
으니
　　아아 버림받은 인생은 내가 아니라 '하나꼬' 너였구나. '미스 조선' 너
였구나.

　　　　　　　　　1940.10 도문에서 소설가 현경준을 만나
　　　　　　　　　－김조규, 〈카페－'미스'조선에서〉 전문

　　이 시는 생계를 위해 이방에서 정조까지 팔아야 하는 '미스 조선'의
모습을 그리고 있다. '하나꼬'라는 일본 이름을 쓰고 있는 조선의 여성
은 '쾌락'과 '환락'이 난무하는 '일대광란 속에서'도 돈벌이를 위해 억
지로 웃음을 팔고 애교를 부린다. 이러한 모습은 '미스 조선'의 현실일
뿐만 아니라 만주 땅에서 낯선 생활을 시작하는 조선 유이민 전체의
처참한 현실이기도 하다. 오장환의 시 〈賣淫婦〉[107]도 같은 맥락에서

---

107) "푸른 입술. 어리운 한숨. 음습한 방안엔 술잔만 환하였다. 질척한 풀섶과 같은 방안이
다. 顯花植物과 같은 계집은 알 수 없는 웃음으로 제 마음도 속여 온다. 항구, 항구, 들

읽히는 시이다. '미쓰-조선'이 현실적 서사를 위주로 하고 있다면 <매음부>는 이미지를 전경화하고 있으며 데카당스한 감각과 더불어 누구보다 어려운 환경의 여성을 식민지적 인물로 타자화하여 문명을 비판하거나 현실을 재구성하고 있다.

이처럼 조선의 여인이 팔려간 만주, 이용악의 <전라도 가시내>와 <제비같은 소녀>, 김조규의 <미쓰-조선> 등은 조선 유이민의 처참한 현실 자체이고 식민지 조선의 비극성과 민족 공동체적인 슬픈 운명의 현주소였다.

4) 개념적 상징 공간 : 거류형 이육사, 윤해영, 박팔양, 백석의 경우

사상공간이라 할 수 있는 개념적 상징 공간에서는 이육사에게는 사상 실천지로서의 만주 공간과 그의 항일의식, 윤해영에게는 만주낙토, 오족협화로서의 만주 공간과 그들의 일제 협력, 윤해영, 유치환에게는 역사적 영토로서의 만주 공간, 백석에게는 자연친화, 종족화합으로서의 만주 공간과 그 축제적 신시를 다루고자 한다.

(1) 사상 실천지와 항일 의식

만주 지역은 경술국치 이후 항일 무력 투쟁의 명실상부한 전진기지 역할을 담당했던 공간이다. 바로 일제가 만주국을 세우기 이전까지 이

리며 술과 계집을 찾아 다니는 시꺼문 얼굴. 윤곽된 보헤미안의 절망적인 심화. ㅡ 퇴폐한 향연 속. 모두 다 오줌싸개 모양 비척어리며 얇게 떨었다. 괴로운 분노를 숨기어가며 …… 젖가슴이 이미 싸늘한 매음녀는 파충류처럼 포복한다." 오장환, <매음부> 부분.

지역은 당시 조선 독립군의 근거지가 된 공간이고 해방 전까지도 많은 지사들이 독립 운동을 벌인 곳이다. 또한 남북한 지도자들을 잉태한 곳이기도 한다. 만주지역, 나아가서 중국을 활동 무대로 항일 혁명에 몸 바친 독립투사들로는 이육사, 신채호, 하얼빈 역에서 일본의 이등박문을 총으로 저격한 안중근 등이 있다.

陸史 李源祿(1904~1944)은 1904년 음력 4월 4일 경북 안동에서 태어났다. 그는 크고 작은 사건에 연루되어 17회에 걸쳐 체포되어 옥고를 치렀다. 1925년 李正基와 함께 비밀결사를 조직하고 이듬해 함께 북경으로 들어갔다. 1926년 22세에 베이징에서 수학하다가 후학기는 광동성 광주 중산대학에서 수학하였다. 이때 李活이란 이름을 사용하였다. 중산대학에서 반년만 다니다가 1927년 여름에 귀국하였다. 귀국하여 10월에 육사는 張鎭弘의사의 조선은행 대구지점 폭파사건에 연루되어 맏형 원기와 동생 원일, 원조와 함께 구속되었다. 1929년 출옥 후 조선일보 대구지사의 기자로 일하였으나 광주학생운동직후 반제국주의와 동맹휴학 운동의 진행과 더불어 발생한 소위 대구檄文사건의 배후 조정자로 동생 원일과 함께 체포되어 6개월 동안의 옥고를 치렀다. 1930년 10월 대중지인 『별건곤』에 '대구 이육사'라는 필명을 사용했다. 1931년 독립군 자금모집 관계로 만주로 갔으며 만주사변이 일어나자 奉天으로 김두봉을 찾아가 그곳에서 머물렀다. 봉천에서 尹世胄를 사귀었는데 1932년 9월 천진에서 윤세주로부터 자신이 義烈團員이라는 고백과 함께 '朝鮮革命幹部學校'[108]에 입교할 것을 제의 받았다. 그리고

---

108) 이 학교의 명칭은 논자에 따라 다르다. 이동영은 '朝鮮軍官學校'(1974)로, 강만길은 '朝鮮革命幹部學校'(1995)로, 김희곤은 '朝鮮革命軍事政治幹部學校'(2000)로, 경찰 「신문조

1932년 9월 중순경 남경으로 가서 李範奭과 접선하여 그의 안내로 조선혁명 간부학교에 입교하여 6개월의 과정을 수료하고 이듬해 1933년 4월 20일 졸업했다. 그리고 상해를 거쳐 귀국하였다. 1934년 5월 일제에 의해 체포되었다. 이후 정인보의 다산문집을 간행하면서 신석초와 함께 일을 맡았고 이후로 『자오선』, 『시학』 등의 동인들과 활발한 문단 활동을 벌였다. 1943년(40세)에 북경에 갔다가 모친상으로 귀국하는 도중 일제에게 체포되어 북경으로 압송되어 1944년 1월 16일 북경 감옥에서 생애를 마감하였다.[109] 이육사는 이토록 일제 암흑기에 민족해방 투쟁에 挺身하다가 순국한 지사이고 혁명가이다.

이육사의 호는 李活, 二六四에서 戮史, 肉瀉를 거쳐 陸史, 陸史生, 李陸史로 변화되었는데 이는 그의 행각을 잘 보여주고 있다. 二六四, 戮史,

---

서」(1934.6.17)에서는 '國民政府 軍事委員會 幹部 訓練班 第6隊'로 칭했다. 정우택의 「이육사 시에서 북방의식의 의미─호 '육사'의 새로운 해석을 중심으로」(『어문연구』 제33권 통권125호, 한국어문교육연구회, 2005), 202쪽 참조. 본인의 조사에 의하면 국가보훈처(1990) 『대한민국 독립유공자 공훈록』 제8권에서는 '朝鮮軍官學校'로, 이육사 문학관의 연보에는 '朝鮮革命軍事政治幹部學校'로 중국 百度사이트에서는 '朝鮮革命幹部學校'로 표기하고 있다. 그리고 중국국민정부자료에는 '조선혁명간부 훈련반' 혹은 '탕산(湯山)훈련반'이라 칭하였고 일본정보자료에는 일반적으로 조선혁명군사정치간부학교를 '조선간부혁명학교' 혹은 '의열단간부학교'로 칭하였다. 이 글에서는 중국에서 통상적으로 사용하는 '朝鮮革命幹部學校' 명칭을 따른다. '朝鮮革命幹部學校'는 조선 항일단체인 '의열단'이 중국에다 설립한 것이다. 김윤식의 「絶命地의 꽃」(김용직 편, 『이육사』, 서강대학교출판부, 1995, 53쪽) 논문의 소개에 의하면 의열단은 1919년 만주 吉林에서 조직한 反日秘密結社로서 장소를 가리지 않고 유동하며 暴力에 의해 일본의 要因 및 그 走狗들을 암살하는 것을 목적으로 했다. 密陽 경찰서 사건, 총독부 사건, 종로 경찰서 사건, 東拓 사건, 그리고 朴烈 사건 등이 이에 속한다. 그리고 조선의열단은 단장인 김약산을 위수로 한 조선독립운동인사들이 1935년에 남경에서 '조선민족혁명당'을 창립하였는데 이 당은 조선민주주의 '좌익'당파이고 중국항일전쟁에 참가한 한국 주요 정당이기도 하다.

109) 국가보훈처, 『대한민국 독립유공자 공훈록』 제8권, 국가보훈처, 1990, 220쪽. 김정민 엮음, 『열사의 노래』, 비단길, 2003, 361쪽. 이육사 문학관 홈페이지 www.264.or.kr 이육사 생애 연보 등 참조.

肉瀉는 모두 동음어인 이름들이다. '二六四'가 17차례 투옥되어 감방 생활을 많이 하였는데 그중 장진홍 의사의 조선은행 대구지점 폭파사건에 피의자로 수감되었을 때 그때 죄수 번호가 '264'여서 거기에서 따온 이름이었다면, '戮史'와 '肉瀉'는 1931년 3월 출옥 이후부터 1932년 4월 중국에서 의열단과 관련을 맺기 전까지 이육사가 처한 현실적 상황과 심리 상황을 여실히 담고 있다. '戮史'는 '역사를 베어버린다'는 뜻이고 이 역사는 그의 사상과 몸을 구속하는 그런 역사를 가리키는바 바르지 못한 역사를 바로 잡기 위해서는 역사를 베여 버려야 한다는 것이다. '肉瀉'는 고기를 먹고 吐瀉癨亂이 일어난 상태를 의미하는 것으로서 고기를 먹고 막힌 상태라면 이를 풀기 위해서는 肉瀉의 과정이 필수이다.[110] 그리고 陸史 이름은 육사가 조선혁명 정치간부 학교에 다닐 때 사용했던 이름이다. 그때 대원들은 보안을 위해 중국인으로 위장을 하고 이름도 중국식으로 지어서 자신의 정체를 숨기였던 것이다. 그렇다면 李陸史는 무엇을 뜻할까? 이는 최하림, 김윤식의 지적[111]처럼 '陸'은 '大陸'을, '史'는 歷史라는 뜻으로 곧 大陸의 歷史를 뜻한다고 볼 수 있다. 그리고 나아가서 육사가 꿈꾸었던 革命的 熱情과 결의가 내포된 이름이라 할 수 있다. 그리고 陸史 이름에서 우리는 정우택의 지적처럼 '육사의 대륙의 꿋꿋한 선비의 열망, 및 신명을 다 바쳐 일제의 식민통치아래 신음하고 있던 험난한 역사를 종식시키고자 했던 의지'[112]를

---

110) 정우택, 「이육사 시에서의 북방의식의 의미」, 『어문연구』 제33권 제1호, 2005, 199-205쪽 참조.

111) 최하림은 '이육사'가 수인번호 264를 한문자로 바꾼 것으로 '대륙의 역사'라는 뜻이라고 언급하였다. 김윤식은 육사의 『노신추도문』을 인용하면서 "육사가 대륙의 역사 속에서 호흡하고 있었다"고 하였다. 김윤식, 「절명지의 꽃」, 김용직 편, 『이육사』, 서강대학교 출판부, 1995, 52쪽.

112) 정우택, 위의 논문, 199-205쪽 참조.

볼 수 있다.

이육사는 1926~27년, 1931~33년, 1936년, 1943년에 광동, 만주일대, 북경, 남경, 상해 등지에서 활동했다. 그가 정기적으로 중국에 거류한 시간은 광동성 광주의 중산대학에서 수학한 반년, 남경 조선혁명 간부학교에서 6개월, 합하면 1년이다. 그 외 수차례 대륙 다녀온 시간을 합하면 2년 정도 되지 않을까 한다. 그의 많은 작품들은 중국과 만주 등지를 전전하면서 썼던 만큼 육사의 구국 투쟁과 불가분의 관계로 이어지는 중국 대륙과 무변장활한 고원들을 배경으로 하고 있다. 이 대륙들은 北極, 北方, 北海岸, 北海, 북쪽 등 이름의 공간으로 등장하고 있으며 북방의 情調를 띠고 있다.

> 피로가군 이삭에 참새로 날라가고
> 곰처럼 어린놈이 北極을 ㅅ굼 ㅅ구는데 －〈草家〉

> 매운 季節의 챗죽에 갈겨
> 마침내 北方으로 휩쓸려오다 －〈絶頂〉

> 고향은 어데라 물어도 말은 않지만
> 처음은 정녕 北海岸 매운 바람속에 자라
> 大鯤을 타고 단였단것이 一生의 자랑이죠 －〈나의 뮤－즈〉

> 쥐는 너를 버리고 부자집 庫간으로 도망했고
> 大鵬도 北海로 날러간 지 임이 오래거늘 －〈蝙蝠〉

> 북쪽 쓴드라에도 찬 새벽은
> 눈속깊이 꽃 맹아리가 옴자거려
> 제비떼 까맣게 날라오길 기다리나니
> 마침내 저바리지 못할 약속이여 －〈꽃〉

북방의 의미를 정우택은 '북방은 시적 상상력이 펼쳐지는 근원이자 그(육사)가 지향했던 시의 동력이었다. 육사의 초기 시에서부터 '북방'은 광대무변한 우주의 시원에 대한 동경, 절대적 자유를 향한 열망, 그리고 개인의 실존적 고뇌, 육체적 체험의 기억 혹은 실감, 역사적 전망과 현실적 상황 등이 복합된 영역으로 나타났으며 <꽃>과 <광야>에 이르러 개성적인 시적 상징으로 자리 잡았다'고 하였다.113) 이육사에게 북방은 고통과 시련의 공간이라기보다 '連帶'와 '自己擴充'의 공간으로서 의미가 크다고 할 수 있다. 여기에서 주목되는 점은 이육사의 시에서 '만주'라는 용어가 한마디도 발현되지 않는다는 것이다. 이는 일본 제국주의의 강한 기호적 울림을 동반하는 '만주'를 부정하는 그의 민족 의식적 지향을 내다볼 수 있는 한 단면이라 할 수 있다.

<청포도>, <절정>, <광야>, <꽃> 등 40여 편에 가까운 육사의 시들은 독립운동이란 그의 행동과 함께 같은 뿌리를 토대로 한 높고 깊은 애국 사상에서 빚어진 결정체들이며 시와 행동은 하나로 일치되어 연결되어 있다. 1938년부터 1945년까지에 해당하는 일제 말시기, 일제 총독부는 작가들이 체제에 위협이 될 만한 것은 쓰지 못하게 하던 데로부터 이 시기에 이르러서는 작가들이 국책을 적극적으로 받들어 반영할 것을 요구하였다. 즉 이 시기는 이전과 달리 일제 총독부의 적극적 개입과 동원 정책이 실시된 것이다. 이에 대부분 작가들은 협력을 하여 아부를 하였다. 그렇지 않은 작가들은 '비국민'으로 규정당하고 일제의 괴롭힘과 감시를 당하였다. 이런 상황에서 저항적인 작품을 쓴다는 것은 상상하기조차 어려운 일이었다. 이육사의 <절정>은 이러

---

113) 정우택, 위의 논문, 213쪽.

한 저항 지식인이 내부적으로 겪고 있던 위기의식을 가장 잘 표현한 작품이다.

> 매운 季節의 챗죽에 갈겨
> 마침내 北方으로 휩쓸려오다
>
> 하늘도 그만 지쳐 끝난 高原
> 서리빨 칼날진 그 우에서다
>
> 어데다 무릎을 꾸러야 하나?
> 한발 재겨디딜 곳조차 없다.
>
> 이러매 눈깜아 생각해볼밖에
> 겨울은 강철로된 무지갠가보다
>
> — 이육사, <絶頂> 전문

김영무는 "북방으로 쫓겨난 것은 시인 자신이며 동시에 민족 전체이고 매운 계절의 채찍은 육사를 고문하던 관헌의 채찍이며 아울러 일본 군국주의의 학정 그 자체이고 또한 시인이 서있는 칼날같은 현실은 벼랑에 선 민족전체의 현실이기도 한 것"114)이라 하였고 박두진은 "앞 4행 2연이야말로 그때 당하던 일제에 의한 식민지 통치의 가혹한 정황을 그대로 描破한 놀랍고도 정확한 표현이 아닐 수 없다."115)고 하였다.

이토록 일제에 끊이지 않고 저항을 하였던 이육사였건만 이 무렵 그가 겪는 일제의 탄압이란 것은 그 이전과는 비교가 되지 않을 정도였기에 '한발 재겨 디딜 곳조차 없다'라는 표현을 쓰고 있다. 확실히 이

---

114) 金榮茂, 「이육사사론」, 『창작과 비평』, 1975 여름호.
115) 박두진, 『한국현대시론』, 일조각, 1970, 108쪽.

부분은 일제말의 시대적 상황을 가장 절절하게 표현한 것으로 협력과 저항으로 양극화된 당시의 문학계 내에서 저항의 입장에 섰던 문학인들의 심정을 대변한 것이라 할 수 있다. 나아가서는 신석초의 지적대로 "일제에 쫓기는 혁명가의 어쩔 수 없는 위기, 이 절정의 시공은 쫓기는 혁명가가 내몰린 마지막 장소라기보다는 혁명가가 선택한 지향점을 가장 날카롭게 가리키고 있는 화살표의 끝 같은 곳"이다.

그러므로 한 발도 더는 재겨 디딜 곳조차 허락하지 않는 이 절정에서 눈 감고 생각해 볼 수밖에 없는데 '겨울은 강철로 된 무지개'구나 하는 것이 떠오르는 것이다. 무지개는 짧은 시간에 없어지기 마련이다. 그러나 일제의 암흑기와 같은 겨울은 강철로 되어 재빨리 사라지지 않는다. 그러나 강철로 된 겨울은 언젠가는 사라진다는 믿음, 즉 견디기 어려운 극한 상황에서 오히려 그것을 넉넉한 觀照의 정신으로 받아들이는 시적화자의 강인함이 엿보인다.

육사의 작품에서 <꽃>과 <광야>는 그가 조선을 떠나 중국 대륙에 와서 쓴 시로 추정되고 있으며 <광야>는 육사가 살아 생전에 햇볕을 보지 못한 작품이다. <광야>는 혁명가이고 시인인 육사가 "살아 생전 끝까지 갈무려 가진 심혼의 기록"[116]이라 볼 수 있는 작품이다.

> 까마득한 날에
> 하늘이 처음 열리고
> 어데 닭 우는 소리 들렷스랴
>
> 모든 山脈들이

---

116) 김용직, 「항일저항시의 해석문제—이육사의 <광야>」, 『이육사』, 서강대학교 출판부, 1995, 147쪽.

바다를 戀慕해 휘달릴때도
참아 이곳을 犯하든 못하였으리라

끈임없는 光陰을
부지런한 季節이 피어선 지고
큰 江물이 비로소 길을 열엇다

지금 눈 나리고
梅花香氣 홀로 아득하니
내 여기 가난한 노래의 씨를 뿌려라.

다시 千古의 뒤에
白馬타고 오는 超人이 있어
이 曠野에서 목노아 부르게하리라.

　　　　　　　　　　　　　　　－이육사, <曠野> 전문

　이 시는 이육사의 대표작으로서 식민지 치하의 민족적 悲運을 소재
로 삼아 강렬한 저항의지와 꺼지지 않는 민족정신을 장엄하게 노래하
였다. 이와 같은 힘찬 노래로서 시인 이육사의 혼은 길이 살아남는다.
어떤 이는 '천고'의 뒤가 너무 막연하다고 생각할지 모른다. 그러나 천
고의 뒤에라도 조국 광복의 날은 꼭 올 것으로 생각한 그 '믿음'을 드러
낸 것이다. 과연 그 해방의 날은 육사가 일제의 북경 감옥에서 순국한
바로 그 다음해에 찾아왔다. 유치환이 절망적인 광야에서 그 옛날의 기
상을 되새기는 '흙빛병정'을 연상했다면 이육사는 이 광야에서 승리를
위해 '백마 타고 오는 초인'을 연상하면서 혁명에 대한 확고한 신념을
나타내었다. 그의 <꽃>에서도 조국의 광복을 위해 하루도 쉬임없이 정
진하겠다는 결의와 미래의 조국이 해방될 밝은 모습을 표현하고 있다.

동방도 하늘도 다 끝나고
비 한방울 내리잖는 그때에도
오히려 꽃은 빨갛게 피지 않는가
내 목숨을 꾸며 쉬임없는 날이여

북쪽 툰드라에도 찬 새벽은
눈 속 깊이 꽃맹아리가 옴작거려
제비떼 까맣게 날아오길 기다리나니
마침내 저버리지 못할 約束이여

한바다 복판 용솟음치는 곳
바람결 따라 타오르는 꽃城에는
나비처럼 醉하는 回想의 무리들아
오늘 내 여기서 너를 불러 보노라

―이육사, <꽃> 전문

시적 화자는 일제치하의 현실상황을 '동방도 하늘도 다 끝나고 / 비 한방울 내리잖는 이때', '북쪽 툰드라에도 찬 새벽'의 척박한 곳과 차갑고 춥지만 희망을 안겨주는 '새벽' 이미지로 표현하였다. 이는 <절정>에서의 '한발 재겨디딜 곳조차 없다.'는 표현보다는 좀 숨통이 트이는 표현이다. 바로 이런 생명의 근원적인 모든 요소를 잃어버린 절대 절명의 상황에서도 '오히려 꽃은 빨갛게 피지 않는가'라고 하였는데 이는 반문법으로 된 역설적인 표현이다. 뜻인즉 마땅히 피어야 할 꽃이 피지 못한다는 의미로, 그만큼의 극한 상황이었음을 반증하고 있다. 생명이 부정되는 극한 속에서도 피어난다는 역설적인 '꽃'은 암담한 현실상황과 대립되는 동시에 화자의 현실 초월 의지를 대변하고 있다.

극한 상황에서 화자는 희망을 잃지 않고 조국 광복을 위해 '내 목숨을 꾸며 쉬임없'이 보내고 있다. 이런 하루도 쉬임없이 정진하겠다는 결의는 2연에서 "눈 속 깊이 꽃맹아리(꽃망울의 경상북도 방언–필자주)가 옴작거려 / 제비떼 까맣게 날아오길 기다리"는 자세로 한층 세분화 되 어있다. 이는 '마침내 저버리지 못할 약속'의 확신에서 비롯된 의지의 태도라 할 수 있다. 그렇다면 그 '마침내 저버리지 못할 약속'이란 무 엇일까?

그것은 다름 아닌 3연에서 제시한 "한바다 복판 용솟음치는 곳 / 바 람결 따라 타오르는 꽃城"을 위해 하는 약속이다. 여기에서 '한바다 복 판 용솟음'은 조국이 일제의 오랜 질곡에서 벗어나서 환희로 가득 찬 모습인바 이 행복한 모습은 '바람결 따라'서 아름다운 '꽃성'으로 타오 를 것이라는 것이다. 그날이 되면 우리 민족은 광복의 기쁨에 취하게 될 터인데 그 환희의 민족의 모습을 시인은 '나비처럼 취하는 回想의 무리'로 표현하였다.

'저버리지 못할 약속'에 대한 기다림을 갖고 '쉬임없는' 날들을 살아 가기, 그 기다림이란 바로 '북쪽 툰드라', '찬 새벽', '눈 속'이라는 일 제 치하의 현실 상황에서 '꽃맹아리' '제비떼'와 같은 생명의 의지를 심는 '약속'이다. '약속'처럼 도래할 찬란한 조국의 미래를 위해 꽃 한 포기 피어나지 못할 만큼의 암울한 역사 현장 속으로 온몸을 던지는 화자와 더불어 이육사 시인이 보인다.

내가 들개에게 길을 비켜줄 수 있는 겸양을 보는 사람이 없다고 해도 정면으로 달려드는 표범을 한발자욱이라도 물러서지 않으려는 내 길을 사랑할 뿐이오. 그렇소이다. 내 길을 사랑하는 마음, 그것은 나 자신에게 희생을 요구하는 노력이오. 이래서 나는 내 기백을 키우고 길러서 金剛 心에서 나오는 내 시를 쓸지언정 유언은 쓰지 않겠소 (중략) 다만 나에게는 시를 쓴다는 것도 행동이 되는 까닭이오.

−이육사, 수필 〈계절의 오행〉 부분

'정면으로 달려드는 표범을 한발자욱이라도 물러서지 않'겠다는 이육사의 굳은 의지는 불굴의 강인한 행동 의지로 승화한다. 그는 이를 곧 시를 생각하는 시 정신으로 포괄한다. 이육사는 행동이 시가 되고 시가 곧 행동이 되는 시와 행동의 완벽한 통합을 끈질기게 추구하고, 또한 이루어낸 시인이다. 이육사는 시를 조국광복을 위한 독립운동과 같은 선상에서 파악했다고 할 수 있다.

이육사는 죽음을 초월하는 저항정신과 민족애를 바탕으로 행동과 문학을 융화시키며 어떠한 위기에서도 좌절하지 않는 초인적 의지를 보여주었다. 그는 1930년대 빼앗긴 조국 땅의 민족 수난을 몸으로 시로 대변할 수 있었던 시인이며 암담한 시대를 뚫고 간 민족혼의 한 가닥 불빛을 던져준 민족적 저항시인이었다.

종합적으로 이육사의 만주 인식은 만주에서 대륙으로까지 이어진다. 그의 시에서 등장하는 대륙들은 北極, 北方, 北海岸, 北海, 북쪽 등으로 나타나며 단 한마디의 만주라는 용어가 발현되지 않는다. 이는 일본제국주의의 강한 기호적 울림을 동반하는 만주를 강하게 부정하는 시인의 민족 의식적 지향을 볼 수 있다. 만주, 대륙에서 조국 광복을 위한 독립 운동을 하면서, 언젠가는 조선이 꼭 독립될 날을 믿었던 시인, 그에게 만주는 일제가 세운 만주국도 아니고 오직 중국 대륙일 뿐이며 조국 광복을 꿈꾸며 기상을 드높이는 훈련 터전으로서의 만주였던 것이다.

(2) 낙토만주와 일제 협력

만주에서 활동하면서 친일시를 쓴 대표적인 한국 근대 시인으로는 윤해영과 박팔양을 꼽을 수 있다. 그들은 모두 친일단체인 협화회에 몸을 담그고 있었고 또한 친일시를 남겼다.

1931년 일제의 중국침략을 점화한 '만보산사건'(7.2)에 이어 '만주사변'(9.18)의 발발로 재중조선인 문제가 전 민족적 현안으로 부각되었다. 일제는 溥儀를 내세워 만주국을 건립한 후 '독립국'이라는 허울을 쓰고 '오족협화'와 '낙토만주'를 표방하였다. 오족협화는 일본인, 조선인, 한족, 만족, 몽고족 오족이 함께 만주에 거주한다는 뜻이다. 오족협화의 기원은 손문이 중화민국을 건립할 때의 건국이념에서 온 것이다. 그 '오족'은 漢民族, 몽고족, 티벳트족(서장), 위구루족, 회족을 가리킨다. 이는 다민족국가인 중국을 표현하는 슬로건으로서 각 민족의 공존공영을 위한 '공화'제를 염두에 둔 것도 있다. 만주국의 '오족협화'는 이것을 차용한 것으로서 공화제(공화국)의 이미지가 있는 '공화'를 '협화'로 바꾼 것이다.[117)]

일제는 자신들의 만주국 건립의 정당화 합법화를 위해 작가와 시인들에게 만주국의 슬로건에 부합되는 작품들을 창작할 것을 강요하였다. 이런 상황은 문단에 종사하게 된 많은 시인들로 하여금 자의든 타의든 그 자리를 지키기 위해 일제와 만주국을 찬양하는 글을 쓰게끔 하였다.

친일파 시인들의 떳떳하지 못한 행적에 대한 청명하고 확실한 진상 규명은 많은 진척을 가져왔으며 지금도 현재 진행 중에 있다. 친일사전 편찬위원회와 민족문제연구소는 2008년 4월 29일 오전 서울 중구 한

---

117) 川村湊, 「文學から見る滿洲」, 吉川弘文館, 1998, 8-9쪽.

국 언론재단 기자 회견장에서 친일인명사전 수록대상자 4,776명[118]의 명단을 발표했다. 부일민족반역자 중 중국 만주에서 친일행적 벌인 자는 799명, 중국관내에서는 66명, 친일문학가는 모두 41명[119]이라는 통계가 나왔다.

여기에서 짚고 넘어가야 할 것은 한때 만주와 중국에서 활동한 적 있는, 한국 문단에서 영향력 있는 이광수[120]와 최남선[121]에 대해서이

[118] 친일인명사전 분야별 4,776명은 아래와 같다. 중국만주 799명 중국관내 66명, 일본 39명, 러시아 6명, 지역유력자 69명, 경제 55명, 언론 출판 44명, 교육 학술 62명, 연극/영화 64명, 미술 26명, 음악 무용 43명, 유림 53명, 천도교 30명, 불교 54명, 가톨릭 7명, 개신교 58명, 친일단체 484명, 사법 288명, 군 387명, 경찰 880명, 관료 1,207명, 일본제국의회 의원(귀족원/중의원) 11명, 중추원 335명, 수작(습작) 338명, 경술국적 9명, 정미칠적 7명, 을사오적 5명.

[119] 친일문학가 명단은 아래와 같다. 곽종원, 김기진, 김동인, 김동환, 김문집, 김사영, 김성민, 김안서, 김영일, 김용제, 김종한, 노천명, 모윤숙, 박영희, 박팔양, 방인근, 백철, 서정주, 오룡순, 유진오, 윤두헌, 윤해영, 이광수, 이무영, 이석훈, 이원수, 이윤기, 이찬, 임학수, 장덕조, 장혁주, 정비석, 정인섭, 정인택, 조연현, 조용만, 조우식, 주요한, 채만식, 최재서, 최정희.

[120] 이광수는 친일 작품이 103편으로서 선정된 친일 문학인 가운데서 가장 많은 편수를 기록하였다. 그는 1935-36년을 항일 민족주의자로 살고 1939년 47세경부터 일제 패망까지 약 6년을 친일로 살았다. 이광수는 1918년 상하이에서 여운형을 당수로 삼아 조직된 신한청년당에도 간여하고 1919년에는 2·8 독립 선언의 선언문을 기초하였으며 또한 상해 임시정부의 설립에 함께 참여하였고 『독립신문』 주필로도 활동하였다.
이광수는 상하이에 있을 때 "독립국민의 자격자를 키우라."라는 안창호의 권고에 감화하여, 귀국 후 한때 홍사단 활동과 저술을 통한 국민계몽을 하기도 했다. 1919년 아내 허영숙이 상하이에 이광수를 찾아왔을 때 아내와 함께 돌아오다가 宣川에서 일본 경찰에게 붙잡혔다가 불기소처분으로 풀려난 뒤에는 변절자로 비난받았다. 그 뒤 1922년 9월 30일 밤에 조선 총독 사이토 마코토와 첫 면담을 가졌으며, 그때부터 사이토의 정치참모 아베(阿部充家)와 빈번히 접촉하였고, 그들의 주선으로 월수당 3백 엔을 받는 『동아일보』 논설위원으로 입사한다. 그해에 민족개조론을 발표하여 독립운동가에서 친일파로 변절하였다. 이광수는 홍사단의 국내조직으로 수양동우회를 조직했는데, 그 前文에서 "정치에 관여하지 않는 것이 主義"임을 밝히고 있으며, 또한 도산 안창호가 주장한 지덕체 삼육에 따라 점진적 개량되는 인간상과는 달리 일제의 통치에 만족하며 하루하루를 평범히 사는 유순한 인간상을 목표로 한다고 하였다. 1939년 어용단체인 조선 문인협회 회장에 취임하기도 했다. 그 무렵부터 민족 감정과 전통의 발전적 해소를 단행하자고 주장하면서 "의례 준칙의 일본화"와 "생활 방식의 일본화"를 역설하면서 적극적 친일 행위에 나섰으며, 그로 말미암아 이광수(李狂洙)라는 빈축을 샀다.

다. 이광수의 변절과 친일 활동은 상하이를 떠난 후에 시작된다. 상하이에 있으면서 상해판 『독립신문』에 발표한 <間島同胞의 慘狀>, <저 바람소리>, <三千의 怨魂> 등 몇 편의 시들은 만주 동포들에 대한 동정, 조선에 대한 근심걱정으로 일관되어 있다. 그러므로 이광수는 이 연구에서 다루고자 하는 대상이 아니기에 제외시킨다. 그리고 최남선도 4년간의 만주 체류를 통해 노골적인 친일 행각으로 나아가고 있지만 재만시기 그의 작품들은 대부분이 친일적인 색채를 띤 잡문뿐이고 시작품은 찾아보기 어렵기에 최남선도 제외시킨다.

친일시인에는 임학수도 포함된다. 1939년 4월 15일 임학수는 김동인, 박영희와 함께 황군작가 위문단[122]의 일원이 되어 경성역을 출발하여 4월 17일 북경에 도착하였다. 그들은 일제 파견군의 알선으로 전선 각지를 방문하고 5월 4일 북경으로 귀환하여 13일 서울로 돌아왔다. 임학수는 전선 시찰후의 체험을 작품으로 발표할 임무를 이행하기 위

www.google.co.kr 참조.

121) 최남선은 친일문학가 부류에는 포함되어 있지 않지만 다른 부류인 반민족행위 재판과 관련된 친일파에는 포함시키고 있다. 최남선은 1938년 4월 『만주일보』의 고문으로 만주 신경으로 파견되었고 1939년 三中堂서점에서 『故事通』을 펴냈다. 1942년에는 관동군이 세운 건국대학교 교수로 있다가 신병으로 귀국하였다. 만주에 4년 거주한 셈이다. 만주로 가기 전 최남선은 1919년 3·1독립선언문을 기초하였고 1922년에는 『동명』을 창간하여 민족주의 사상을 고취했고 1926년에는 기행수필 <백두산 근참기>를 쓰면서 민족혼을 조선의 자연에서 찾으면서 민족주의 담론을 숭고미로까지 이끌어내는 등 민족주의를 고창하였다. 그러나 중추원 참의를 그만두고 만주로 건너간 이후부터 그의 사상은 민족주의로부터 친일에로 달라지기 시작하였으며 만주에서 돌아온 이후인 1943년 학병입대 권유에서부터는 노골적인 친일 행각을 벌인다. 단군을 통해 조선학의 정점을 지향하고 있던 최남선이 4년간의 만주 체류를 통해 관점이 달라진 것이다.

122) 황군작가 위문단은 일제가 1930년대 막바지에 들어서면서 한국 문단을 전쟁수행의 도구기관으로 개편하고자 企圖하면서 꾸민 것이다. 이 사업은 1939년 3월 14일 박문서관, 한성도서, 삼문사 등 출판업자가 발의한 형식을 취하고 이광수, 박영희, 등 문단의 약 50명이 참석하는 것으로 시작되었다. 이 자리에서 실행위원 9명(이광수, 김동환, 박영희, 이태준, 임화, 최재서, 노성석, 한규상 등)을 선정하여 김동인, 박영희, 임학수를 황군작가 위문단으로 선정하였다.

하여 『전선시집』(박문서관, 1939)을 출간했다. 이 시집은 제1부와 제2부로 나뉘는데 각각 12편의 시를 실었다. 그중 제2부에서 <도라오지 않는 荒鷲>, <하단군조> 등 시에서는 일본의 중국침략 전쟁에의 참여를 정당화시키는 친일적인 정서를 농후하게 나타내고 있다.

그리고 유치환과 심연수의 작품에도 친일시로 의심되는 것이 있다. 유치환의 시 <首>123)에서 비적이 등장하는데 여기에서 비적은 누구를 가리키는가에 관한 논란124)이다. 심연수의 시 <新京>은 만주국을 오족협화와 낙토만주로 찬미했다는 논란이다. 그렇다고 그들을 친일 시인으로 규정하기는 애매하다. 시 한 수밖에 없기 때문이 아니라 그 당시 그들은 신진시인들로 문단의 위치도 없었고 명성도 없었기 때문이다.

박팔양과 윤해영의 경우, 박팔양은 만주에 거주하는 8년 기간 내내

---

123) "십이월의 北滿 눈도 안 오고 / 오직 만물의 茹刻하는 흑룡강 말라빠진 바람에 헐벗은 / 이 적은 街城 네거리에 / 匪賊의 머리 두 개 높이 내걸려 있나니 / 그 검푸른 얼굴은 말라 소년같이 적고 / 반쯤 뜬 눈은 / 먼 寒天에 모호히 저물은 朔北의 산하를 바라고 있도다 / 너희 죽어 律의 처단의 어떠함을 알았느뇨 / 이는 四惡이 아니라 / 질서를 보존하려면 人命도 鷄狗도 같을 수 있도다 / 혹은 너의 삶은 즉시 / 나의 죽음의 위협을 의미함이었으리니 / 힘으로써 힘을 除함은 또한 / 먼 원시에서 이어온 피의 법도로다 / 내 이 각박한 거리를 가며 / 다시금 생명의 陰烈함과 그 결의를 깨닫노니 / 끝내 다스릴 수 없던 무뢰한 넋이여 瞑目하라! / 아아 이 불모의 思辨의 풍경 위에 / 하늘이여 은혜하여 눈이라도 함빡 내리고지고" 유치환, <首> 전문.

124) 비적을 이른바 공비와 동일시 할 수 있을까 하는 문제에 대하여 김호웅은『연수현 조선족 100년사』에서 해방 전 유치환이 농장을 경영했던 연수현 지역의 "이주민들이 벼농사를 지어 생계를 유지했는데 무엇보다도 고통스럽고 힘들었던 것은 토비와 결탁한 한족들의 민족기시였다" "조선이주민들을 난민이라고 깔보며 무엇이든 략탈해 갔는데 어쩌다 소 한 마리 판 돈이라도 있으면 영낙없이 빼앗아갔다." 하여 해방 전 연수지역에서 활동하던 조선독립군이나 해방 후 이 지역에서 토비 숙청을 했던 중국공산당의 부대들은 토비들을 사살하면 그 "머리를 잘라 성 밖에 내다 걸게 함으로써 토비들의 기염을 꺾어놓았다" 이러한 역사사실을 염두에 둘 때 유치환 <수>에서 나오는 "비적"을 "공비"라고 속단하는 것은 재고되어야 할 일이라고 밝혔다. 김호웅, 「대일협력과 저항의 몇 가지 양상-재만 조선인문학의 경우를 중심으로」, 『우리 동네 문학동네』, 2006.

친일기관인 『만선일보』사, 협화회 등에서 고위직 간부로 활약했고 윤해영의 경우 지방 협화회에서 일해 왔으며 그가 쓴 <낙토만주>는 만주국에서 정책적으로 널리 보급되는 등 당시에 상당한 영향력을 발휘했다. 이 둘은 행적이나 작품으로 보아 만주에서의 대표적인 친일시인으로 꼽히는 데는 이의가 없다. 그러면 이 두 시인의 만주에서의 친일행적과 그 시들을 살펴보도록 한다.

尹海榮(1909~1956)은 1920년대 후반기에 용정에서 활동하다가 1932년부터 영안, 신안진 등 지역에서 문화 사업에 종사했으며 1930년 초부터 많은 시를 내놓았다. 1940년대 친일조직인 녕안현 오족협화회 홍보과에서 총무를 지냈었다. 1946년 6월까지 줄곧 녕안에서 지내다가 거기를 떠났는데 1~2년 떠돌다가 북한으로 건너갔다. 북한에서 그는 북한정권의 토지 개혁 정책을 찬양하는 <분배받은 땅>이라는 노래를 발표하기도 했으며 1956년에 사망하였다.

현존하는 윤해영의 시작품으로는 가사 <선구자>(일명 <용정의 노래>)와 『만주시인집』에 수록된 <해란강>, <오랑캐노래>, <사계>, <발해고지> 4편과 사화집 <半島史話와 樂土滿洲>에 실린 가사 <樂土滿洲>, 『만선일보』에 실린 가요 <아리랑만주>, 시조 <척토기> 등이 있다. 해방 후 <동북인민행진곡>, <동북인민자위군 송가> 등 노래를 조두남이 작곡하고 윤해영이 작사하였다.

항일정신을 담은 내용과 웅장한 선율로 널리 보급되어 커다란 영향력을 과시했던 윤해영 작사, 조두남 작곡으로 된 <선구자>[125]도 1990

---

125) "일송정 푸른 솔은 늙어늙어 갔어도 / 한줄기 해란강은 천년 두고 흐른다 / 지난날 강가에서 말 달리던 선구자 / 지금은 어느 곳에 거친 꿈이 깊었나 // 룡드레 우물가에 밤

년대 이후 당시 조두남과 함께 활동했던 음악인 김종화[126]의 증언에 의해 <선구자>의 신비의 베일은 벗겨졌고 윤해영의 실제 행적이 드러났다. 조두남의 회고록을 인용하고 있는 김종화의 증언에 의하면 <선구자>의 원작은 일명 <용정의 노래>[127]인데 이는 항일 정신을 담은 내용이 아닌 일반적인 가사라는 것이다. <선구자>는 조두남에 의해 개작된 것으로 알려졌다. 중국 조선족학계에서는 조두남은 생계형 소극적 친일로, 윤해영은 오족협화회의 간부로 있었다는 사실을 감안해 적극적 친일로 분류하고 있다. 학계의 연구가 잇따라 이어지면서 윤해영이 만주 지역의 대표적인 친일 시인이었다는 것은 통설이 되었다.[128] 한국의 국가보훈처도 임시정부 선열 5위를 영결하는 국민 제전에서 당초 <선구자>를 공식 조가로 선정했던 데로부터 작사·작곡 미상의 <선열추념가>로 바꾸었다. 이는 광복회 등 독립운동 유관 단체의 반대를 받아들여 "독립을 위해 목숨을 바친 선열의 영결식에서 학계의 일치된 의견은 아니지만 친일 행적 시비가 일고 있는 시인의 노래를

새소리 들릴 때 / 뜻 깊은 룡문교에 달빛 고이 비친다. / 이역하늘 바라보며 활을 쏘던 선구자 / 지금은 어느 곳에 거친 꿈이 깊었나 // 룡주사 저녁종이 비암산에 울릴 때 / 사나이 굳은 마음 깊이 새겨두었네 / 조국을 찾겠노라 맹세하던 선구자 / 지금은 어느 곳에 거친 꿈이 깊었나" <선구자> 전문.

126) 김종화, 1921년 12월 3일 화룡현 룡문향 태생. 1947년 흑룡강성 녕안현 신안진에서 교편을 잡기 시작하여 상지사범, 연길시 2중, 연변사범, 화룡현 투도 제2고급중학 등에서 음악 교원으로 전전하다가 1983년에 퇴직. 중국음악가협회 회원, 연변음악가협회 명예이사.

127) 용정의 노래 가사 원본은 현재 찾을 길 없다. 다만 김종화의 기억으로는 유랑민의 서러움을 나타낸 일반 가사라고 한다.

128) 윤해영이 만주지역의 대표적인 친일 문학가임은 이미 통설이 되었는바 여기에 관한 연구를 한 학자들로는 권철, 류연산, 김호웅, 오양호 등이 있다. 반면 김영수는 『몽상의 시인 윤해영 : 가곡 <선구자>의 작사자』(우신, 2005)에서 윤해영의 시에 등장하는 '오족', '오색기' 등 만주국의 상징은 실제로 고구려 사상을 상징하는데 윤해영이 검열을 속이기 위해 만주국에서 흔히 쓰이는 단어에 다른 뜻을 숨겨 사용했으며 이를 표면만 읽은 학자들이 오독했다고 주장하였다. 이는 신빙성이 떨어지는 논리라 본다.

부를 수 없다."는 결정에 따른 것이다.129)

윤해영은 <만주 아리랑>, <오랑캐고개>, <해란강>, <아리랑 만주>, <사계>, <발해고지>, <척토기>, <낙토 만주> 등 일본 제국의 만주 침략으로 세워진 만주국의 건국이념을 찬양하는 다수의 친일 시를 발표했다. 이 가운데 <낙토 만주>는 만주국에서 정책적으로 널리 보급한 노래이며 <아리랑 만주>는 만주국 건국 10주년을 기념한『만선일보』의 공모전에서 당선된 작품이다.

> 五色旗 너울너울 樂土滿洲 부른다
> 百萬의 拓士들이 너도나도 모였네
> 우리는 이나라의 福을받은 百姓들
> 希望이 넘치누나 넓은땅에 살으리
>
> 松花江 千里언덕 아지랑이 杏花村
> 江南의 제비들도 봄을따라 왔는데
> 우리는 이나라의 흙을맡은 일꾼들
> 荒蕪地 언덕우에 힘찬광이 두르자
>
> 끝없는 地平線에 五穀金波 굼실렁
> 노래가 들리누나 아리랑도 興겨워
> 우리는 이나라에 터를닦는 先驅者
> 한千年 歲月後에 榮華萬世 빛나리
>
> ─윤해영, <樂土滿洲> 전문

이는 만주국 건국 10주년을 기념하여 발간한 친일서적인『半島史話

---

129) 2003년 경남 마산에 세워진 조두남 기념관은 개관 나흘 후 휴관한 뒤 문을 닫았으며 그 앞에 세워진 <선구자> 노래비의 작사 작곡자 이름은 지워 없앴다.

와 樂土滿洲』의 제일 마지막 쪽에 실린 가사이다. 이 가사를 보면 만주
는 오색기 너울너울 춤추는 '낙토'의 땅, 환락의 땅, '희망이 넘치'는
'넓은 땅'이다. 이 땅에서 '백만의 척사'가 모인 재만 조선인은 만주국
의 '복을 받은 백성'들이고 '이 나라에 터를 닦은 선구자'들이다. 만주
국을 찬미하는 반민족적인 의식이 절대적으로 지배하고 있다.

물ㅅ개와 坐首의 쌀과 함께살아서
사람과 갓튼 물개를 낫코
물ㅅ개와 갓튼 사람이
사람과 갓튼 사람을 나서
그 어른이
큰아큰 中原을 통트러 다스렷다는
아리숭 아리숭한 이야기가 잇다.
二十年前!
아버지 등뒤에 봇다리뒤에
박아지 두짝은 방울이 저서
나는 제법 나귀등의 貴公子 인양
고개ㅅ길 三十里 에 幸福은 철업더니
그 째 그고개는
豆滿江 건너 北間島 이도군들의
아담찬 한숨의 關門이엇다.
十年前!
썩 버려진 두억개에
소금 서말이야 무거윗스랴만
會寧八十里 黃昏에 쩌나면
嶺마루 풀숩헤 식은쌈 씨슬 쌘
北斗七星도 기울러 저서
머—ㄴ마을에 개만 지저도
캄캄한 空間에 어른 거리는

부유덱이의 幻影!
그때 이고개는
밀수군 절믄이 들의
恐怖의 關門 이든이—
오날 이고개엔
五色旗 날부ㅅ기고
목도군 절믄이 들의
노래ㅅ소리가 우렁차서
豆滿江 나루ㅅ터엔 다리가 걸니고
南쪽으로 連한 길은 널버저……
이몸도 나의 族屬들이
무태이 무태이 이고개를 넘으리
한숨도 恐怖도 다흘너간 뒤
다—만希望의 깁븐노래 불으며 불으며
무태이 무태이 이고개를 넘으리
　　　소화 13년 4월 용정에서

　　　　　　　　　　　　－尹海榮, <오랑캐고개> 전문

　이 시는 오랑캐 고개를 매개물로 옛날 옛적, 20년 전, 10년 전 그리
고 오늘날의 역사를 시간적 순서로 그리고 있다. 오랑캐 고개는 1,000
년 전 고려시대부터 北狄 여진족을 오랑캐라고 하던 데로부터 유래하
였는데 여진족이 살던 북간도를 오랑캐고개라고 불렀다. 옛날 오랑캐
고개가 한민족에게 이별의 고개이고 한숨의 고개이며 죽음의 고개였다
면 오늘날의 모습은 어떠한가?

　오늘날 오랑캐 고개는 만주국의 국기인 오색기가 휘날리고 기발 아
래 목도군 젊은이들은 우렁차게 노래를 부른다. 그리고 두만강 나루터
엔 다리가 생기고 남쪽으로 연결된 길은 넓어져서 이주민들은 희망의

기쁜 노래를 흥겹게 부르며 무사히 이 고개를 넘고 있다. 한숨과 공포
는 정녕 옛날의 이야기일 뿐이다. 시인은 만주국을 기정사실로 받아들
이고 이주민들이 만주에서 신나게 살아가는 모습을 노래하고 있다.

　박팔양은 1937년 만주로 건너간다. 만주로 떠난 원인은 그가 다니고
있던 『조선중앙일보』가 1936년 8월 손기정 선수의 베를린 올림픽대회
의 마라톤 우승보도에서 일장기를 말소한 사건을 『동아일보』보다는 먼
저 8월 13일자에 게재한 것으로 하여 자진 휴간 끝에 1937년 11월 발
행권 취소를 당하게 되었기 때문이다. 1937년 『만몽일보』가 『간도일보』
를 통합하고 영리를 도외시하고 일본의 국책 견지에서 만주국에 있는
조선인의 지도기관으로 설립된 『만선일보』로 사세를 확장하면서 서울
에 있는 많은 기자를 영입하게 되었다. 그때 염상섭, 박팔양 등이 만선
일보에 입사하게 되었는데 박팔양은 만선일보에서 사회부장 겸 학예부
장을 맡다가 나중에는 편집국장, 간도 지국장까지 맡았다. 1939년 12
월 퇴사 후에는 협화회 홍보과에 근무하며 해방이 될 때까지 만주에
거주하였다.130) 그는 만주에 체류하는 8년 동안 줄곧 만선일보와 협화
회에서 고위 직무에 근무해왔고 일부 친일적인 작품을 썼다.
　만주 체류기간 박팔양은 1940년을 전후해서 쓴 서너 편의 시와 20
여 년에 걸쳐 쓴 시를 정리하여 첫 시집 『여수시초』(1940)를 간행하였고
1942년에는 『만주시인집』을 편찬하고 그 시집에 자신의 두 편의 시
<계절의 환상>과 <사랑함>을 수록하였다. 이 두 편의 시 모두 친일
성향을 띠고 있다. 이는 박팔양이 만주로 가기 전에 쓴 만주로 쫓겨 가

130) 강호정, 「박팔양 문학연구」, 한성대학교 석사논문, 1998, 19-23쪽 참조.

는 조선인의 상황을 그린 <밤차>(1927.9)와 혁명 선구자를 노래한 <너무나 슬픈 사실―봄의 선구자 '진달래'를 노래함>(1930.4) 등 작품과는 완연 대조적이다. 아래 박팔양이 만주에서 쓴 작품들을 보도록 한다.

아츰저녁으로 다니는 나의거리는
나에게잇서 한개의그윽한 密林이외다
沈默하며 것는 나의무거운 行進속에서
나는 五色의 꿈과 무지개를 봅니다.

白雪이 大同廣場우에 暝想을 발브며
世紀의 驚異속을 나는 移動합니다
康德會館은 正히 中世紀의 육중한城郭
海上「쎌딩」은 陸地우의 巨艦이외다.

「쩌스」는 궁둥이를 뒤흔드는 양도야지쩨
牧者도업시 툴툴거리며 몰려오고가고
「닉게」는「스마――트」하게 洋裝한 아가씨
「오리지낼」香水 내음새가 물컥 몰려듭니다.

大陸의 太陽이 西便하눌우에 眞紅이 될 쌔
나는쌔로 超滿員「쩌스」속에 雜木처럼 佇立하야
이나라 男女同胞의 體溫과重量을 堪耐하기도 합니다
窓外에는 建物들이 龍宮처럼 어른거립니다
　　　　　　　　　　　　　　　　―朴八陽, <季節의 幻想> 부분

시적화자는 아침저녁으로 다니며 출퇴근하는 거리가 하나의 '그윽한 밀림'과도 같다고 하였다. 침묵하며 걷는 행진과도 같은 걸음걸이 속에서 '오색의 꿈과 무지개'를 보고 있다. 그 오색의 꿈과 무지개는 무엇일까? 오색은 만주건국의 이념인 오족협화, 오색기로 연상해볼 수 있다. 만주국의 무지개처럼 아름다운 미래를 상상해본 것이다.

'正히 中世紀의 육중한 城郭'인 康德會館, '陸地우의 巨艦'인 海上쎌딩, '龍宮처럼 어른거리는' 建物, '궁둥이를 뒤흔드는 양도야지쩨'처럼 '牧者 도업시 툴툴거리며 몰려오고가'는 쩌스, '오리지널 香水'를 치고 '닉게 는 스마——트하게 洋裝한 아가씨' 등 이러한 근대화한 도회의 모습은 화자의 눈에 '世紀의 驚異'로 비치고 있다. '大同廣場', '康德會館', '오색 의 꿈과 무지개', '世紀의 驚異' 등 표현에서는 화자의 현세에 부응하는 태도를 볼 수 있다.

> 나는 나를 사랑하며
> 나의 안해와 자녀들을 사랑하며
> 나의 부모와 형제와 자매들을 사랑하며
> 나의 동리와 나의 고향을 사랑하며
> 거기사는 어른들과 아이들을 사랑하며
> 나의 일본－조선과 만주를 사랑하며
> 동양과 서양과 나의 세계를 사랑하며.
> 그쑨이랴 이모든것을 길르시는
> 하누님을 공경하고 사랑하며
> 그분의쯧으로 일우어지는 인류와 모든생물
> 사자와 호랑이와 여호와 이리와 너구리와
> 소, 말, 개, 닭 그 외의모든 즘생들과
> 조고마한 새와 버러지들 짜지라도 사랑하며.
>
> 그쑨이랴 푸른빗으로 자라나는 식물들과
> 산과 드을과 물과 돌과 흑과 그 외에도
> 내눈으로 보며 쏘 못보는 모든물건을
> 한업시 앗기고 사랑하면서 한세상 살고십다

　그들이야 나를 돌아보든말든 그까짓일 상관말고
　내가 사랑아니할수업는 그런――
　한울갓치 바다갓치 크고 널분마음으로 살고십다
―박팔양, <사랑함> 전문

　이 시는 동일 계열의 어휘를 나열하면서 자연과 세계, 그리고 모든 것에 대한 시인의 애정을 표현하고 있다. 사랑하는 내용을 순서대로 적어보면 '나―안해와 자녀―동리와 고향―거기의 어른과 아이―일본 조선과 만주―동양 서양과 나의 세계', 그리고 '하누님, 인류와 모든 생물, 즘생, 새, 버러지', '식물, 산, 들, 모든 물건' 한마디로 요약하면 이 세상의 모든 것이라 할 수 있다. '하누님을 공경하고'라는 표현은 종교적 색채를 띠고 있다. 특히 눈길을 끄는 대목은 바로 '나의 일본―조선과 만주를 사랑'한다는 것이다. 여기에서 풀이표(-)는 앞의 내용에 대해 부연한다는 뜻인데 일본에는 조선과 만주가 속해있다는 것이다. 즉 조선은 이미 일본의 식민지이고 만주국도 일제가 세운 정권이니 조선과 만주는 일본에 속한다는 것, 그리고 이러한 일본과 거기에 예속되어 있는 조선과 만주를 옹호하고 사랑한다는 것이다.

　만주국 건국 10주년을 맞아 박팔양이 간행한 앤솔로지『만주시인집』의 위의 두 편의 시와의 연장선상에서 볼 수 있다. 그중 만주에 대한 인식을 나타내는 대목을 보도록 한다.

　우리가 滿洲를 사랑하는 心情은 이짱이나라의 大氣를 呼吸하고 살어온 우리가 아니면 想像하기도 어려우리라 남이야 무어라 하거나 滿洲는우리를 길러준 어버이요 사랑하여 안어준 안해이다.
　이나라의 單調로운 퍼언한地平線 紅柿가치 새빨간 저녁해 모양새업는 우리部落의土城 머언 白楊나무숲 적은개울물 하나 하잘것업는 돌덩이흑

덩이 하나하나에도 우리네 歷史와傳說과 限업는 愛情이 속속드리 숨여잇
다……

　그럼으로 이짱 이나라의 自然과 사람은 完全히 愛撫하는 우리 肉體의
한部分이다.

　아아 滿洲땅! 꿈에도 못닛는 우리故鄕 우리나라가 안인가?

　　　　　　　　　　　　　　－박팔양, 『만주시인집』 序 부분, 1942.

　한마디로 요약하면 '만주는 우리를 길러준 어버이'고 '안어준 안해'
이며 '우리 육체의 한 부분'이고 '나의 고향이고 우리나라'인 것이다.
그러면 조선도 우리 고향, 우리나라이니 만주나 조선은 모두 일본에 소
속되는 등가물인 것이다.

　그 외 중국으로 황군작가 위문단으로 파견된 임학수는 전쟁에의 참
여를 정당화시키는 친일적인 정서가 농후한 <도라오지 않는 荒鷲>,
<하단군조> 등 시를 썼다. <하단군조>에서는 일본제국주의 희생양이
된 어느 병사의 죽음을 애도하고 있고 <도라오지 않는 荒鷲> 부분에
서는 비행기를 황취, 즉 용감한 독수리로 비유하여 자폭이라는 산화에
초점을 두고 있다. '적인들 머리 숙여라 찬양하라 사람들 전사에 빛나
는 이 자폭을!'이라고 극찬하고 있다. 다. 그 외에도 신상빈의 <沙漠>,
趙鶴來의 <滿洲에서(獻詩)>, 장기선의 <새날의 祈願> 등도 만주국 국책
에 부응하는 친일시라 할 수 있다.

　종합적으로 윤해영은 만주에 거주하는 26년동안 친일기관에 종사하
여왔고 친일시들을 남겼다. 그는 오족협화, 낙토만주로서의 만주국을
극찬하고 있으며 만주에 있는 조선인이 만주국의 백성이고 선구자임을
내세우고 있다. 박팔양은 만주에 거주하는 8년동안 친일기관인 만선일

보에 종사하면서 친일시 두 편을 남겼다. 여기에서 그는 만주를 고향과 나라로 보았으며 나아가서 만주와 조선을 일본에 귀속된 것으로 보았다. 만주에서 박팔양의 내심세계와 그의 작품세계가 동일했는지는 추후 연구가 필요하다.

(3) 역사적 공간과 축제적 신시

① 역사적 공간과 상실 의지

만주는 역사적으로 부여, 읍루, 옥저, 예맥, 진번, 진국, 고구려, 발해의 영토였고 요를 건국한 거란족, 금을 건국한 여진족, 원을 건국한 몽골족, 청을 건국한 만주족이 생활 터전으로 삼았던 복합적인 역사적 무대이기도 했다.

윤해영의 <발해고지>, 유치환의 <북방 10월>, 백석의 <북방에서> 등 시에서는 이러한 역사적 공간이 체현되기도 하였다.

　　　　五月의 夕陽
　　　　渤海 옛터에
　　　　집팽이와 나와
　　　　풀숲에 스다
　　　　歷史란 모도다
　　　　거짓말 갓태서
　　　　六宮의 남은 자ㅅ최
　　　　주ㅅ추돌도 늘것는데
　　　　第一宮址 드놉흔곳
　　　　應靈寺 鍾이 울어울어……
　　　　기와 片片 어루만저
　　　　懷古에 잠기우면
　　　　저—언덕 밧가는 農夫

그時節 百姓인듯!
멍에민 소잔등에
太古가 어리우다
　　소화 16년 5월 鏡泊湖紀行詩中에서
　　　　　　　　－尹海榮, 〈渤海古址〉 전문

　오월의 석양이 비치는 발해 옛터에 화자는 지팡이를 짚고 망연히 서 있다. 대조영이 세운 찬란했던 발해국은 거짓말같이 저 멀리로 허구하게 사라졌다. 화려한 육궁의 자리엔 주춧돌만 덩그러니 남아있고 왕궁 터에는 풀이 무성하다. 應靈寺 鐘이 울러 퍼지고 만백성이 태평성세한 날들을 보낸 지난날의 榮華는 오늘날 懷古와 감회에만 잠기게 한다.

　　이곳 시월은 벌써 죽음의 계절의 시초리뇨
　　까마귀는 성귀에 모여들 근심하고
　　다시 天日도 볼 수 없는 한 장 납빛 하늘은
　　황막한 광야를 철책인 양 눌러 막아
　　아아 북방 이 거대한 鬱暗의 의지는
　　娼婦인 양 허무를 안고 나누었나니
　　내 스스로 여기에다 버리려는 고독한 사유도
　　이렇게 적고 찾을 길 없음이여
　　호을로 허물어진 城터에 서건대
　　삭풍에 남은 高粱대만
　　갈 데 없는 감정인 양 못 견디어 울고
　　한떼 騎馬의 흙빛 병정 있어
　　인력이 아닌 듯
　　묵묵히 서쪽 벌 끝으로 향하여 달려가도다
　　　　　　　　　－유치환, 〈北方 10月〉 전문

이 시에서 '성귀', '허물어진 성터'는 옛 고구려 광개토대왕 시대를 말한다. 광개토대왕 시기 국세는 절정에 달했고 영토 또한 최대로 넓었다. '묵묵히 서쪽벌 끝으로 향하여 달려가도다' 표현은 광개토대왕이 영토를 서쪽 벌 끝으로 계속 확장해 나갔음을 뜻한다. 그리고 '騎馬의 흙빛 병정'은 드넓은 광야인 만주벌에서 말 타고 달린 병정들이 먼지를 뒤짚어 쓴 얼굴 상태여서 황토빛이 되었음을 말한다. 그러나 현재 시인이 서있는 북만주는 그야말로 갑갑하고 침침하며 황막하기만 한 죽음의 계절의 시초이다. 여기에서 시인이 하는 행위라곤 '호을로 허물어진 城터'에 서서 "삭풍에 남은 高粱대만 / 갈 데 없는 감정인 양 못 견디어 울"듯이 자신도 우는 것뿐이다.

> 아득한 녯날에 나는 떠났다
> 扶餘를 肅愼을 渤海를 女眞을 遼를 金을,
> 興安嶺을 陰山을 아무우르를 숭가리를.
> 범과 사슴과 너구리를 배반하고
> 송어와 메기와 개구리를 속이고 나는 떠났다.
>
> 나는 그때
> 자작나무와 익갈나무의 슬퍼하든것을 기억한다
> 갈대와 장풍이 붙드든 말도 잊지않었다
> 오로촌의 멧돝을 잡어 나를 잔치해 보내든것도
> 쏠론이 십리길을 딸어나와 울든것도 잊지않었다.
>
> 나는 그때
> 아모 익이지못할 슬픔도 시름도 없이
> 다만 게을리 먼 앞대로 떠나나왔다
> 그리하여 따사한 해ㅅ귀에서 하이얀 옷을 입고 매끄러운 밥을먹고 단 샘을 마시고 낮잠을 잤다

밤에는 먼 개소리에 놀라나고
아츰에는 지나가는 사람마다에게 절을 하면서도
나는 나의 부끄러움을 알지못했다
그동안 돌비는 깨어지고 많은 은금보화는 땅에 묻히고 가마귀도 긴 족
보를 이루었는데
이리하여 또 한 아득한 새 넷날이 비롯하는때
이제는 참으로 익이지 못할 슬픔과 시름에 쫓겨
나는 나의 넷 한울로 땅으로—나의 胎盤으로 돌아왔으나

이미 해는 늘고 달은 파리하고 바람은 미치고 보래구름만 혼자 넋없이
떠도는데

아, 나의 조상은 형제는 일가친척은 정다운 이웃은 그리운 것은 사랑
하는 것은 우럴으는 것은 나의 자랑은 나의 힘은 없다 바람과 물과 세월
과 같이 지나가고 없다.
　　　　　　　　　　　　　　　 －백석, <北方에서－鄭玄雄에게> 전문

　여기에서 보이는 부여, 숙신, 발해, 여진, 요, 금 등은 만주에서 흥망
성쇠를 거듭했던 나라들이다. 흥안령과 음산은 산맥이고 아무르와 숭
가리는 흑룡강과 송화강이다. 아무르와 숭가리는 만주어이다. 그리고
시에서는 만주에 거주했던 옛 종족인 오로촌과 쏠론의 이름을 열거하
고 있다.
　떠남은 유랑을 의미하는데 시적화자는 자신의 유랑이 '부끄러움을
알지 못했다'. 그 부끄러움을 인식하고 '참으로 이기지 못할 슬픔과 시
름에 쫓겨' 태반으로 돌아왔으나 '그동안 돌비는 깨어지고 많은 은금보
화는 땅에 묻히고 가마귀도 긴 족보를 이루었'으며 '이미 해는 늘고 달
은 파리하고 바람은 미치고 보래구름만 혼자 넋없이 떠도는' 병들고

지친, 처절한 풍경 뿐이었다. 그 뿐만 아니라 자신이 사랑하고 그리워 하던 애모의 대상, 존경의 대상들은 모두 사라지고 자신의 희망도 용기 도 의욕도 다 사라지고 만 것이다. 즉 그의 삶의 근거, 태반 자체를 상 실하고 만 것이다. 형언할 수 없는 상실감을 그대로 토로하고 있다.

이상의 시들은 시인들이 만주에서의 역사적 공간인 찬란하고 황홀했 던 발해와 고구려에 대한 감회와 회고, 그리고 부여, 숙신, 발해, 여진, 요, 금의 역사적 무대와 더불어 거기에 있었던 여러 종족들을 떠올리면 서 현재에 대한 상실감을 토로하고 있다.

② 자연 친화, 종족 화합의 공간과 축제적 신시—백석

백석은 1940년 1월[131] 조선일보사를 그만두고 만주로 옮겨간다. 그 는 신경의 舊市街 東三馬路 시영주택 35번지 황 씨 집에 거처를 마련하 고 본격적인 만주 생활을 시작하였다. 백석은 만주국 군무원 경제부에 서 잠시 근무하다가 측량 보조원, 측량 서기 등을 전전하며 생활하다가 1945년 해방 후 고향 정주로 돌아온다. 해방 후 그는 계속 북한에 머 물면서 아동 문학에 힘쓰다가 1962년 이후로 몰락하게 되며 1995년 83세의 나이로 세상을 떠난다.

현재까지 알려진 백석의 작품은 그의 시집인 『사슴』에 수록된 시 33 편과 기타 산문과 잡지 등에 실린 시들을 합쳐 110여 편에 이른다. 그 중 5년간 만주에 체류하면서 발표한 작품으로는 시간적으로 <목구>, <수박씨, 호박씨>, <北方에서>, <許俊>, <아까시야>, <국수>, <호 박꽃 초롱> 서시, <흰 바람벽이 있어>, <촌에서 온 아이>, <燥塘에 서>, <杜甫와 李白같이>, <귀농> 등 12편이다. <목구>는 잡지 편집

---

131) 이동순, 서준섭, 고형진은 1939년말로 보고 있으나 이숭원은 1940년으로 보고 있다.

의 관행으로 볼 때 만주 출발 이전에 써서 잡지사로 넘긴 것으로 짐작
이 된다. 그리고 백석이 만주로 가기 전에 쓴 <안동>과 <북신>을 포
함한 <서행시초>도 이국의 풍경을 다룬 것이므로 여기에 포함시킨다.

> 異邦거리는
> 비오듯 안개가 나리는속에
> 안개가튼 비가 나리는속에
>
> 異邦거리는
> 콩기름 쪼리는 내음새속에
> 섭누에번디 삶는 내음새속에
>
> 異邦거리는
> 독기날 별으는 돌물네소리속에
> 되광대 켜는 되앙금소리속에
>
> 손톱을 시펄하니 길우고 기나긴 창꽈즈는 줄줄 끌고시펏다
> 饅頭꼭깔을 눌러쓰고 곰방대를 몰고가고시펏다
> 이왕이면 香내노픈 취향梨돌배 움픽움픽 씹으며 머리채 츠렁츠렁 발
> 굽을차는 꾸냥과 가즈런히 雙馬車 몰아가고시펏다
>
> — 백석, <安東> 전문

이 시는 백석이 만주로 가기 직전 평안도 지방을 여행하며 쓴 <서행
시초> 제목으로 발표한 일련의 시중 하나이다. 안동(지금은 단동)은 신의
주 맞은 편의 국경도시로서 이방의 정취를 느낄 수 있는 지역이다.

1연에서 시인은 '비 오듯 안개가 내리'고 '안개같은 비가 내리는' 이
방거리의 자연 환경을 시각적인 이미지로 표현하고 있다. 1연이 이방
의 자연 풍경이라면 2연은 이방에 살고 있는 인간들의 체취와 삶, 그

자체를 묘사하고 있다. 따라서 1연에서 시각적 이미지를 사용하였다면 2연에서는 후각과 청각적 이미지를 함께 결합시킴으로써 이방의 생활 모습을 더욱 고조시켰다. '콩기름 쫄이는 내음새'와 '섶누에(산누에) 번디(번데기)를 삶는 냄새'는 후각을 통한 삶의 한 모습이고 '도끼날을 벼리는 돌물레소리'와 '되광대(중국인 광대) 켜는 되앙금(중국 현악기 앙금)소리'는 청각을 통한 만주족 사람들의 생활 그 자체의 소리이다. 시적 자아는 사람 사는 냄새와 그들이 부대끼는 소리 속에서 그들처럼 '시퍼런 손톱을 기르고 창꽈즈(長褂子, 중국식 긴 저고리)를 입고 싶'고 '饅頭꼭갈을 눌러쓰고 곰방대를 물고 가고 싶'었으며 중국 '꾸냥(姑娘, 처녀, 아가씨)과 쌍마차를 몰고 가고 싶었다'고 하였다. 세 개의 열거법으로 사용된 '싶었다'에서는 만주인과 함께 하려는 시인의 공동체 의식을 표현하였다. 이는 김조규의 <胡弓>에서 "기집아야 웨 燈盞을 고얼줄 몰르느뇨? /……/ 저녁이면 燈불을 밧드는 風俗을 배워야 한다."라는 시구의 만주에 적응하여 살아야 한다는 공동체 의식과 같은 맥락에서 읽을 수 있다. 반면에 김달진의 시 <용정>에서 "시악시요 아 異國의 젊은 시악시오 / 아장아장 걸어오는 쪼막발 시악시오 / 한 粉이 고루 먹히지않은 살찐 얼굴 / 당신은 저 넓은 들이 슬프지 않습니가 / 저 하늘바람이 슬프지 않습니가"라는 시구와는 대조적이다. <용정>에서 시적화자는 만주의 쪼막발 시악시 즉 만주 원주민에 대한 경멸감과 거친 만주의 자연과 기후에 대한 불쾌감을 드러내었다.

<북방에서>는 이러한 공동체 의식을 넘어서서 축제적 신시에 대해 이야기하고 있다.

　　아득한 녯날에 나는 떠났다

......
범과 사슴과 너구리를 배반하고
송어와 메기와 개구리를 속이고 나는 떠났다.

나는 그때
자작나무와 익갈나무의 슬퍼하든것을 기억한다
갈대와 장풍이 붙드든 말도 잊지않았다
오로촌의 멧돌을 잡어 나를 잔치해 보내든것도
쏠론이 십리길을 딸어나와 울든것도 잊지않았다.
　　　　　　　　　　　　－백석, <北方에서－鄭玄雄에게> 부분

　역사적 화자의 목소리로 민족의 역사와 더불어 북방 정서를 이야기
하고 있는 이 시는 백석의 북방시를 대표하는 작품으로 주목된다. 부제
에서 보다시피 이 시는 백석이 조선일보 재직시절의 동료이고 절친한
친구였으며 화가인 정현웅[132])에게 편지글처럼 전달하는 대화체 형식을
취하고 있다. 만주를 주된 공간으로 다루고 있는 이 시는 거침없는 시
적 어조와 웅대한 서사적 화폭으로 이채를 띤다. 흡사 민족적 자아를
대신한듯한 일인칭의 성찰적인 시적 페르소나(persona)를 통해 시간적으
로 '아득한 녯날', '가마귀도 긴 족보'를 이루는 남진 이후의 세월, '새
녯날이 비롯하는 때' 등 세 시기를 넘나든다. 여기서 '새 녯날'이란 당
시의 상황으로 보아 일제가 대동아 공영권을 내세워 중일전쟁을 일으
키던 시기이다. 이 작품을 쓸 무렵 백석이 일제가 세운 만주국의 수도
신경(지금의 장춘)에 머물렀다는 것은 이러한 시점을 반영한 것이다.

---

132) 정현웅(1911-1976) 서양화가, 서울 출생, 1927년부터 조선미술 전람회에 거듭 입선과
　　특선, 『신천지』 편집인, 한국전쟁 발발직후 남조선 미술동맹에서 활동하다가 월북, 북
　　한에 머물러 『조선미술이야기』(1954) 등의 저술을 남겼다.

길짐승 범과 사슴과 너구리를 배반하고 물고기 송어와 메기와 개구리를 속이고 떠났다고 제1연에서 말하고 있는 것은 우리 민족이 북만주 옛터에서 자연과 합일 속에서 평화롭게 살았음을 강조하고 있다. 자연은 나와서 자라고, 쇠약해져 사멸하며 그 안에서 생명력을 가지고 스스로의 힘으로 생성, 발전하는바 그 자체 안에 운동의 원리를 가진 것이다. 그러기에 자연은 조금도 인간에게 대립하는 것이 아니고 오히려 그러한 생명적 자연의 일부로서 포괄되어 있다. 자연은 인간에게 대하여 이질적·대립적이 아니고 그것과 동질적으로 조화하고 神마저도 거기에서는 자연을 초월하는 것이 아니고 거기에 내재적이다.

자연과의 친화는 제2연에서도 반복되어 나타난다. 육지에서 자라는 자작나무와 이깔나무가 떠나는 것을 슬퍼하고 물가에서 자라는 갈대와 장풍이 붙들던 말도 잊지 않았음은 물론, 홍안령 북구 소홍안령에 사는 북퉁구스계의 한 종족인 '오로촌'(Orochon족)과 남방퉁구스계통의 부족 '쏠론' 등이 멧돝(멧돼지의 오자)을 잡아 장도를 축하하고 십리 길을 따라 나와 이별을 슬퍼하던 것을 잊지 않았다고 화자는 말한다. 자연과의 친화는 물론 이웃 부족들과도 평화롭게 살던 시절의 기억을 떠올리는 것은 시적화자의 개인적 술회만이 아니라 민족공동체의 역사적 체험을 노래하고 있다.

백석이 발견한 민족의 공동체는 정을 나누며 살고 조상들의 전통을 이어받는 영원한 민족의 역사를 이어가는 공동체이다. 여러 종족들은 서로간의 투쟁과 대립보다는 서로 상대방을 인정하고 관용함으로써 그리고 자연적인 사랑의 생명력을 서로 나누어주고 가짐으로써 평화스런 세계, 더욱 풍요롭고 강력해진 국가를 이룰 수 있다고 말해주고 있다. 이는 '한 강력한 중앙집권 국가에 의해 나머지 모든 나라들이 종속적으로 되어 지배되는 그런 세계가 아니라 여러 소국들이 자치적으로 연합하고 서로 조화시킨 연방제'를 보여준다. 이는 한국의 특유한 정치철학과 사상－축제적 신시를 말하고 있다.

신시는 단군신화의 앞부분, 지금으로부터 5천년 전후에 선조의 天降을 믿고 天王이라는 主上을 받드는 桓이라는 민족이 있어서 居民崇仰의 標柱인 太白山下에 도읍을 세운 것이 神市이며 神市이전의 원 거주지를 古傳에 桓이라고 하였는데 이는 곧 하늘의 의역이고 따라서 주상의 명호상에 반드시 환을 쓰는 것은 곧 天降을 표시함이오, 뒤에 解로 바뀌었다는 것이다.[133] 단군신화에 환웅의 신시가 있는데 그 신시가 위치한 '삼위태백'의 상징적 의미는 우주산이다. 육당의 견해에 의하면 '삼위태백'은 '인간계에 내려온 천산'이다. 홍익인간이란 말에는 한민족 나름의 어투로 지상낙원을 가리키는데 즉 널리 이롭다는 것은 모든 것들이 서로 다양하고 독특한 상태로 서로 조화를 이루며 제각기 발전된다는 것, 그리고 그 다양성이 한데 합쳐 풍요로운 세계가 된다는 것이다. 자연속의 다양성과 전체적인 조화와 그로 인한 풍요로움은 목가적인 세계에 대한 꿈이다. '신시'는 이러한 목가적 세계를 경영하는 우주의 중심이었다.[134] 로제 카이유와에 의하면 '축제'란 강렬한 생명의 절정을 나타내며 또 일상생활의 사소한 걱정거리들과는 확연한 대조를 이루고 있기 때문에 개인의 기억과 욕망에 있어서 충만된 감동의 시간이며 존재 변신의 시간이다. 한국인의 축제적 신시는 바로 상호이익 증진에 주안점을 두고 모든 나라와 사람들이 서로 화합하고 조화될 수 있

---

133) 최남선, 「稽古箚存」, 靑春』 14호, 1918, 『全集』 2권, 14-16쪽. 석지영, 「六堂 崔南善의 歷史認識－古代史 研究를 중심으로」, 『梨大史苑』 27집, 2007, 114쪽에서 재인용.
134) 신범순, 「축제적 신시와 처용신화의 전승」, 『한국근대문학의 정체성』, 2006, 16쪽.

게굼 하는 기능적 중심지이다.

　이토록 <북방에서>는 자연과의 합일점 더불어 여러 종족이 어울러 화합하는 축제적 신시의 깊은 뜻을 내포하고 있다. 이런 축제적 신시의 의미는 그의 다른 시 <귀농>에서도 나타난다.

> 白狗屯의 눈녹이는 밭가운데 땅풀리는 밭가운데
> 촌부자 老王하고 같이 서서
> 밭최뚝에 즘부러진 땅버들의 버들개지 피어나는데서
> 볕은 장글장글 따사롭고 바람은 솔솔 보드라운데
> 나는 땅님자 老王한테 석상디기 밭을 얻는다
>
> 老王은 집에 말과 나귀며 오리에 닭도 우울거리고
> 고방엔 그득히 감자에 콩곡석도 들여 쌓이고
> 老王은 채매도 힘이들고 하루종일 百鈴鳥 소리나 들으려고
> 밭을 오늘 나한테 주는것이고
> 나는 이젠 귀치않은 測量도 文書도 실증이 나고
> 낮에는 마음놓고 낮잠도 한잠 자고싶어서
> 아전노릇을 그만두고 밭을 老王한테 얻는것이다
>
> 날은 챙챙 좋기도 좋은데
> 눈도 녹으며 술렁거리고 버들도 잎트며 수선거리고
> 저한쪽 마을에는 마돗에 닭개즘생도 들떠들고
> 또 아이어른 행길에 뜰악에 사람도 웅성웅성 홍성거려
> 나는 가슴이 이무슨흥에 벅차오며
> 이봄에는 이밭에 감자 강냉이 수박에 오이며 당콩에 마눌과 파도 심그
> 리라 생각한다
>
> 수박이 열면 수박을 먹으며 팔며
> 감자가 앉으면 감자를 먹으며 팔며

까막까치나 두더쥐 돗벌기가 와서 먹으면 먹는대로 두어두고
도적이 조금 걷어가도 걷어가는대로 두어두고
아, 老王, 나는 이렇게 생각하노라
나는 老王을 보고 웃어말한다

이리하여 老王은 밭을 주어 마음이 한가하고
나는 밭을 얻어 마음이 편안하고
디펙 디펙 눈을 밟으며 터벅터벅 흙도 덮으며
사물사물 해볕은 목덜미에 간지로워서
老王은 팔장을 끼고 이랑을 걸어
나는 뒤짐을 지고 고랑을 걸어
밭을 나와 밭뚝을 돌아 도랑을 건너 행길을 돌아
집웅에 바람벽에 울바주에 볕살 쇠리쇠리한 마을을 가르치며
老王은 나귀를 타고 앞에 가고
나는 노새를 타고 뒤에 따르고
마을끝 虫王廟에 虫王을 찾어뵈려 가는길이다
土神廟에 土神도 찾어뵈려 가는길이다

− 백석, <歸農> 전문

이 글은 백석이 만주 신경의 근처에 있는 白狗屯[135]에 살면서 쓴 시
라 생각된다. 이 시기 백석은 "이젠 귀치않은 測量도 文書도 실증이 나
서 / 낮에는 마음놓고 낮잠도 한잠 자고싶어서 / 아전노릇을 그만두고
밭을 老王한테 얻는 것이다"에서 볼 수 있듯이 측량기사 노릇을 하다가

---

135) 白狗屯의 원래 마을 이름은 白果屯이었는데 마을에 돈 있고 세력 있는 양씨사람이 이
사 오면서 의도적으로 흰 개를 많이 키워 온 마을이 개 울음소리로만 가득차게 함으로
서 마을사람들에게 강박적으로 白果屯을 白狗屯으로 고쳐 부르게 했다는 이야기가 있
다. 마을사람들은 그 세력에 어쩔 수 없이 白狗屯으로 불렀으며 그 사람이 죽은 후에는
그 이름이 별로 좋지 않아서 新月屯이라 불렀다. 지금은 장춘시에 편입되었는 바 위치
상으로 靑年路北部西側 环城公路附近 新月路西端이다. 중국인터넷 百度사이트 www.
htwh.cn 참조.

그것마저 집어치우고 老王이라는 중국인 촌부자로부터 땅을 얻어 농사를 짓는다. 그는 비로소 문서를 보면서 분주하게 지낼 때는 생각하기도 어렵던 편안함을 얻게 된다. 즉 근대적 표준화의 결정체라 할 수 있는 측량 일을 하면서 정작 잃어버렸던 구체적 삶의 숨결을 귀농하면서 얻게 된 것이다.

그의 한가하고 편안한 생활과 더불어 그 속의 자연과 사람들도 그 주변 여건 속에서 합일하면서 살고 있는 모습 또한 흥겹고 벅차다. "날은 챙챙 좋기도 좋은데 / 눈도 녹으며 술렁거리고 버들도 잎트며 수선거리고 / 저한쪽 마을에는 마돗에 닭개즘생도 들떠들고 / 또 아이어른 행길에 뜰악에 사람도 웅성웅성 흥성거려 / 나는 가슴이 이 무슨홍에 벅차"오른다. 봄빛처럼 따사롭고 해맑은 이미지를 주는 장면이다. 시적 화자는 보잘것없는 소작인의 처지일망정 수박과 감자를 심고 게다가 까막까치나 두더지, 돝벌기(감자밭에서 뿌리나 줄기를 자르는 해충) 그리고 도적까지도 포용하는 자연 친화적 삶을 살겠다고 자신의 의지를 밝히고 있다. 더불어 땅주인인 노왕과의 관계도 매우 화애롭다. "눈녹이는 밭 가운데 땅풀리는 밭가운데 / 촌부자 老王하고 같이 서서" "아, 老王, 나는 이렇게 생각하노라 / 나는 老王을 보고 웃어말한다" "老王은 팔장을 끼고 이랑을 걸어 / 나는 뒤짐을 지고 고랑을 걸어" "老王은 나귀를 타고 앞에 가고 / 나는 노새를 타고 뒤에 따르고" 지주와 소작인 사이의 화해와 융합을 읽을 수 있다. 이는 시의 마지막 대목 '마을끝 蟲王廟에 蟲王'과 '土神廟에 土神'을 찾아 간다는 데서 고조된다. 벌레 신, 땅의 신을 찾아 한해의 농사를 잘 짓게 해준데 대해 감사함을 표시하러 가는 길이다. 농부들은 예로부터 벌레까지도 왕으로 섬기고 또한 흙의 신을 숭배함으로 해서 사람과 흙과 모든 벌레까지도 서로 하나가 되어 살아왔던 것이다. 이는 땅을 일구면서 농사를 짓는 사람이 그 대상과 일체가 되는 상태를 보여주는 것이다. 비록 이국땅의 소작인 생활이지만 진실한 '귀농'의 모습이 무엇인가를 깨달은 화자는 달관의 자세로 현실을 수용하였던 것이다. 근대의 도시화된 삶속에서 추상적 표준의 세계가 아닌 편안하고 안온한 거처할 공간을 찾게 된 셈이고 바로 이 상태가 백석이 지향하고 있는 세계인 것이다.

종합적으로 백석이 바라보는 만주는 역사적 공간으로서의 만주에서 자연과의 합일점 더불어 여러 종족이 어울러 화합하는 축제적 신시의 깊은 뜻을 내포하고 있는 공간으로 인식하고 있다.

4. 나가며

이 연구는 '만주'라는 지리적 공간이 한국 시문학 작품에서 어떠한 문학적 공간으로 인식되고 있는지 탐구하는 것을 목적으로 하였다. 특히 만주가 한국 문학과 긴밀한 관계 속에서 문학적 제재와 배경으로 작용하던 1930, 40년대에 있어서, 만주를 거주공간으로 체험하고 있던 소위 '재중조선인'의 시작품에 한정하여 살펴보았다. 이를 위해서 만주라는 지리적 공간의 성격과 한국문학사상의 의의를 탐구해 보고, 이 공간에서 문학적 삶을 영위하던 재중조선인 시인들의 거주 방식의 유형을 정의하며, 이 유형과 관련된 작품에서 나타나는 만주 인식의 제상을 규명하고자 하였다.

그동안 만주에 대한 연구는 다양한 방면에서 진행되어 왔으나 전반 재중조선인 시문학에서 만주 인식을 중심으로 다룬 연구는 없었다. 그리고 재중조선시인들의 만주와의 만남의 형태를 유형별로 정리해놓은 논문도 없었다. 이 연구는 기존의 다양한 연구 성과를 토대로 하여 연구를 진행하였다.

제2장에서는 만주의 문학적 함의에 대하여 논의하였다. 일제강점기 재중조선인 시작품의 대상 시기, 공간적 개념인 만주, 간도, 북방, 동북 등 용어의 유래와 의미, 일제강점기 중국 땅에서 이루어진 조선인문학에 관한 용어, 재중조선시인의 범주에 대하여 논의하였다. 재중조선인 문학의 문단시기가 대체적으로 1910~1945년까지이지만 이 연구에서는 이 글에서 다루고자 하는 재중조선시인들의 창작활동시기가 1930~1940년대이므로 그때로 정했다. 그동안의 만주문학의 연구사를 검토해 보면 만주, 간도, 북방, 동북 등 시공간용어와 일제강점기 만주 땅에서 이루어진 조선인문학에 대한 용어가 혼란하게 사용되었다. 이 연구에서는 원전 존중의 입장에서 시공간 범위에 맞는 '만주' 용어를 사용하며 더불어 통상적으로 사용하고 있는 '재중조선인 문학'의 용어를 사용하였다. 그동안의 만주문학 연구는 재중조선시인의 범주의 기준없이 윤동주, 이학성, 함형수, 송철리, 천청송, 윤해영 등을 포함시켜 다루었다. 이 연구는 만주에서 거류하면서 생활했던 시인, 만주에 관한 시편을 남긴 시인들인 김조규, 유치환, 백석, 이육사, 박팔양, 김달진을 재중조선시인 범주에 추가 포괄시켰다. 그리고 비록 만주에 거류한 흔적은 없지만 수차례 만주를 답파하고 만주 유이민의 생활에 깊은 관심을 보인 이용악도 포함시켰다. 재중조선시인들이 만주와의 만남 형태는 출신지, 정착지, 생활지 등 개념에 따라 토착형, 정착형, 거류형으로 분류하였다.

본론인 제3장에서는 만주 인식의 제상에 대하여 논의하였다. 4개의 큰 항목으로 나누어 전개하였다. 즉 토착형은 '그리움의 원형 공간'으로, 정착형은 '개척을 통한 이민 공간'으로, 거류형은 '망명과 이민 공간'과 '개념적 상징 공간' 두 개로 나누어 다루었다. 거류형을 두 개로 나눈 원인은 전자는 생활 공간이고 후자는 사상 공간으로 이질적으로 다르기 때문이다.

　1절 '그리움의 원형 공간 : 토착형 윤동주의 경우'에서는 윤동주의 시를 논의하였다. 토착형은 만주에서 태어나 만주를 고향으로 삼아 시 창작 활동을 한 시인이다. 윤동주의 고향은 북간도 명동마을로서 고향 명동은 어린 시절 동심과 추억이 있는 곳으로 아름답고 황홀하기만 하다. 학업을 위해 서울과 일본을 거듭 오가며 타향살이를 하는 윤동주에게 모성의 공간인 북간도 명동은 영원한 그리움과 동경의 대상이었다. 그리움의 대상들은 어머니, 친구, 이웃, 동물, 풍물들로서 원초적이고 근원적이며 자연적인 것이다. 그 중에서 어머니는 항상 핵심을 이루고 있으며 고향 공간은 항상 어머니와 함께 하는 모성의 공간이다. 어머니와 함께 공존하는 원형적인 모성 공간, 북간도 명동은 윤동주에게 끊임없이 과거와 소통하는 영원한 그리움과 동경의 대상이며 시인이 지향하는 낙원이자 이상형의 공간이기도 한다. 윤동주의 시세계는 부끄러움을 기본 바탕으로 준엄한 자아성찰을 통한 자아완성을 끊임없이 지향하였다. 시인의 끊임없는 자아성찰에는 나라 잃은 식민지 지식인으로서 고뇌와 부끄러움, 민족적 참회가 들어있으며 자책뿐만 아니라 민족과 조국이 해방되어 새아침이 밝아올 것임을 기대하는 극복의지도 나타나고 있다.

　2절 '개척을 통한 정착 공간 : 정착형 심연수와 이욱의 경우'에서는 심연수와 이욱의 시를 논의하였다. 정착형은 한반도에서 태어나 만주로 이민을 간 뒤 거기에 뿌리를 박고 정착한 시인이다. 이들에게는 두 개의 고향인, 태어난 고향과 성장한 고향인 만주 땅이 있는데 대개 고향이 두 개인 사람들은 정체성 혼란을 겪는다. 그러나 이들이 두 개의 고향에 대한 태도를 보면 정체성 혼란은 찾아보기 어렵고 만주에 대한 친근감을 나타내고 있다. 이는 이들이 어릴 적 만주로 건너와서 오랜 세월 만주에 정착함으로써 스스로 조금씩 변화되는 과정을 통해 형성된 자연적인 성격의 만주의 고향화이다. 만주가 고향화 되는 주요한 요인으로 그들의 시에서 만주를 새로운 삶의 터전으로 생각하고 정착하고 개척하는 의지도 찾아볼 수 있었다.

3절 '망명과 이민 공간 : 거류형 서정주, 유치환, 김조규, 이용악의 경우'에서는 만주가 생활적 공간의 의미로서 '고향상실과 향수', '도피처와 허무의지', '이민지와 비극적 삶' 등의 각도로 살펴보았다. 거류형은 한반도에서 태어나 거류 목적으로 만주로 가서 일정기간을 체류하면서 조국이 광복되면서 다시 한반도로 돌아온 시인이다.

'고향상실과 향수'에서는 성인이 되어 만주로 건너간 이들에게 타향으로 인식되는 만주 공간을 다루었다. 이는 그들의 고향 상실과 연관되어 있는데 그들이 그린 향수에 관련된 시편들을 보면 김달진은 고향을 차가운 이미지로 표현했고 송철리와 천청송은 전통적인 한국풍과 한국 가락으로 아름다운 고향마을에 대한 향수를 시화했으며 김조규는 고향을 잃게 한 일제에 대한 무언의 항거와 분노를 표출하였다.

'도피처와 허무의지'에서는 서정주와 유치환의 시를 중심으로 논의하였다. 서정주는 만주를 기대가 무너져 내리는 하늘뿐인 텅 빈 공간으로 파악하였다. 유치환에게 안겨오는 만주는 거칠고 외롭고 암담하고 절망적인 광야이고 절명지이고 절도이다. 이런 절망적인 광야에서 시인은 철학적인 사유의 허무의지를 보여주었다.

'이민지와 비극적 삶'에서는 김조규와 이용악의 시를 중심으로 논의하였다. 김조규에게 만주는 入滿 이전 남의 이야기만 듣고 기후이야기만 하던 데로부터 만주에 직접 가서 체험을 거치면서 '역', '열차', '대합실' 등 근대공간을 통해 식민지 유이민들의 비극적인 삶의 현장과 절망적인 정경을 그렸다. 마찬가지로 이용악에게 안겨오는 만주도 조선여인이 팔려간 공간으로, 조선의 비극성과 비극적인 민족 공동체적인 운명을 고발하고 있다.

4절 '개념적 상징 공간 : 거류형 이육사, 박팔양, 윤해영, 백석의 경우'에서는 만주가 사상적 공간의 의미로서 '사상 실천지와 항일의식', '낙토만주와 일제협력', '역사적 공간과 축제적 신시'를 논의하였다.

'사상실천지와 항일의식'에서는 이육사의 시를 논의하였다. 이육사의 만주 인식은 그의 陸史라는 호와도 연결되며 만주에서 대륙으로까지 이어진다. 그의 시에서 등장하는 대륙은 北極, 北方, 北海岸, 北海, 북쪽 등으로 나타나며 단 한마디의 만주라는 용어가 발현되지 않는다. 이는 시인의 일본 제국주의의 기호적 울림을 동반하는 만주를 강하게 부정하는 민족 의식적 지향을 볼 수 있다. 만주, 대륙에서 조국 광복을 위한 독립 운동을 하면서 언젠가는 조선이 꼭 독립될 날을 믿었던 시인, 그에게 만주는 일제가 세운 만주국도 아니고 오직 중국 대륙일 뿐이며 조국 광복을 꿈꾸며 기상을 드높이는 훈련 터전, 사상 실천지로서의 만주였다.

'낙토만주와 일제협력'에서는 박팔양, 윤해영의 시를 논의하였다. 박팔양과 윤해영은 만주에 거주하는 8년과 26년 동안 줄곧 친일기관에 종사하여 왔고 그리고 친일 시들을 남겼다. 박팔양은 만주를 고향과 나라로 보았으며 나아가서 만주와 조선을 일본의 귀속된 것으로 보았다. 윤해영도 오족협화, 낙토 만주로서의 만주국을 극찬하고 있으며 재만 조선인이 만주국의 백성이고 선구자임을 내세우고 있다.

'역사적 공간과 축제적 신시'에서는 윤해영, 유치환, 백석의 시를 논의하였다. 윤해영과 유치환의 만주의 옛 역사적 공간에 대한 감회와 회고에만 그치고 있다. 그러나 백석의 대부분 시에서는 만주를 자연과의 합일점 더불어 여러 종족이 어울러 화합하는 축제적 신시의 깊은 뜻을 내포하고 있는 공간으로 인식하고 있다.

종합적으로 일제강점기 재중조선인 시에서 나타난 만주는 '그리움의 원형 공간', '개척을 통한 정착 공간', '망명과 이민 공간', '개념적 상징 공간' 등의 의미를 갖고 있는데 이는 재중조선인 시문학에서 중층적으로면서도 다의적인 의미를 갖는다고 할 수 있다. 한국근대 만주시편을 대상으로 삼아 고찰하고 만주 인식을 규명한 이 글의 시도는 만주 시편이 보여준 공간과 인식에 대한 이해를 돕고 근대시사 연구의 영역과 외연을 넓힘으로써 보다 깊이 있고 다양한 후속 연구들을 불러오는 데 도움이 될 수 있을 것이라 기대된다.

이상 일제강점기 재중조선인 시에서 나타나는 만주 인식 과제를 다루면서 시작품뿐만 아니라 근대소설, 기행문, 수필 등을 포함한 문학 작품과의 유기적인 연결 속에서의 연구나 만주시문학에서 중국인, 일본인의 만주 인식 비교연구는 차후 과제로 남긴다.

참고문헌

1. 대상자료

| 尹東柱

별 헤는 밤, 1941.11.5

쉽게 씌여진 시, 1942.6.3

또 다른 故鄕, 1941.9

自畵像, 1939.9

버선본, 1936.12

슬픈 族屬, 1938.9

새로운 길, 1938.5.10

十字架, 1941.5.31

남쪽하늘, 1935.10

고향집, 1936.1.6

돌아와 보는 밤, 1941.6

懺悔錄, 1942.1.24

| 沈連洙

龍井驛頭에서, 1940.5.22

낯익은 품속의 사랑, 1940.5.22

수학여행을 마치고, 1940.5.22

옛터를 지나면서, 1940.8.10

追憶의 海蘭江, 1940.3.17

바닷가에서, 1940.8.14

나그네2, 1941.2.26

滿洲, 1942.9

들꽃, 1941.7.4

| 李旭

별, 在滿朝鮮詩人集, 1943.

두만강의 노래, 시집 북두성, 1947.

三代, 「北陸의 서정」, 연길 민중문화사, 1949.
내 두만강에 묻노라, 1947, 시집 북두성.
옛말, 1948.
血痕에 깃든 꽃, 태풍, 1940.
驛馬車, 1942, 시집 북두성

▌宋鐵利

도라지, 滿洲詩人集, 1942.9.29
북쪽하늘엔 별도나 서글퍼, 滿洲詩人集, 1942.9.29
落鄕, 在滿朝鮮詩人集, 1943.
五月, 在滿朝鮮詩人集, 1943.

▌徐廷柱

滿洲에서, 人文評論, 1941.2
滿洲日記, 每日申報, 1941
滿洲帝國局子街의 1940년 가을, 1940.9-1941.2, 시와 시학, 2001
日本憲兵 고 쌍놈의 새끼, 1940.9-1941.2, 시와 시학, 2001
間島 龍井村의 1941년 1월 어느날, 1940.9-1941.2, 시와 시학, 2001

▌柳致環

편지, 文章, 1940.3 滿洲詩人集, 1942.9.29
曠野에 와서, 人文評論, 1940.7
絶島, 人文評論 13호, 1940
首, 國民文學 5호, 1942.3
絶命地, 생명의 서, 1947.
陰獸, 在滿朝鮮詩人集, 1943
前夜, 春秋, 1943.12
歸故, 滿洲詩人集, 1942.9.29
하얼빈 道里公園, 滿洲詩人集, 1942.9.29
生命의 書, 東亞日報, 1938.10.29
새에게, 생명의 서, 행문사, 1947
北方十月, 생명의 서, 행문사, 1947
北方秋色, 民聲, 1949.12

金朝奎

다시 北으로, 新人文學 3월호, 1936.3
北으로 띄우는 便紙, 崇實活泉 15호, 1937.10
延吉驛 가는 길, 朝光 63호, 1941.1, 在滿朝鮮詩人集 1943.
3等待合室, 발표지 미상, 1941. 가을 작.
大肚川驛에서, 滿鮮日報, 1941.4.
北行列車, 발표지미상 육필원고, 1940.
카페 미쓰-조선에서, 육필원고, 滿鮮日報 신춘집-2, 1942.2.15
찢어진 포스타가 바람에 날리는 風景, 발표지 미상 육필원고, 1941.8.
한 交叉驛에서, 발표지 미상 육필원고, 1941.10.
胡弓, 在滿朝鮮詩人集, 1943.
南湖에서(2), 발표지 미상, 1944.
汽車, 시집 東方, 김조규시전집, 1946.10
鄕愁, 여성3권 12호, 1938.12

李庸岳

北쪽, 시집 分水嶺, 1937.5.30.
풀버렛 소리 가득차 있었다, 시집 분수령, 1937.5.30.
天痴의 江아, 시집 분수령, 1937.5.30.
제비같은 少女야, 시집 분수령, 1937.5.30.
두만강 너 우리의 강아, 시집 낡은 집, 1938.11.10
낡은 집, 시집 낡은 집, 1938.11.10
전라도 가시내, 시학, 1939.8
오랑캐꽃, 人文評論, 1939.10
하나씩의 별들, 民主主義 4, 1946.8
하늘만 곱구나, 개벽, 1948.1
그리움, 협동, 1947.2 시집 이용악집 수록
길손의 봄, 시집 분수령, 1937.5.30

咸亨洙

歸國, 滿洲詩人集, 1942.9.29
悲哀, 滿洲詩人集, 1942.9.29

朴八陽

사랑함, 滿洲詩人集, 1942.9.29

季節의 幻想, 滿洲詩人集, 1942.9.29

밤車, 朝鮮之光, 여수시초, 1927.9

너무나 슬픈 사실-봄의 선구자 '진달래'꽃을 노래함, 學生, 1930.4

尹海榮

先驅者, 일명 龍井의 노래, 1932.

海蘭江, 滿洲詩人集, 1942.9.29

四季, 滿洲詩人集. 1942.9.29

渤海古址, 滿洲詩人集, 1942.9.29

樂土滿洲(가사), 사화집 半島史話와 樂土滿洲, 1943.

아리랑滿洲(가요), 滿鮮日報, 1941.1.1

척토기(시조), 41.1.15

오랑캐고개, 滿洲詩人集. 1942.

林學洙

松花江, 시집 匹夫의 노래, 고려문화사, 1948.7.

도라오지 않는 荒鷲, 시집 匹夫의 노래, 고려문화사, 1948.7.

하단군조, 시집 匹夫의 노래, 고려문화사, 1948.7.

李陸史

絶頂, 文章, 1940.1.

曠野, 自由新聞, 1945.12.17

꽃, 自由新聞, 1945.12.17.

青葡萄, 文章, 1939.8.

草家, 批判, 1938.4

季節의 五行(수필), 朝鮮日報, 1938.12.24-28

한 개의 별을 노래하자, 風林, 1936.12

青葡萄, 文章, 1939.8

나의 뮤ー즈, 陸史詩集, 서울출판사, 1946.

白石

咸州詩抄-北關, 朝光 3권10호, 1937.10.

故鄕, 三千里文學 2호, 1938.4
北新-西行詩抄 2, 朝鮮日報, 1939.11.9
北方에서-鄭玄雄에게, 文章 2권6호, 1940.7.
澡塘에서, 人文評論 3권3호, 1941.4.
흰 바람벽이 있어, 文章 3권4호, 1941.4.
촌에서 온 아이, 文章 3권4호, 1941.4.
杜甫나 李白같이, 人文評論 3권3호, 1941.4.
국수, 文章 3권4호, 1941.4.
安東, 朝鮮日報, 1939.9.13.
歸農, 朝光 7권4호, 1941.4.
南新義州 柳洞 朴時逢方, 學風 1권1호, 1948.10

▌吳章煥
北方의 길, 1939.

▌趙鶴來
滿洲에서(獻詩), 在滿朝鮮詩人集, 1943.

▌李光洙
간도동포의 慘狀, 상해판 獨立新聞 제87호, 1920.12.18
저 바람소리, 상해판 獨立新聞 제87호, 1920.12.18
三千의 冤魂, 상해판 獨立新聞 제87호, 1920.12.18

▌金達鎭
龍井, 在滿朝鮮詩人集, 1943.10
鄕愁, 滿洲詩人集, 1942.9.29

▌千靑松
드메, 在滿朝鮮詩人集, 1943.
무덤, 在滿朝鮮詩人集, 1943.

▌南勝景
北滿素描, 在滿朝鮮詩人集, 1943.

2. 기본자료

영인본 『滿鮮日報』(전 5권)(1939.12.1－1940.9.30), 아세아문화사, 1988.

영인본 『文章』, 『批判』, 『朝鮮文壇』, 『三千里』, 『카톨릭少年』, 『人文評論』, 『開闢』, 『新
　　　人文學』, 『朝光』, 『新女性』, 『詩學』, 『春秋』

金朝奎 編, 『在滿朝鮮詩人集』, 間島省 延吉街 (株)藝文堂, 1943.

朴八陽 편, 『滿洲詩人集』, 第一協和俱樂部文化部發行, 1942.

『한국현대시문학대계 23 함형수, 장서언, 이한직, 최재형, 허민』, 지식산업사, 1986.

김재용 편, 『백석전집 증보판』, 실천문학사, 2003.

권영민 편, 『김소월 시 전집』, 문학사상사, 2007.

김동훈·권철 주편, 『김조규 시 전집』, 흑룡강조선민족출판사, 2002.

김학동 편, 『白石全集』, 새문사, 1990.

심원섭 편주, 『원본 이육사전집』, 집문당, 1986.

왕신영·심원섭·오오무라 마스오·윤인석 엮음 『사진판 윤동주 자필 시고전집』, 민
　　　음사, 1999.

윤영천 편, 『이용악시전집 증보판』, 창작과 비평사, 2000.

이상규 편, 『20세기 중국조선족문학사료전집, 리욱 문학편』, 중국조선민족문화예술출
　　　판사, 2002.

_____ 편, 『20세기 중국조선족문학사료전집, 심연수 문학편』, 중국조선민족문화예술
　　　출판사, 2004.

정효구 편저, 『백석 : 백석 시 전집·소설집, 백석 평전·연구논집·자료집』, 문학세계
　　　사, 1996.

최동식 편, 『청마 유치환전집1 시』, 정음사, 1984.

황규수 편, 『심연수전집』, 학술정보, 2007.

3. 단행본

국가보훈처, 『대한민국 독립유공자 공훈록』 제8권, 1990.

권영민, 『한국 현대 문학사 1.2』, 민음사, 2005.

권일송, 『윤동주 평전』, 민음사, 1984.

권 철, 『광복 전 중국 조선민족 문학 연구』, 한국문화사, 1999.

_____, 『중국조선족문학(상)』, 연변대학출판사, 2000.

김경훈, 『중국조선족 시문학 연구』, 한국학술정보, 2006.

김열규·허세욱·오양호·채훈, 『대륙문학 다시 읽는다』, 대륙연구소출판부, 1992.

김영수, 『몽상의 시인-윤해영 : 가곡 <선구자>의 작사자』, 우신, 2005.

김용직 편, 『이육사』, 서강대학교 출판부, 1995.

김윤식, 『염상섭 연구』, 서울대학교 출판부, 1987.

김장선, 『僞滿洲國時期 조선인문학과 중국인문학의 비교연구』, 역락, 2004.

김재용 외 8명, 『재일본 및 재만주 친일문학의 논리』, 역락, 2004.

김학동 외, 『서정주연구』, 새문사. 2005.

김현정, 『한국현대문학의 고향담론과 탈식민성』, 역락, 2005.

金虎雄, 『在滿 朝鮮人 文學 硏究』, 國學資料院, 1998.

류연산, 『만주아리랑』, 돌베개. 2003.

_____, 『일송정 푸른 솔에 선구자는 없었다.-재만 조선인 친일 행적보고서』, 아이필
　　　드, 2004.

문덕수, 『청마 유치환 평전』, 시문학사, 2004.

민족문학연구소, 『일제말기 문인들의 만주 체험』, 역락, 2007.

박영석, 『재만 한인 독립운동사 연구』, 일조각, 1988.

소재영 편, 『間島流浪 40年』, 조선일보사, 1989.

송우혜, 『윤동주 평전』, 열음사, 1988.

오세영, 『한국 현대시인 연구-20세기 전반기를 중심으로』, 월인, 2003.

오양호, 『일제강점기 만주조선인문학 연구』, 문예출판사, 1996.

_____, 『만주 이민문학 연구』, 문예출판사, 2007.

_____, 『한국문학과 간도』, 문예출판사, 1988.

유치환, 『구름에 그린다』, 경남 도서출판, 2007.

윤대석, 『식민지 국민문학론』, 역락, 2006.

윤여탁 편, 『한국현대 리얼리즘 시인론』, 태학사, 1990.

윤영천, 『한국의 유민시』, 실천문학사, 1987.

윤윤진, 『재중조선인 문학연구』, 신성출판사, 2006.

이동수 편, 『曠野에서 부르리라』, 세계문학사, 1981.

이숭원, 『백석시의 심층적 탐구』, 태학사, 2006.

임범송・권철 주필, 『조선족문학연구』, 흑룡강조선민족출판사, 1989.

장춘식, 『해방전 조선족 이민소설 연구』, 민족출판사, 2004.

_____, 「중국조선족 시문학의 갈래와 특징」, 『일제강점기 조선족이민문학』, 민족출판
　　　사, 2005.

전광식, 『고향』, 문학과 지성사, 2007.

조성일・권철 주편, 『중국조선족문학사』, 연변인민출판사, 1990.

주성화, 『중국 조선인 이주사』, 한국학술정보, 2007.

한석정, 『만주국 건국의 재해석』, 동아대학교출판부, 1999.

4. 논문

권영진, 「김조규의 시 세계−해방이전의 작품을 중심으로」, 『숭실어문』, 제9집.

권철·조성일, 「조선문학개관」, 『아리랑』, 제3기, 1980.

곽효환, 「한국 근대시의 북방의식 연구−김동환, 백석, 이용악을 중심으로」, 고려대학교 박사학위논문, 2007.

김경훈, 「김조규의 해방 전 시 세계」, 『중국조선민족문학대계6 김조규, 윤동주, 리욱』, 보고사, 2006.

김시태, 「청마문학의 재조명」, 청마재조명 기획특집, 『시문학』, 2002. 10월호.

金榮茂, 「이육사사론」, 『창작과 비평』, 여름호, 1975.

김용직, 「항일저항시의 해석문제−이육사의 <광야>」, 『이육사』, 서강대학교 출판부, 1995.

＿＿＿, 「절명지의 꽃」, 김용직 편, 『이육사』, 서강대학교 출판부, 1995.

김외곤, 「식민지 문학자의 만주 체험−이태준의 <만주기행>」, 『한국문학이론과 비평』, 제24집, 한국문학이론과 비평학회, 2004.9

김원석, 「중국조선족의 변입 기점에 대하여」, 『한국사학』, 제15호, 한국정신문화연구원, 1995.

김재용, 「중일전쟁이후 만주국 조선인문학의 내적분화」, 만주학회 국제학술대회 발표문. 2003.

＿＿＿, 「새로 발견된 한설야의 소설 <대륙>과 만주인식」, 『滿洲와 朝鮮, 朝鮮人』, 만주학회 제4차 정기학술대회, 2003 발표논문.

金楨宇, 「윤동주의 소년시절」, 『나라사랑』, 제23집, 1976.6

김종길, 「청마 유치환론」, 『청마 유치환전집 1』, 정음사, 1984.

김종철, 「육사시의 의의와 한계」, 『한국현대시문학대계 8 이육사 윤동주』, 지식산업사, 1982.

김종회, 「일제강점기 한국문학의 만주 체험」, 『한국문학평론』, 1999.

김진희, 「1930−40년대 해외 기행시의 인식과 구조−임화와 김조규의 일본. 만주기행시를 중심으로」, 『한국문학연구』, 2007.

김호웅, 「대일협력과 저항의 몇 가지 양상−재만 조선인문학의 경우를 중심으로」, 『우리 동네 문학동네』, 2006.

김해응, 「심연수 시문학 연구」, 한국학중앙연구원 박사학위논문, 2003.

＿＿＿, 「이욱 시 연구」, 한국학중앙연구원 석사학위논문, 2000.

김훈겸, 「재만 조선인 시문학의 디아스포라적 양상−일제말기 김조규, 유치환의 시를 중심으로」, 『한국언어문화』, 제28집, 2005.

박철희, 「청마시를 다시 읽는다」, 청마재조명 기획특집, 『시문학』, 2002.10월호.

박해수, 「柳致環 詩 研究」, 효성가톨릭대학교 박사학위논문, 1996.

배주영, 「1930년대 만주를 통해 본 식민지 지식인의 욕망과 정체성」, 『한국학보』, 일지사, 2003.

서정학, 「청마 유치환 연구」, 충남대학교 박사학위 논문, 1992.

석지영, 「六堂 崔南善의 歷史認識−古代史 研究를 중심으로」, 『梨大史苑』, 27집, 2007.

신범순, 「백석의 공동체적 신화와 유랑의 의미」, 『한국현대 리얼리즘 시인론』, 태학사, 1990.

_____, 「축제적 신시와 처용신화의 전승」, 『한국근대문학의 정체성』, 2006서울대 강의자료.

오양호, 「1940년대 재만 조선족문학 연구의 문제점」, 『해외문학 접촉과 한국문학』, 한국문학회 엮음, 세종출판사, 2003.

오양호, 「1940년대 만주이민문학연구−"만주조선 문예선", 여로형 만주이민소설을 중심으로 한 문학 지리학적 접근」, 『한국문학연구』, 2007.

유자연, 「나의 아버지 청마 유치환」, 『청마문학』, 제3집, 청마문학회, 2000.

柳 묵, 「암울한 시대를 비춘 외로운 시혼−향토의 시인 이용악의 초상」, 『이용악시전집』, 창작과 비평사, 2000.

윤석영, 「1930∼40년대 한국현대시의 의식지향성 연구−윤동주, 이용악, 이육사 시를 중심으로」, 국민대학교 박사학위논문, 2004.

윤여탁, 「서정시의 시적 화자와 리얼리즘」, 『시의 논리와 서정시의 역사』, 태학사, 1995.

윤윤진, 「중국조선인문학 연구에 나서는 몇 가지 문제」, 『문학과 예술』, 2005.1

윤영천, 「민족시의 전진과 좌절」, 『이용악 시전집』, 창작과 비평사, 2000.

_____, 「유이민의 비극적 삶을 직핍한 북방시편들의 울림」, 『대산문화』, 가을호, 2003.

윤영춘, 「명동촌에서 후쿠오카까지」, 『나라사랑』, 여름호, 1976.

윤휘탁, 「만주는 동아시아에서 어떤 곳일까」, 『만주−그 땅, 사람 그리고 역사』, 고구려연구재단, 2005.

이동진, 「민족, 국민, 지역 : 재만 조선인의 시민권」, 만주학회 제10차 학술발표회 「만주연구의 새로운 모색」, 2005.

이명재, 「민족시인 심연수 문학론」, 『20세기 중국조선족문학사료 전집1, 심연수 문학편』, 중국조선민족문화예술출판사, 2004.

이상규, 「재탄생하는 심연수 선생의 문학」, 『20세기 중국조선족문학사료전집1, 심연수 문학편』, 중국조선민족문화예술출판사, 2004.

임명진, 「일제강점기 '재만 한인 소설'을 통해 본 '만주'의 문제」, 『한국문학연구』, 한국문학연구회, 2007.

장춘식, 「조선족문학 개념에 대하여」, 『문학과 예술』, 2005년 1월호.

_____,「김조규의 재만시기 시문학 연구」,『조선-한국언어문학연구』, 2007.

정영자,「청마의 출생지와 로칼리즘」, 청마재조명 기획특집,『시문학』, 2002.10월호.

정우택,「이육사 시에서 북방의식의 의미-호 육사의 새로운 해석을 중심으로」,『어문논문』, 제33권 제 1호, 2005.

정종현,「근대문학에 나타난 '만주'표상-'만주국'건국이후의 소설을 중심으로」, 한국문학연구 28집, 2005.

정호웅,「한국 현대 소설과 만주 공간」,『문학교육학』, 한국문학 교육학회, 2001.

차혜영,『1920년대 해외 기행문을 통해 본 식민지 근대의 내면형성경로」,『국어국문학』, 2004.9

채성미,「일제강점기 중국조선민족 시문학의 원형이미지 연구」, 연변대학 박사학위논문, 2003.

한계전,「1930년대 시에 나타난 '고향'이미지에 관한 연구」,『한국문화』, 16집, 서울대학교 한국문화연구소, 1995.

한미경,「유치환 시 연구」, 충남대학교 박사학위 논문, 2008.

「<선구자> 안 부르기 운동 벌여야」, 오마이 뉴스, 2003.6.8. 기사.

「미당 서정주 시인의 별세」, 오마이 뉴스, 2000.12.24. 기사.

5. 외국서(번역서, 단행본)

가스통 바슐라르,『공간의 시학』, 곽광수 옮김, 민음사, 1990.

岡田英樹,『文學から みる 滿洲國の 位相』, 硏文出版, 2000.

高樂才,『日本滿洲移民硏究』, 人民出版社, 2000.

大村益夫, 布袋敏博, 編,『旧滿洲文學關係資料集(1. 2)』, 綠蔭書房, 2001.

_____,『윤동주와 한국문학』, 소명출판, 2001.

室生犀星,『戰爭の 詩人. 避戰の 作家』, 株式會社 集英社, 2003.

王向遠,『日本對中國的文化侵略』, 昆侖出版社, 2005.

日本社會文學會 編,『殖民地と 文學』, オリジ〃ン出版センター, 1993.

川村湊,『文學から見る滿洲-五族協和の 夢と 現實』, 吉川弘文館, 1998.

_____,『異鄕の 昭和文學-滿洲と 近代日本』, 岩波新書, 1990.

秋山洋子,『戰爭与性別-日本視覺』, 社會科學文獻出版社, 2007.

解學詩,『僞滿洲國史新編』, 人民出版社, 1995.

_____,『歷史的毒瘤-僞滿政權興亡』, 广西師范大學出版社, 1992.

饒凡子 主編,『流散与回望』, 南開大學出版社, 2007.

YI-Fu-Tuan(이-푸 투안),『공간과 장소』, 구동회 · 심승희 옮김, 대윤, 1999.

『滿洲事變』, みすず書房, 1977.

6. 참고 홈페이지

위키백과사전(한국) ko.wikipedia.org
위키백과사전(중국) zh.wikipedia.org
이육사 문학관 www.264.or.kr
김달진 문학관 www.daljin.or.kr/
청마 문학관 gnty.net/ty/literature/01welcome/
중국 百度 www.baidu.com
한국 구글 www.google.co.kr
국회도서관 www.nanet.go.kr
국립중앙도서관 www.nl.go.kr
국립국어원 www.korean.go.kr
한국학중앙연구원 www.aks.ac.kr

방문형, 간접 체험형의 만주 인식
: 타자적인 공간으로서의 만주

-김소월, 노천명의 경우-

　방문형 시인은 만주에 방문 목적으로 잠깐 여행하고 온 시인을 말한다. 여기에는 노천명 등이 있다.

　간접 체험형 시인은 직접적인 만주 체험은 없지만 간접 체험으로 만주에 관한 글을 남긴 시인들이다. 여기에는 김소월이 있다.

　논의의 편의상 이 두 부류를 하나로 묶어 분석을 진행한다. 그들이 만주에 대한 인식은 어떠했는지를 그들의 만주에 관한 시편을 통해 보도록 한다.

　김소월이 만주에 다녀온 흔적은 없다. 그는 일본에 2년 정도 다녀온 정도 말고는 고향에 머물러 시를 쓴 시인이다. 그러나 김소월의 시작품에는 만주에 관한 시가 몇 편 있다. <나무리벌 노래>와 <봄과 봄비

와>, <돈타령> 등이다.

> 新載寧에도 나무리벌
> 물도만코
> 쌍조흔곳
> 滿洲奉天은 못살곳.

> 왜 왓느냐
> 왜 왓드냐
> 자곡자곡이 피쌈이라
> 故鄕山川이 어듸메냐.

> 黃海道
> 新載寧
> 나무리벌
> 두몸이 김매며 살엇지요.

> 올벼논에 다은물은
> 츨엉츨엉
> 벼잘안다
> 新載寧에도 나무리벌.
> —김소월, <나무리벌 노래> 전문, 『백치』, 1928.7

나무리(南勿里)벌은 재령평야(載寧平野) 또는 극성(棘城)평야라고도 한다. 지리적으로 황해남도 재령군·안악군 일대 재령강 유역에 위치한 평야이다. 재령평야는 한국 유수의 미작지대가 되어 進上米로 널리 알려진 양질의 쌀을 산출하고 쌀 외에 조·밀·콩류·면화·잎담배 등 밭작물이 재배되어 왔으며 활발한 원예 농업으로 사과·배·복숭아·참외 등의 산출도 많다. 한편 평야 西緣部 구월산 기슭에는 단층선을 따르는 온천대가 형성되어 신천・三泉・達川・安岳 등지에 온천이 있으며, 또 주변에 구월산・首陽山・長壽山・正方山 등의 산과 漢四郡・고구려의 고분 등 유적이 많아 휴양・관광지로도 알려져 있다.[1] 바로 이런 땅 좋고 물 좋은 자연 조건으로 나무리벌은 '동척'의 수중으로 떨어졌는바 "동척회사 주재원 및 그 밑에 고용된 조선인 농감과 어용소작인의 행패, 경우에 따라서는 7~8할의 또는 그 이상에까지의 고율의 소작료, 잇달은 소작권 박탈, 그 시기 사회 변동의 주역으로서 민족 경제의 창출에 충실히 기능할 수 있었던 '중답중의 의도적이 거세' 등으로 요약되는 '등척'의 조직적 수탈은 결국 '나무리벌'농민으로 하여금 엉뚱한 만주 벌판으로 밀려오게끔 하였다."[2]

김소월은 '滿洲奉天은 못살 곳'이라고 인식하였다. 김소월이 1924년 11월 24일 동아일보에 이 시를 발표[3]했을 때는 이 구절이 '滿洲나 奉天은 못살고장'으로 되어있다는 것이다. '만주봉천'은 만주의 봉천으로 봉천이 주어가 됨으로써 봉천을 중점적으로 부각시켰고 '만주나 봉천'은 만주와 봉천이 모두 주어가 됨으로써 만주도 봉천도 모두 못살 곳이라는 의미이다. 만주 체험 없는 김소월이 만주봉천을 왜 못살 곳으로 이해했을까? 농사군인 시적화자가 살던 황해도 신재령 나무리벌은 논에는 물이 출렁출렁, 벼도 잘 자라는 고장이다. 그러나 피땀 흘려 지어놓은 논은 강제로 빼앗기고 만주봉천으로 밀려와 유이민으로 영락되었

---

1) 네이버 참조.
2) 윤영천,『한국 이민시 연구』, 실천문학사, 1988, 99쪽.
3) 新載寧에도 나무리벌 / 물도만코 / 쌍조흔곳 / 滿洲나 奉天은 못살고장. // 왜 왓느냐 / 왜 왓드냐 / 자곡자곡이 피쌈이라 / 故鄕山州이 어듸메냐.// 黃海道/新載寧 / 나무리벌 / 두몸이 김매며 사랏지요./ 올벼논에 다은물은 / 츠렁츠렁 / 벼자란다 / 新載寧에도 나무리벌. //－김소월, <나무리벌 노래> 전문,『동아일보』, 1924.11.24.

다. 만주봉천이 맘에 안 들고 못 살 고장일 수밖에 없다. 여기에는 조선농민의 한스러운 애환의 가락이 고스란히 스며있다.

간접 체험형 시인 김소월의 경우 만주에 대한 생활사보다도 한국생활 반영에 중점을 두고 있으며 만주에 대해서는 추상적인 결론을 내리고 있다. 그리고 간접 체험형의 경우 간접 화법을 쓰고 있다. 이는 만주로 가기 전 무체험 상태인 김조규의 서한체시에서도 발견할 수 있다.

그렇다면 방문형 시인인 노천명의 경우 어떠한가?

방문형 시인인 노천명은 1937년 조선중앙일보사를 사직하고 북간도의 용정, 연길 등지를 여행한 후 돌아와서 시와 단편소설들을 발표하고 본격적인 문필 생활을 하게 된다. 만주에 대해 그린 그의 작품으로는 <국경의 밤>, <옥수수> 등이 있다.

> 엊그제도 이 胡地에선 匪賊이 났단다
> 먼뎃 개들이 불안스레 짖는 밤
> 허룩한 방안엔 사로와르의 끓는 소리가
> 화롯가에 높고……
>
> 잠은 머얼고……
> 재도 장난할수 없는 마음
> 온밤 사모와르의 물연기를 응시하며
> 독수리같은 어떤 인생을 풀어보다
>
> ─노천명, <국경의 밤> 전문, 『산호림』, 1938.

이 시에서 시적화자의 관심은 '허룩한 방안의 사모와르가 끓는 소리', '사모와르의 물 연기'의 이국적 풍물에 있다. 사모와르(Samovar)는 러시아식 茶具이다. 화자가 거주하고 있는 곳인 '胡地에서 匪賊이 난'

사실은 별로 시적화자의 주의를 불러일으키지 못한다. 화자는 유이민의 현실사나 현지 사건에 대해서는 무관하다. 결국 시에서 비적이 나타나고 개가 짖는 사건은 음울한 분위기는 조성할 뿐 시 중심과는 어울리지 못한 채 무관한 것으로 되어버렸다.

방문형 노천명의 경우 만주 유이민 생활에 별로 관심을 보이지 않고 있다.

총적으로 간접 체험형 김소월은 만주에 대한 생활사보다도 한국생활 반영에 중점을 두고 있고 방문형 노천명의 경우 만주 이민 생활에 별로 관심을 보이지 않고 있다.

제 2 부

백석과 만주

‘민족협화’의 허상과 백석의 만주행

백석의 작품에 나타난 국민성

'민족협화'의 허상과 백석의 만주행

1. 만주국의 성립과 백석의 만주행

1932년 3월 1일, 만주국의 건국선언 발표문에는 "원칙적으로 신 국가 영토 내에 거주하는 자는 모든 종족의 귀하고 천함을 구별하지 않는다. 원래 거주하고 있는 한족, 만족, 몽고족 및 일본, 조선의 各族을 제외한 (만주에 거주하는) 國人으로서 오래 거주를 원하는 자에게도 평등한 대우를 받는다"[1]고 명기하여 만주국의 통치이념인 '민족협화'를 주창하였다.

'민족협화'란 만주국에 거주하는 종족적인 우열을 초월해서 모두 평등하다는 전제 하에 일본인·조선인·한족·몽고족·만족이라는 오족이 일률적으로 공존공영을 도모해 나간다는 이념이다.

'민족협화'는 만주국의 건국 과정에 큰 역할을 한 '만주청년연맹'의 사상을 바탕으로 만들어졌다. '만주청년연맹'은 "강대국(일본)의 지도를 받아 각 민족이 서로 모여 '복합민족국가'를 만들고 그 위에 하나의 국

---

1) 姜德相 編, 『現代史資料(11)續. 滿洲事變』, 東京 : みすず書房, 1967, 525쪽.

가적 주체성을 확보해"가는 식의 국가 형태를 모색하고 있었다. 만주국
의 새로운 국가 건설 방향과 국체 만들기는 대부분 만주국의 수립과정
에 투영되었다. 이 이념은 제1차 세계대전 전후부터 중국에서 대두한
민족 自決主義에 대항하기 위해 만들어졌다. '민족협화'의 이념 속에는
만주에서의 반일·배일운동의 근간이 되었던 민족의식을 암암리에 없
애려는 의도도 들어있었다. 즉 일본 식민 당국은 제국주의에 대항한 민
족주의나 민족 자결주의에 맞서기 위해 각 민족의 개별성 혹은 특수성
을 주장하기보다도 각 민족이 협력해서 하나의 이상 국가를 건설하자
는 민족협화를 제기했던 것이다.[2]

　만주국은 조선에서 '내선일체'의 정책으로 인해 '일본신민'으로 살아
야했던 조선인들에게 타민족과 평등하게 존재할 수 있는 공간으로, 일
본인과 동등한 지도적인 지위를 획득할 수 있는 공간으로 인식되었다.
뿐만 아니라 '민족협화'의 만주국은 1938년 10월 무한삼진의 함락 이
후 강화되는 일본동화정책의 조선보다는 숨통이 트이는 자유스러운 공
간, 도피의 공간으로 인식되었다.

　새로 설립한 만주국은 이상적인 국가로서의 공간으로도 인식되었다.
그 당시 만주국의 총면적은 대략 130만km²로, 타이완의 3만6천km²,
조선의 22만km² 등을 포함한 당시 일본제국 총면적 68만km²의 두 배
에 조금 못 미칠 정도로 광대했다. 그리고 수도 신경은 만주국의 정
치·문화·행정의 중심지로서 인구 25만 명의 국제도시였다. 정치적
상징으로 새로이 계획적으로 만들어진 신경에는 일본 관동군 총사령부,
만주중앙은행, 골프장 등이 있었는가 하면 인프라 장비에 자금이 투입

2) 윤휘탁, 「'민족협화'의 허상─만주국 경찰의 민족 구성과 민족 모순」, 동양사학연구 119
집, 동양사학회, 2012.6 253-254쪽.

되어 하수도 설비가 완비되었고 공원 점유율도 3.8%인 도쿄에 비해 7.2%나 되는 등 당시의 도쿄보다도 쾌적한 도시생활 환경을 갖고 있었다. 또한 '북방의 진주'라 불린 다롄에는 동양 최대 규모를 자랑하는 만철 병원이 있었고 시가지는 아스팔트 포장이었으며 수세식 변소와 중앙난방이 설비되어 있는 등 도시환경이 대체로 잘 갖추어져 있었다.3)

30여개가 넘는 민족의 복합국가였던 만주는 다문화적인 환상의 공간으로 인식되기도 하였다. 만주에는 중국인, 조선인, 일본인 외에도 유대인, 프랑스인, 독일인, 폴란드인, 우크라이나인 등 민족이 있었고 수십 종 언어가 혼재하였다. 아시아에서는 보기 어려운 유럽의 풍경들을 만주에서 볼 수 있었다.

만주국이 성립되면서 만주국의 문학계도 1939년 무렵에 그 나름대로의 윤곽을 드러내기 시작했다. 만주문학계는 원래 하얼빈 중심의 북만주 작가군과 봉천 중심의 남만주 작가군으로 두 갈래로 나뉘어 있었는데 1932년 만주국이 성립되면서 양상이 서서히 달라지기 시작하여 항일운동에 가담한 북만주 작가군은 중국 본토로 망명했고 일본인 또는 일본인 작가에 동조하는 세력들인 남만주 작가군은 남아서 만주문학계를 이루었다. 남만주작가군은 『예문지』에 모여들었고 일본인문학계는 『작문』과 『만주낭만』 등이 있었다. 조선인 문학계는 『만선일보』를 중심으로 형성되었다. 1940년 들어 만주에 거주하고 있던 조선인문학인들은 만주국의 문학계에 적극적으로 진입하려고 하였다.

만주의 이러한 분위기 속에서 30년대 말 40년대 초에 많은 조선시인

---

3) 야마무로 신이치 저, 윤대석 역, 『키메라 만주국 초상』, 소명출판, 2009, 328쪽 참조.

들의 만주행이 이루어졌다. 그들로는 1937년에 이주한 박팔양, 1938년
에 이주한 김조규, 1939년에 이주한 서정주, 1940년에 이주한 유치환
과 백석, 1941년에 이주한 김달진 등이다. 그들의 이주는 여러 가지 요
인이 있겠지만 만주국에 대한 환상도 상당 부분 작용한 것으로 보인다.

이 글에서 다루고자 하는 백석의 만주이주 원인은 첫째로 조선에
'안이한 직장'이 있음에도 불구하고 자신의 뜻대로 이루어지지 않는 개
인사와 성격으로4) 조선은 '발 붙일 곳 없는 공간'으로 만주 이주는 도
피의 목적으로 이해할 수도 있다. 그러나 다른 한편으로는 만주에 가서
'백편의 작품을 쓰지 않으면 돌아오지 않겠다는' 작가의 다짐과 만주로
가기 전 발표한 여러 작품들에서 만주에 대한 환상과 동경도 읽어낼
수 있다. 그의 지향은 만주에서 이방인과 여러 민족과 공존공영하면서
조선인작가로서 살아가는 삶이다. 이러한 지향은 국권을 상실한 '내선
일체'의 조선보다도 '민족협화'의 만주국에서 어느 정도 실현가능한 것
으로 보였던 것이다.

만주 건너가기 전 백석의 이방에 대한 동경은 1939년 조선일보에 발
표한 시 <안동>에 집중적으로 조명되어 있다. 화자의 눈에 비친 안동
의 거리는 이방적 정취가 물씬 풍겨나는 낭만적인 거리다. 즉 안동의
거리는 '비오듯 안개가 나리'고 '안개같은 비가 나리'는 자연환경 속에
'콩기름 쪼리고' '섭누에 번데기 삶는' 인간들의 삶의 냄새가 난다. 그
속에는 또한 '도끼날 벼르는 돌물레소리'와 '되광대 켜는 되앙금 소리'
등 문화적 색채도 가첨된다. 시적자아는 이런 환경 속에서 이방의 여성

---

4) 백석의 서너 번에 이은 파혼과 파정적인 이성문제, 결벽증과 더불어 사회를 매우 선택적
으로 수용하는 '배재형'의 심리 스타일, '더러운' 세상과 그 '속됨'에 대한 분노 등 그의
가정사나 개인의 성격을 들 수 있다.

들처럼 '손톱을 시펄하니 기르고' 기나긴 중국식 긴 저고리인 '창짜즈를 즐즐 끌고 가고 싶었'고 이방의 남성들처럼 '만두꼬깔모자를 눌러쓰고 곰방대를 물고 가고 싶'기도 했고 '이왕이면 향내나는 취향리 돌배 움퍽움퍽 씹으며' 신사가 되어 '머리채가 츠렁츠렁 길게 드리워 발굽을 찰 정도의 아가씨와 가즈런히 쌍마차를 몰아가고 싶다'고 토로하고 있다.

이는 서행시초 <球場路>에서도 보여지는데 시적화자는 『酒類販賣業』라고 써붙인 집에 가서 뜨끈한 구들에서 35도의 소주를 마시고 시래국에 소피 넣고 두부를 두고 끓인 구수한 술국을 마시겠다는 것이다. 낯선 이방의 생활을 동경하고 거기에서 사소한 일상을 즐거워하며 함께 거기에 융합하려는 의도가 엿보인다.

이러한 삶은 현재 식민지 조선이 아닌 온전했던 고대에서 가능했는데 시인은 함주시초 <北關>과 함남도안서행시초 <北新>에서 내음새, 먹는 음식들, 음식을 먹는 사람들로부터 여진, 신라백성, 소수림왕, 광개토태왕을 연상한다. 역사를 회상하면서 잃어버린 현재와 대비하여 자연스럽게 만주를 상상하게 된 것이다.

2. 만주에서의 백석과 '민족협화'의 허상

백석의 만주행은 1940년 1월경으로 추정되고 있다. 만주체류기간 그는 시작품 10편, 정론 1편, 평문 1편, 번역 작품 2편을 발표한다.[5] 그

---

5) 백석이 만주에 머문 기간에 발표한 작품으로는 <수박씨, 호박씨>, 『인문평론』, 1940.6 ; <북방에서-정현웅에게>, 『문장』 18호, 1940.7 ; <허준>, 『문장』 21호, 1940.11 ; <호박꽃 초롱> 서시, 『호박꽃초롱』, 1941.1 ; <조당에서>, <두보와 이백같이>, 『인문평론』 16호, 1941.1 ; <국수>, 「촌에서 온 아이」, <흰 바람벽에 있어>, 『문장』 26, 1941.4 ;

중 시작품은 1940년에 3편, 1941년에 7편을 발표한다. 시작품들은 모두 조선의 『인문평론』, 『문장』, 『조광』 문학지에 발표되었으며 산문적 성격을 띤 <슬픔과 진실>(1940.5.9-5.10)과 <조선인과 요설>(1940.5.25-26) 두 편만이 만주의 『만선일보』에 발표되었다. 그리고 만주에서의 문단 활동은 국무부 경제부 소속으로 있을 때 1940년 3월에 만선일보가 주최한 「內鮮滿文學座談會」와 5월 27일 박팔양 저 『여수시초』 출판기념회에 참석한 것만 확인할 수 있다. 1942년 만주에서 재만조선시인 작품 전부를 망라하려는 의도로 간행한 두 권의 『재만조선시인집』과 『만주시인집』 단행본에는 백석의 시를 찾아볼 수 없다.

그렇다면 만주에서 백석에게 어떤 일들이 벌어졌을까? 왜 만주 문단을 멀리하였을까? 만선일보에 게재된 좌담회 내용과 그의 시작품을 통해 추정해본다면 백석은 만주에서 온 짧은 기간에 이념과 현실과의 괴리를 경험함으로써 만주국 통치이념인 '민족협화'의 모순과 허상을 간파하고 그 자리를 떠나 자신의 이상세계를 찾아 나선 것이라 생각된다.

우선 1940년 3월 22일 오후 4시 만선일보 학예부가 주최한 신경의 대흥빌만주문화협회에서 있은 「내선만문학좌담회」에 대한 내용을 『만선일보』 지면을 통해 살펴보도록 한다.

좌담회에 참석한 인원으로는 총 12명, 그들로는 신문사측 1명, 조선인작가 6명, 일계작가 4명, 중국인작가 2명이었다. 사회는 만일문화협회상무주사인 杉村勇造가 맡았으며 출석한 조선인 작가로는 만선일보 사회부장 申彦龍, 만선일보 소속의 이갑기, 협화회 홍보과 소속의 시인

<조선인과 요설―서칠마로 단상의 하나>, 『만선일보』, 1940.5.25-5.26 ; 토머스 하디의
장편소설 <테스> 번역, 조광사, 1940 ; N.바이코프 <밀림유정> 번역, 『조광』, 1942.12.
<귀농>, 『조광』 7호, 1941.4 ; 평문 <슬픔과 眞實>, 『만선일보』, 1940.5.9-5.10 ; 정론

박팔양, 국무원 경제부 소속의 시인 백석, 방송국 소속의 극작가 김영
팔, 일본인들의 단체였던 만주문화회 소속의 작가 이마무라 에이지(今村
榮治)이다. 일계작가로는 杉村勇造, 신경일일신문사 소속의 大內隆雄, 만
주문화회의 吉野治夫, 협화회 소속의 仲賢禮이다. 만주계 작가로는 민생
부 소속의 爵靑, 만일문화협회 소속의 陳松齡이다. 신언룡은 좌담회의
취지를 이렇게 말하고 있다.

 오늘 이 자리에 모이신 분들은 모두 만주문화를 하여 제일선에서 활발
 한 활동을 하고 계시는 쟁쟁한 분들로서 실로 내·만·선의 최고 문화
 인이 한 자리에 모인 것은 오늘이 처음이며 장래 영원히 기념할 의의있
 는 회합인줄 믿습니다. 종래 선계측으로서도 내·만계 문화단체 혹은 문
 화인과의 접촉이 없었던 것을 매우 유감으로 여겨오던 차에 만일문화협
 회의 주선으로 오늘의 기회를 얻은 것을 거듭 감사하는 바입니다. 오늘
 의 이 모임이 계기가 되어 금후 일·만·선 각계의 긴밀한 문화적 교섭
 이 깊어져서 만주문화건설에 큰 공헌이 있기를 바라마지 않습니다.[6]

 이 좌담회는 만일문화협회가 주선하고 만선일보가 주최측이 되어 조
선인작가를 중심으로 일계작가, 만계작가가 초청되었다. 참석인은 만주
에서 가장 쟁쟁한 최고의 문화인으로 내선만 문화인이 처음으로 한자
리를 하게 되는 영원히 기념할 만한 획기적인 사건이었다. 이 좌담회는
또한 "만주국의 문학장에서 만선일보와 재만 조선인 작가들이 조선인
들의 영역을 확보하고 일계 작가와 만계 작가와 자신들의 공존에 관한
수평적 대화를 위한 자리"[7]였다.

---

6) 만선일보, 1940년 4월 5일.
7) 김재용, 「동아시아적 맥락에서 본 '만주국' 조선인 문학」, 『문명의 충격과 근대 동아시아
 의 전환』, 도서출판 경진, 2012, 276-277쪽.

왜냐하면 당시 만주국 문학장에서 일계(일본인), 만계(중국인) 문학 교류는 활발하였다. 일계와 만계는 문화협회도 있었고 출간하는 문예지의 간행물도 많았다. 일계와 만계가 설립한 문화운동의 중심기관인 만일문화협회는 회원이 약 450명이었다. 기관지로는 1939년 6월 창간한 만계측의 『예문지』(당시 제3회 발행), 1940년 3월 발행한 일계측의 『만주낭만』(당시 제4집 발행)이 있었다. 그리고 기타 일계잡지 『작문』이 대련에서 발행하고 있었고 만계잡지 『신청년』은 봉천에서 발행하고 있었다. 봉천의 『경성시보』(京城時報)를 중심으로 만계는 문예활동이 활발하였는데 신경이 중심으로 되면서 옮겨왔다. 그 외 일계는 잡지도 상당히 많았으며 『만주일일신문』, 『만주신문』, 『만주행정』 기타 잡지의 문예란을 통하여 작품 발표를 하고 있었다.8) 그러나 그 당시 조선인 발표지는 유일하게 『만선일보』의 문예란 뿐이었다.9)

그리고 1938년 만주국 민생부에서 제정한 문학상은 제1, 2회 모두 일본인과 중국인에게만 수상하였다. 이번 좌담회를 계기로 조선인 작가들이 만주문학장에 진입하고자 한 것이다. 조선에서 만주에 건너간지 얼마 안 되는 백석에게 이는 만주문학장을 이해할 수 있는 절호의 기회였다.

『만선일보』는 좌담회 내용을 1940년 4월 5일부터 6회에 거쳐 연재하고 있는데 아래와 같다. (1)만일문화협회와 만주문화, (2)조선문학과 내지문단─만주에도 조선문학이 소개되고있다, (3)만주국의 문화기관은 선계의 활동을 기다린다─먼저 적극적 의욕이 필요, (4)국민문학의 건

---

8) 만선일보, 1940년 4월 5일 참조.
9) 만주에서의 조선인 발표지는 20년대는 『민성보』, 『간도일보』, 30년대는 『북향』, 40년대는 『만선일보』라 할 수 있다.

설! 만주국에서도 고려될가-문학과 언어론 기타, (5)滿語문단의 경향은
「방향업는 방면」의 기치-평론과 문학론 기타 (6)「만주국의 국책은 문
학의 건전한 발전을 바란다-정치주의 문학의 시비론 기타」이다.

보는 바와 같이 좌담회에서는 만주문화협화회, 만주에서의 조선문학
소개, 작가의 창작언어문제, 국민문학, 만계문단의 경향 등 여러 가지
논의가 진행되었다. 좌담회에서 시종 침묵으로 일관된 백석은 나중에
만계작가에게만 질문 한마디 던진다.

> 백석 : 그러면 지금 만주인문단의 現狀을 말하자면 現勢나 문학경향이
>   어떻습니까
> 爵靑 : 만주문학에는 現狀으로 보아 특별한 경향은 없습니다 억지로
>   말하면 「방향업는 방향」 이것이 경향이라고 할까요 일정한 방
>   법론이나 사상적指標가 없습니다만 그냥 창작하자 창작하는 가
>   운데 무엇이든지 나오리라 이러한 창작태도이지요[10]

백석이 만계작가에게 던지는 질문은 만주에서 중국인이나 조선인이
나 다 비슷한 처지에 있었기에 그것을 묻고자 함에 있었다. 그의 질문
에 작청은 만계문학(중국인문학)이 '일정한 방법론이나 사상적 지표가 없
이 방향 없이 하는 경향'이라고 하였다. 아무런 방향과 뚜렷한 목표 없
이 그냥 일계문학을 따라간다는 것, 이는 당시 만주에 남은 친일세력인
남만주작가군이 이미 지정해놓은 길이기도 했다. 그렇다면 만주문단은
어떠했을까?

> 이갑기 : 그러면 만주문단이란게 어떻습니까 내지문단과 같이 동인잡

---

10) 만선일보, 1940년 4월 10일.

지가 있어 그 잡지에 발표한 작품이 芥川賞類을 타게 되면 문
단을 나오게 된다는 이러한 코-스로 됩니까

仲賢禮 : 만주에서는 문단을 만들지 않고 있습니다 직업작가가 없는
현재가 좋다는 의견과 문단을 만들자는 의견이 있으나 나의
의견으로서는 만들지 않는 것이 좋다고 생각됩니다[11]

협화회 소속의 일계작가 仲賢禮는 만주에는 만주문단이 별도로 없거
니와 만들고 싶지도 않다는 것이다. 그러면서 일본인문단과 같이 동인
잡지가 있어 그 잡지에 발표한 작품이 芥川賞類을 타게 되면 문단을 나
오게 되는가하는 이갑기의 질문에 동감한다.

백석이 좌담회에서 가장 반감을 가졌던 것은 창작언어에 관해서였을
것이다. '민족협화'로서의 만주국에서는 문학분야에서 일계작가들은 일
본어로, 만계작가들은 중국어로, 조선인작가들은 조선어로 쓰는 게 너
무 당연한 일이었다. 그러나 일계작가들 중심으로 이루어진 문단은 조
선인작가들이 조선어로 쓰는 것을 탐탁치 않아 하였다.

吉野治夫 : 어쨌든 우리들의 생각으로는 조선인작가들이 너무 일본문
창작에도 등한하며 번역만 하더라도 힘써 하지 않는 것 같
습니다. 우선 만주만 하더라도 조선인 작가 자신들이 먼저
나와야 자기들의 문학을 번역하여 소개할 노력을 가지지
않으면 언제까지든지 만주문화계에서 조선문학에 대한 기
회가 적지 않겠소

杉村勇造 : 요컨대 만주에서 선계작가들의 활동이 적은 것은 역시 선
계 작가의 태만이나 오해에 있다고 봅니다. 지금 이 이마무
라 군도 아주 훌륭한 선계라도 지금 '만주낭만' 등에 우수
한 작가로 활동하고 있지 않습니까 나 개인의 희망으로도

---

11) 만선일보, 1940년 4월 10일.

조선 작품을 읽고 싶어요.
杉村勇造 : 현재 이마무라군도 일본어로 조선생활을 그리고 있어요

......

이마무라 에이지 : 조선인은 그렇지만 일부러 일본말을 쓰지 않고 조
          선말을 고집하는 것이 아닌가요?
이마무라 에이지 : 사실 지금 조선인의 생활은 두 차례 일본화하여가
          며 생활 그 자체가 벌써 어느 점까지 일본어와 밀접한 관계
          가 발생하여 충분히 일본어로서 조선생활을 그려도 부자연
          한 것이 없지 않을까요?12)

일계작가들은 조선인작가들이 일본문 창작에 너무 등한하며 번역도
힘써 하지 않는다는 것이다. 그리고 조선인작가들이 만주에서 활동이
적은 것은 태만과 오해에 있다는 것이다. 이마무라 에이지를 따라 배워
일본어로 창작하라는 것이다. 이마무라 에이지는 조선인으로서 창씨개
명도 하고 일본어로 말을 하고 글을 쓰는 적극적으로 일본인화 되기
위해 열심히 노력하는 인물이다. 이마무라 에이지의 창작 언어에 대한
태도도 일본인작가들과 별반 다르지 않았다. '조선인이 일부러 일본어
로 쓰지 않고 조선어로 창작한다'거나 '조선인 생활 그 자체가 어느 점
까지 일본어와 밀접한 관계가 발생하여 충분히 일본어로서 조선생활을
그려도 부자연스럽지 않다'고 조선인작가보다는 일계의 입장에 서서
말하는 이마무라 에이지를 백석은 그냥 지켜만 보고 있었던 것이다. 그
뿐만 아니라 '소학교의 조선어교육은 강제폐지가 아니라 자발적 형식
으로 삼 학년이상인가부터 교육을 받지 않는다', '만주에서 국민문학이
창설된다면 그것은 국어의 통일을 필요로 하지 않겠는가'하고 무조건

---

12) 만선일보, 1940년 4월 9일.

으로 일계에 아부하는 이갑기에 대해서도 마찬가지였다.

조선에서 1930년대 이미 시집『사슴』을 출판한 백석은 방언이나 토착어 구사, 정제된 운율로가 아니라 늘어놓는 사설체의 형식 시도 등으로 조선어에 대한 각별한 애착을 갖고 있는 시인이었다. 참담한 현실 속에서 무너지고 상실된 자아의 주체적 정서를 모국, 그것도 다름 아닌 방언을 통해서 유지하려 노력하는 시인에게 이런 좌담회에서 별로 할 말이 없는 건 어쩌보면 당연한 일이었을 것이다.

만주가기 전의 생각과는 너무나 거리가 먼 만주문학장의 현실, 최고 문화인이라 지칭하는 조선인작가들에 대한 실망, 만주국의 '민족협화' 통치이념의 허상에 대한 회의와 좌절, 그리고 시인의 내성적이고 섬세하며 유약한 성정 등 여러가지 복합요인들이 작용하여 백석은 좌담회를 거의 침묵으로 일관해 있었을 것이다.

다음으로 만주국 국무부에서 있은 백석에 대한 창씨개명 강요는 그가 만주에서 문단을 멀리 떠나도록 하는 계기가 되었다고 본다. '내선일체'의 조선에서는 1935년에 신사참배, 1937년에 호아국신민서사 제정, 1938년에 조선어 과목 폐지, 1940년에 창씨개명 등이 이루어져 민족말살정책과 더불어 조선인의 황국신민화가 추진되었다. 이것은 만주국에서도 하나하나 실행되었는데 백석이 근무하던 국무부에도 창씨개명 강요가 시작되었다. 자야 여사의 증언을 들어보기로 한다.

  그(송지영)는 만주에서 당신(백석)과 함께 같은 하숙에서 지냈다고 한다. 당신은 그때 신경에서 무슨 관청인가를 다니고 있었다는데 어느 날 느닷없이 창씨를 하라는 일본인 상사의 명령이 있었다고 한다. 그러나 당신은 무엇으로 보나마나 호락호락 순순히 창씨를 받아들일 품성이 아니었다. 그래서 부득불 직장에 사표를 던지고 나오게 되었고 그 후로도

아마 많은 고생을 겪었을 것이라고 했다.[13]

　김자야의『내 사랑 백석』을 보면 송지영은 백석과 같은 하숙집에 살았지만 서로 말도 잘 안한 사이였다고 한다. 백석은 만주국 국무원 경제부의 생활을 6개월 정도 하고 1940년 9월에 사표를 낸다. 같은 9월 박팔양은 미츠하라 카즈오(水原一夫)로 창씨개명하였다. 이들의 판이한 선택은 백석이 박팔양 그리고 조선인문단과 더욱 멀어지게 하였다. 백석은 한때 박팔양 저『여수시초』에 평문「슬픔과 眞實」을 쓸 만큼 각별한 사이였으나 이후 1942년 박팔양이『만주시인집』을 편찬할 때는 아예 왕래가 없는 것으로 파악된다.

　창씨개명은 타 민족의 성명제를 폐지하고 일본식 氏名제도를 통하여 정체성을 말살하자는 것이다. 이는 일본인화를 요구하는 것으로써 '민족협화'의 슬로건과는 위배되는 것이었다. 조선에서 '황국신민'이기를 거부하며 만주에서 오족 중의 하나의 민족으로 살기를 원했던 조선인에게 이는 조선이나 만주국이나 별로 다를 게 없었다.

　백석이 본 만주는 '민족협화'의 만주도 '왕도낙토'의 만주도 아니었다. 일본이 내건 '민족협화' 슬로건은 좋았지만 실체는 '민족협화론'이 아닌 '민족질서론'이었다. 즉 일본민족을 중심으로 한 서열 중심의 민족질서론이었다. 문학장에서 그 서열은 일계를 중심으로 만계, 선계로 배열되었는바 만주국에서의 조선인의 '2등국민'도 결국 허상이었다.

　만주국 문학장에서 1940년「내선만문학좌담회」가 있은 후 1942년 일본 동경 창원사에서 출판한『만주국각민족창작선집(滿洲國各民族創作選集)』 단행본에도 20명 작가의 작품 중 조선인 작가의 작품이 한편도 없었다.

---

13) 김자야,『내 사랑 백석』, 문학동네, 1995, 177쪽.

당시 중국인 문단에 유일하게 중국어로 번역 발표된 만주국 조선인 작가의 번역 작품은 중국계 시인 오랑이 1939년에 창간한 잡지『신만주』의 '재만일만선아 각계작가전 특집'에 실은 안수길의 작품 <부엌녀> (1941.11) 중국어 번역본이다.14)

1941년 7월 20일 신경신시대사(新京新時代社)에 의해 출판된 왕혁(王赫)이 편집하고 왕각(王覺)이 발행인이 된『조선단편소설선』이 있는데 이 소설선을 출판한 왕각은 몇 달 후인 1941년 말에 이 책을 출판한 죄로 위만경찰들에게 체포되어 투옥되고 감옥에서 혹형에 시달리다가 불행히 옥사하였다. 소위 반일지하조직에 의해 출판된 이 소설선은 김동인, 장혁주, 이효석, 이태준, 김사량, 유진오, 이광수 등 작가의 8편의 작품을 수록하고 있는데 이 소설들의 번역텍스트는 모두 일본어이고 일본어에서 다시 중국어로 중역이 되었다. 만주 중국인 문인들이 공동한 운명을 겪고 있는 한민족의 정감세계, 민족의식, 문학지향 등에 대해 관심을 갖고 출판된 작품집이다.15)

일제 말 만주국 문학장에서의 실태를 살펴보면 일계 작가들은 애초부터 조선인작가들에게는 일어로 쓸 것을 강요하였고 중국인 작가들에 대해서는 태평양전쟁 이전에는 다문화적인 태도를 취하다가 태평양전쟁이후에는 더 이상 다문화적 차원에서 대하지 않고 일본어로의 창작을 강요했다.16)

이는 만주문학장에서 일본이 내건 '민족협화론'이 허상임을 여실히 실증해주고 있다. 일본의 근세 사회를 살펴보면 신분 질서가 분명하고

---

14) 김장선,「<부엌녀>의 중국어 번역문 소고」,『만주문학연구』, 역락, 2009, 75-77쪽.
15) 김장선,「『조선단편소설선』 소고」,『만주문학연구』, 역락, 2009, 87-97쪽 참조.
16) 김재용,「동아시아적 맥락에서 본 '만주국' 조선인 문학」,『문명의 충격과 근대 동아시아의 전환』, 도서출판 경진, 2012, 290-291쪽 참조.

차별구조가 심각하였다. 비록 1866년 메이지 유신 이후 신분제도가 철폐되긴 했어도 그 잔재는 여전히 청산되지 않아서 피차별부락이 형성되어 있었다. 일본이 같은 민족에게조차 그런 차별과 멸시의 시선을 보냈다면 타민족에 대한 시선은 말할 나위도 없었다. 만주국이라 해서 더 다를 바가 없었으며 오히려 더 확대 재생산되었다고 할 수 있다. 다시 말하면 만주국을 세운 일본에게 '민족협화'란 절대적으로 불가능한 것이었다.

만주개척에서의 일본여성의 고용 문서도 만주국에서의 '민족협화'의 허상을 잘 입증해주고 있다. 만주개척에서 일본은 일본여성들을 고용하는데 여성들의 존재의미를 명확히 보여주는 <여자 척식 요강>이 발표된 1942년에 척무성이 작성한『여자 척식 지도자 제요』문서를 참고한다면 여성의 역할은 "민족 자원 확보를 위해 우선 개척민의 정착성을 증강하는 것", "민족 자원의 양적 확보와 더불어 야마토(大和) 민족의 순수한 혈통을 유지하는 것", "민족협화를 달성하는 데 여자의 협력을 필요로 하는 부면이 많은 것" 등으로 규정하고 있다.

여기에 '민족협화의 달성'도 거론되어 있지만 그것은 어디까지나 주체성이 없는 보조적인 것에 불과하였다. "야마도 민족의 순혈"유지가 강조되어 있었던 만큼 민족협화라고 말하면서도 "한 방울의 혼혈도 허락되지 않으며 자진하여 혈액 방위부대가 되어야 한다"라고 하여 다른 민족과 통혼하는 것은 엄격하게 부정하였다.[17)]

일본이 신제국주의의 질서에 부응하여 만주국에 새로운 모델로 내세운 '민족협화'의 실패는 일본제국 자체의 문제점들을 내포하고 있다.

---

17) 야마무로 신이치 저, 윤대석 역, 『키메라 만주국 초상』, 소명출판, 2009, 338쪽.

일본의 '민족협화'의 실패는 만주에서 타 민족 간 알력으로 배타적인
인식으로 확대되게 하였고 중국에서의 반일·배일 사상이 고조되게 하
였다.

3. 백석이 바라는 '민족협화' 희망의 풍경선

백석이 바라는 민족협화는 여러 종족이 화해롭게 어울리며 평등하게
공존공영하는 모습이었다. 백석이 만주에 있는 중국인들을 바라보는
시선은 따스하고 우호적이며 긍정적이다.

이러한 시선은 <수박씨, 호박씨>, <조당에서>, <귀농> 등에서 표
현된다.

수박씨 호박씨를 입에 넣는 마음은
참으로 철없고 어리석고 게으른 마음이나
이것은 또 참으로 밝고 그윽하고 깊고 무거운 마음이라
이 마음 안에 아득하니 오랜 세월이 아득하니 오랜 지혜가 또 아득하
니 오랜 인정이 깃들인 것이다
태산의 구름도 황하의 물도 옛임군의 땅과 나무의 덕도 이 마음 안에
아득하니 뵈이는 것이다
　……
벌에 우는 새소리도 듣고 싶고 거문고도 한곡조 뜯고싶고 한 오천말
남기고 함곡관도 넘어가고싶고
기쁨이 마음에 뜨는 때는 히고 깜안 씨를 앞니로 까서 잔나비가 되고
근심이 마음에 앉는때는 깜안 씨를 혀 끝에 물어 까막까치가 되고

어진 사람이 많은 나라에서는

버드나무아래로 돌아온 사람도
그 넓차래에 수박씨 닦은 것은 호박씨 닦은 것은 있었을것이다
나물먹고 물마시고 팔벼개하고 누었든 사람도
그 머리맡에 수박씨 닦은것은 호박씨 닦은것은 있었을것이다
　　　　　　　　　　　　　－<수박씨, 호박씨> 일부, 1940

　<수박씨, 호박씨>는 백석이 만주에 간지 몇 개월이 지나 발표한 시 작품이다. 백석은 만주 신경에 온 것을 '어진 사람이 많은 나라에 왔'다고 표현하였다. 그 나라는 태산, 황하, 옛 임군이 있는 곳이며 그 어진 사람이란 도덕경 오천 말 남기고 함곡관을 넘어간 노자, 쌀 다섯말 값 월급의 관직을 버리고 버드나무 서있는 고향집으로 돌아간 도연명, 나물 먹고 물 마시고 팔베개하고 누웠어도 즐거움이 그 안에 있다(飯疏食飮水, 曲肱而枕之, 樂亦在其中矣)는 공자이다. 백석이 만주에 가서 보는 만주는 하나의 독립된 만주국이 아니다. 그는 만주를 태산, 황하, 노자, 도연명, 공자가 있는 전반 중국 속에 포함시키고 있다. 여기에는 시인의 부귀영화를 버리고 자연에 귀의한 중국의 도인을 떠올리며 그들처럼 마음을 비우며 지혜롭게 살아 볼 것을 소망하는 마음가짐도 보아낼 수 있다.

　시인은 중국인들이 수박씨, 호박씨를 '입에 넣고' '앞니로 까'거나 '혀 끝에 무'는 모습을 '잔나비'나 '까막까치'로 형상화하고 있다. 그러한 행위에 대해 '오랜 세월이 아득하니 오랜 지혜가 또 아득하니 오랜 인정이 깃들인 것'이라고 이해하며 '참으로 철없고 어리석고 게으른 마음이나 이것은 또 참으로 밝고 그윽하고 깊고 무거운 마음이라' 받아들인다. 그러하기에 나아가서 '어진 사람의 마음을 배워서' '수박씨 닦은 것은 호박씨 닦은 것을 입으로 앞니빨로 밝는다'고 표현하였다. 더

불어 '벌에 우는 새소리도 듣고 싶고 거문고도 한 곡조 뜯고 싶고 한 오천 말 남기고 함곡관도 넘어가고 싶'다고 중국인들과 함께 하고 싶은 공동체 의식을 표현하였다. 이는 만주 가기 직전 쓴 시 <안동>과 같은 맥락에서 읽을 수 있다. 이러한 마음은 다른 시 <귀농>에서 동조와 참여로 나타난다.

白狗屯의 눈녹이는 밭가운데 땅풀리는 밭가운데 / 촌부자 老王하고 같이 서서 / 밭최뚝에 즘부러진 땅버들의 버들개지 피어나는데서 / 볕은 장글장글 따사롭고 바람은 솔솔 보드라운데 / 나는 땅님자 老王한테 석상디기 밭을 얻는다 //

老王은 집에 말과 나귀며 오리에 닭도 우울거리고 / 고방엔 그득히 감자에 콩곡석도 들여 쌓이고 / 老王은 채매도 힘이들고 하루종일 百鈴鳥 소리나 들으려고 / 밭을 오늘 나한데 주는것이고 / 나는 이젠 귀치않은 測量도 文書도 실증이 나고 / 낮에는 마음놓고 낮잠도 한잠 자고싶어서 / 아전노릇을 그만두고 밭을 老王한테 얻는것이다 //

날은 챙챙 좋기도 좋은데 / 눈도 녹으며 술렁거리고 버들도 잎트며 수선거리고 / 저한쪽 마을에는 마돗에 닭개즘생도 들떠들고 / 또 아이어른 행길에 뜰악에 사람도 웅성웅성 흥성거려 / 나는 가슴이 이무슨홍에 벅차오며 / 이봄에는 이밭에 감자 강냉이 수박에 오이며 당콩에 마늘과 파도 심그리라 생각한다 //

수박이 열면 수박을 먹으며 팔며 / 감자가 앉으면 감자를 먹으며 팔며 / 까막까치나 두더쥐 돗벌기가 와서 먹으면 먹는대로 두어두고 / 도적이 조금 걷어가도 걷어가는대로 두어두고 / 아, 老王, 나는 이렇게 생각하노라 / 나는 老王을 보고 웃어말한다 //

이리하여 老王은 밭을 주어 마음이 한가하고 / 나는 밭을 얻어 마음이

편안하고 / 디퍽 디퍽 눈을 밟으며 터벅터벅 흙도 덮으며 / 사물사물 해
볕은 목덜미에 간지로워서 / 老王은 팔장을 끼고 이랑을 걸어 / 나는 뒤
짐을 지고 고랑을 걸어 / 밭을 나와 밭뚝을 돌아 도랑을 건너 행길을 돌
아 / 집웅에 바람벽에 울바주에 볕살 쇠리쇠리한 마을을 가르치며 / 老王
은 나귀를 타고 앞에 가고 / 나는 노새를 타고 뒤에 따르고 / 마을끝 虫
王廟에 虫王을 찾어뵈려 가는길이다 / 土神廟에 土神도 찾어뵈려 가는길
이다

―<歸農> 전문, 1941

시적화자는 시인이 '귀치 않은 측량도 문서도 실증이 나'는 측량서
기 일을 그만두고 백구둔에 가서 소작농 생활을 한다. 노왕은 '집에 말
과 나귀며 오리에 닭도 우울거리고 / 고방엔 그득히 감자에 콩곡석도
들어쌓아놓은' 부자다. 노왕은 물질적인 것뿐만 아니라 정신적으로도
백령조(몽고종다리) 소리도 들으려는 여유 있는 지주다. '나'와 노왕의 관
계는 지주와 소작농의 관계지만 관계는 평화스럽고 목가적이며 희망이
존재한다. 이는 20, 30년대 중국인 지주 밑에서 갖은 고생을 하는 조선
인의 소작농 모습을 반영한 최서해, 강경애의 소설과는 사뭇 대조적이
다. 노왕은 밭을 나에게 주어서 '마음이 한가하고' 나는 밭을 얻어서
마음이 편안하다. 눈이 채 녹지 않은 봄에 노왕에게 땅을 얻은 후 그와
함께 한해 농사의 풍작을 기원하러 虫王廟와 土神廟를 찾아 가는 모습
또한 경쾌하다. 사당까지 참배하러 가는 모습은 중국인들의 풍속을 존
중하고 그들의 토착신앙까지 받아들여 참여했음을 말한다.

백석의 시에는 이토록 조선인과 중국인이 화합하는 모습들이 평화적
이고 목가적으로 그려져 있다. 이것이 바로 백석이 바라던 '민족협화'
의 장이 아닌가싶다. 그러나 백석이 생활했던 식민지 조선이나 만주에
서는 이런 현장을 찾아볼 수 없었다. 고향을 상실하고 조국을 상실한,

잃어버린 현재를 슬퍼하면서 시인은 자연스럽게 온전했던 역사를 떠올렸을 것이다.

만주가기 전에 <北關>과 <北新>에서 여진, 신라백성, 소수림왕, 광개토태왕을 연상하였다면 만주 가서도 <북방에서> 자연과 합일하고 종족화합을 이루었던 고대를 회상하고 있다.

> 아득한 옛날에 나는 떠났다
> ......
> 범과 사슴과 너구리를 배반하고
> 송어와 메기와 개구리를 속이고 나는 떠났다.
>
> 나는 그때
> 자작나무와 익갈나무의 슬퍼하든것을 기억한다
> 갈대와 장풍이 붙드든 말도 잊지않었다
> 오로촌의 멧돝을 잡어 나를 잔치해 보내든것도
> 쏠론이 십리길을 딸어나와 울든것도 잊지않었다.
>
> ―<북방에서> 일부, 1940

자연은 인간에게 생명적 자연의 일부로서 인간과 동질적으로 존재한다. 옛날 내가 떠날 때 길짐승 범과 사슴과 너구리를 배반하고 물고기 송어와 메기와 개구리를 속이고 떠났다. 육지에서 자라는 자작나무와 이깔나무가 떠나는 것을 슬퍼하고 물가에서 자라는 갈대와 장풍이 붙들었다. 이는 자연과의 합일 속에서 평화로운 삶을 산 것을 말한다.

자연 뿐만 아니라 타 종족과의 관계도 평화로웠다. 내가 떠날 때 흥안령 북국 소흥안령에 사는 북퉁구스계의 한 종족인 오로촌과 남방퉁구스계통의 부족 쏠론이 멧돼지를 잡아 잔치를 하고 십리길을 따라 나와 이별을 슬퍼하였다.

자연과의 합일, 타 종족과 정을 나누고 상대방을 인정하고 관용함으로써 평화로운 세계를 만드는 것, 이것이 백석이 지향한 바이다.

식민지 치하에서 과거를 회상함으로써만이 재현할 수 있었던 공동체의 풍요로운 기억들, 비록 그것이 과거에 머물고, 잃어버린 현실은 슬플지라도, 풍속과 인정과 말이 어우러진 평화로운 삶의 복원에 착안하여 문화와 역사와 민족의 유구함을 내면으로나마 추구하는 백석의 민족의식, 이것이 일제치하 백석의 시가 여타의 시인과 구별되는 점이다.

4. 나가며

이 글에서는 만주에서의 백석의 행적과, 그의 시를 중심으로 '민족협화'를 슬로건으로 내세운 만주국에 대한 그의 내면세계를 짚어보았다.

백석은 1940년 1월경에 만주로 갔다. 그가 만주로 간 연유는 조선에서 자신의 뜻대로 되지 않는 개인사와도 관련이 있겠지만 다른 한편, '민족협화'의 만주에서 나름대로의 조선인으로서의 삶을 살면서, 그리고 이방인과 여러 민족과 공존공영하면서 살아 갈 수 있다는, 만주에 대한 환상과 동경에서 비롯된 것이라 할 수 있다.

백석은 만주체류기간 시작품 10편, 정론 1편, 평문 1편, 번역 작품 2편을 발표한다. 작품을 발표한 연대를 보면 금방 만주로 간 1940년에 3편, 1941년에 7편이다. 그리고 그는 이주초기 만주의 조선인 문단과 연계를 가지고 그 후에는 문단을 멀리한다. 이는 그가 만주에서 짧은 기간에 만주국 통치이념인 '민족협화'의 모순과 허상을 간파하고 그 자리를 떠난 것이라 사료된다.

그 근거로는 첫째, 1940년 3월 22일 만선일보 학예부에서 주최한 일계(일본인)작가, 만계(중국인)작가, 선계(조선인)작가의 <내선만문학좌담회>에서 백석은 한마디 질문만 던지고 침묵으로 일관하고 있다. 좌담회의 내용을 보면 일계작가들은 조선인작가들에게 일본문 창작에 너무 등한하며 번역도 힘써 하지 않는다며, 조선인작가들이 태만하다고 질타한다. '민족협화'의 만주국에서는 조선인으로서 조선문으로 창작하는 게 당연하다고 생각한 백석에게 이는 만주국의 '민족협화'의 허상을 실감하는 시간이었을 것이다. 다시 말하면 일본이 내건 '민족협화' 슬로건은 좋았지만 실체는 '민족협화론'이 아닌 '민족질서론'이었다. 즉 일본민족을 중심으로 한 서열 중심의 민족질서론이었다. 문학장에서 그 서열은 일계를 중심으로 만계, 선계로 배열되었는바 만주국에서의 조선인의 '2등국민'도 결국은 허상이었다.

둘째로는 만주국 국무부에서 직원 백석에 대한 창씨개명의 강요는 그가 만주의 조선인문단을 멀리 떠나도록 하는 계기가 되었다고 본다. 조선에서 '황국신민'이기를 거부하며, 만주에서 오족 중의 하나의 민족인 조선인으로 살기를 원했던 그에게 이는 조선이나 만주국이나 별로 다를 게 없었던 것이었다.

백석이 바라는 '민족협화'는 여러 종족이 화해롭게 어울리며 평등하게 공존공영하는 모습이었다. 그가 그리는 이러한 풍경선은 <수박씨, 호박씨>, <조당에서>, <귀농> 등 시작품에서 찾아볼 수 있다. 그가 중국인들을 바라보는 시선은 따스하고 우호적이며 긍정적이다. 시적화자는 <수박씨, 호박씨>에서 수박씨, 호박씨 입에 넣는 중국인의 마음은 참으로 밝고 그윽하고 깊고 무거운 마음이며 그 마음 안에 아득하니 오랜 세월이, 아득하니 오랜 지혜가, 아득하니 오랜 인정이 깃들어 있다고 하면서 중국 일반인들로부터 노자, 도연명, 공자를 연상하면서 그들처럼 마음을 비우고 지혜롭게 살고 싶다는 소망을 표현하였다. <귀농>에서는 중국인 소작인 노왕에게 밭을 얻어 그와 함께 한해 농사의 풍작을 기원하러 충왕묘와 토신묘를 찾아 떠나는데, 평화스럽고 목가적인 그 모습은 그야말로 경쾌하다.

백석이 생활했던 식민지 조선이나 만주에서는 '민족협화'의 현장을 찾아보기 어려웠다. 그리하여 시인은 고향을 상실하고 조국을 상실한, 잃어버린 현재를 슬퍼하면서 자연스레 온전했던 역사를 떠올렸을지도 모른다. 그리하여 그의 시 <북방에서>는 흘러간 지난날을 그리워하며 자연과 합일하고 타종족과 정을 나누며 평화롭게 살던 삶을 회상하고 있다.

자연과의 합일, 타 종족과 정을 나누고 상대방을 인정하고 관용함으로써 평화로운 세계를 만드는 것은 백석이 지향한 바이다. 식민지치하 풍속과 인정과 말이 어우러진 평화로운 삶의 복원을 갈망하는 백석의 민족의식, 이는 여타의 시인과 구별되는 점이다.

참고문헌

『滿鮮日報』(2-4), 亞西亞文化社, 1988.

고형진 엮음, 『정본 백석시집』, 문학동네, 2007.

김재용 엮음, 『백석전집─개정증보판』, 실천문학사, 2011.

김자야, 『내 사랑 백석』, 문학동네, 1995.

김장선, 「<부억녀>의 중국어 번역문 소고」, 『만주문학연구』, 역락, 2009.

김장선, 「『조선단편소설선』 소고」, 『만주문학연구』, 역락, 2009.

야마무로 신이치 저, 윤대석 역, 『키메라 만주국 초상』, 소명출판, 2009.

姜德相 編, 『現代史資料(11)續. 滿洲事變』, 東京 : みすず書房, 1967.

김재용, 「동아시아적 맥락에서 본 '만주국' 조선인 문학」, 『문명의 충격과 근대 동아시
        아의 전환』, 도서출판 경진, 2012.

왕염려, 「백석의 '만주'체험 고찰」, 『민족문학사연구』, 2010.

윤휘탁, 「'민족협화'의 허상─만주국 경찰의 민족 구성과 민족 모순」, 동양사학연구
        119집, 동양사학회, 2012.6.

백석 작품에 나타난 국민성

1. 들어가며

'國民性'이란 영어로는 'national character'나 'national characteristic' 이다. 기본적으로 '국민'은 개인의 상대적 개념으로서 집단을 가리키고 '국민성'은 국민이 공유하는 문화적, 심리적 특징으로 인해 형성된 민족적 성격을 의미한다. 이는 동일 지역에서 거주해온 민족의 생활방식과 풍속습관과 언어양상 등을 가리키는 민족성과 대동소이하다 할 수 있다. 그러나 국민성은 국민/國族과 민족이라는 두 개념 사이에 발생할 수 있는 균열을 봉합해주면서 국민국가 혹은 민족국가라는 근대이념의 안전판 역할을 해오면서 때로는 국민성으로서 또 때로는 민족성으로 그 함의를 옮겨가면서 근대의 국민국가 이념의 당위성을 보편화하고 대중화하는 데 중요한 기여를 하였다.

어네스트 바커(Ernest Barker)는 국민성을 형성하는 요인으로 유전, 지리, 경제요인과 같은 물질적 요인과 정치, 종교, 언어, 문학, 사상, 교육 시스템과 같은 정신적 혹은 제도적 요인을 들고 있다. 설령 그 형성요인을 생물학적, 지리적 혹은 정치적 요인들의 복합적인 작용으로 근거에 대한 소모적 논쟁을 지양한다고 하더라도 그 성격을 규정하고 판단하는 기준은 논자마다 시대마다 다르다.

식민지시대 작가들의 작품에 비친 국민성을 논함에 중간자적 입장에서 작품 활동을 한 작가를 선택해 하는 게 바람직하다고 본다. 중일전쟁이후 만주국 조선인 문학내부에서는 극심한 분화가 일어났는바 중국이 무너지고 일본이 동북아제패라는 제국주의 신질서의 재편을 받아들여 일본 식민주의에 협력을 걷는 이가 있는가 하면 비협력의 길을 걷는 이들도 있었다. 그러나 협력도 저항도 아닌 소박한 마음으로 중간자적 입장에 서서 작품 활동을 한 작가들이 있었는데 그 속에는 백석이 있었다.

백석은 1912년 평북 정주에서 출생한 시인으로 1930년 조선일보 신년현상문예에 단편소설 <그 母와 아들>이 당선되어 등단하였다. 같은 정주 출신인 방응모가 사장으로 있던 조선일보의 장학생으로 선발되어 1930~1934년에 일본 유학을 다녀왔다. 1935년 조선일보에 <정주성>을 발표하여 시인으로 등단하였다. 이후 소설은 별로 쓰지 않고 시를 주로 창작하였으며 1936년 『조선일보』 잡지부 기자로 있으면서 시집 『사슴』을 발간하고 함흥의 영생교보 영어교사로 재직해 있다가, 다시 조선일보 출판부 기자로 있다가, 그 후 두 달간 평안도 지역을 여행하고 다시 서울로 올라왔으며 그리고 1940년 1월경에 만주로 떠났다. 백석은 만주에서 만주국 국무원 경제부, 안동 세관에서 일했으며 1945년 해방이후 고향으로 돌아갔다. 북한에서는 동화를 주로 창작하였으며 1995년 사망한 것으로 추정된다.

백석은 일본, 만주, 조선의 평안도 지역 등을 돌아본 경력이 있고 일본제국주의의 이데올로기에 포섭되지 않고 중간자적 입장에서 작품 활동을 하였다. 이 글에서는 백석의 작품을 대상으로 그의 작품에 나타난 국민성에 대해 주목해보고자 한다.

2. 느긋함 속에 실속의 미학 : 중국인의 국민성

백석이 중국인들에 대한 접촉은 만주로 가기 전 <안동> 등 작품에서 확인할 수 있다. 만주에서 생활하면서 발표한 시편들을 보면 백석은 중국의 명인, 그리고 중국인들의 음식, 일상, 성격 등에 관심을 보이면서 이야기하고 있다.

① 어진 사람이 많은 나라에서는
　　오두미를 버리고 버드나무 아래로 돌아온 사람도
　　그 옆차개에 수박씨 닦은 것은 호박씨 닦은 것은 있었을 것이다.
　　나물 먹고 물 마시고 팔베개하고 누웠던 사람도 그 머리맡에 수박
　　씨 닦은 것은 호박씨 닦은 것은 있었을 것이다
　　　　　　　　　　　　　　　　　　　　　-<수박씨, 호박씨> 일부

② 그런데 저기 나무판장에 반쯤 나가 누어서
　　나주볕을 한없이 바라보며 혼자 무엇을 즐기는 듯한 목이 긴 사람은
　　도연명은 저러한 사람이였을 것이고
　　또 여기 더운 물에 뛰어들며
　　무슨 물새처럼 악악 소리를 지르는 삐삐 파리한 사람은
　　양자라는 사람은 아모래도 이와 같었을 것만 같다
　　　　　　　　　　　　　　　　　　　　　-<조당에서> 일부

③ 하눌이 이 세상을 내일적에 그가 가장 귀해하고 사랑하는 것들은
모두
가난하고 외롭고 높고 쓸슬하니 그리고 언제나 넘치는 사랑과 슬
픔속에 살도록 만드신 것이다
초생달과 바구지꽃과 짝새와 당나귀가 그러하듯이
그리고 또 「프랑시쓰.쨈」과 도연명과 「라이넬.마리아.릴케」가 그러
하듯이

　　　　　　　　　　　　　　　　-<흰 바람벽에 있어> 일부

④ 먼 타관에 난 그 두보나 이백같은 이나라의 시인도
이날은 그어늬 한고향 사람의 주막이나 반점을 찾아가서
그 조상들이 대대로 하든 본대로 원소라는떡을 입에 대며
스스로 마음을 느꾸어 위안하지 않았을것인가
그러면서 이 마음이 맑은 녯 시인들은

　　　　　　　　　　　　　　　　-<두보나 이백같이> 일부

　위에서 인용한 중국인들로는 ①에서는 어진 성품을 지닌, 도덕경 오
천 말 남기고 함곡관을 넘어간 老子, 쌀 다섯말값 월급의 관직을 버리
고 버드나무 서있는 고향집으로 돌아간 도연명, 나물 먹고 물 마시고
팔베개하고 누웠어도 즐거움이 그 안에 있다(飯疏食飲水, 曲肱而枕之, 樂亦在其
中矣)는 공자를 말하고 있다. 이들은 부귀영화를 멀리하고 자연에 귀의
한 도인들이다. ②에서는 도연명과 양자를 떠올리고 있다. 도연명은 하
급관리직을 내던지고 고향에 돌아가 전원생활이 소박함을 즐긴 사람이
다. 양자는 양주라고도 하는데 춘추전국 시대인 기원전 5세기에서 4세
기에 걸쳐 활동한 제자백가의 한 사람이다. 그의 사상은 기록으로 남아
있지 않으나 맹자의 비판에 따르면 양자는 '각자 자신만을 위한다'는
'爲我說'을 제창했다 한다. 백석은 여러 사람이 함께 목욕하는 공중목욕

탕에서 남을 아랑곳하지 않고 혼자 소리를 지르는 빼빼 마른 사람에게서 자애설을 주장한 양자의 이미지를 떠올린 것이다. ③에서는 도연명이 <조당에서>, <수박씨, 호박씨> 이어 세 번째로 등장하는데 도연명은 다섯말 쌀의 봉급을 받는 하위 관직을 버리고 향리의 전원으로 퇴거하는 내용의 <귀거래사>를 지은 시인이며 문 앞에 다섯 그루의 버드나무를 심어놓고 즐겼다 하여 오류(五柳)선생이라고도 불렸다. 요컨대 도연명은 관직을 버리고 전원의 소박한 삶을 택한 시인이니 '외롭고 높고 쓸쓸한 삶'을 살았다고 볼 수 있다. ④에서의 두보와 이백은 중국 당나라시기의 천재적인 시인들이다. '마음이 맑은 녯 시인들'인 두보와 이백의 일생은 유랑과 편력으로 이어졌다. 어쩌면 현실과 타협하지 못하는 고고하고 쓸쓸하고 외로운 사람이라고 할 수 있다.

요컨대 백석이 인용한 노자, 도연명, 공자, 두보, 이백 등은 모두 중국사에서 빛나는 한 페지를 남긴 인물들이다. 백석이 이들을 일일이 열거함은 그들처럼 마음을 비우며 지혜롭게 살아 볼 것을 소망하는 마음가짐도 보아낼 수 있다.

백석은 만주에 와서 '어진 사람이 많은 나라', '옛날 진이라는 나라나 위라는 나라', '支那나라 사람들', '무슨 은이며 상이며 월이며 하는 나라 사람들의 후손'들이라고 중국과 중국인들을 표현한다. 그 당시 백석이 만주에 있으면서 이렇게 표현했다는 것은 그에게 만주는 만주국이 아닌, 중국 속의 일부라는 인식이다.

만주에서 백석이 본 중국인의 일상의 모습은 어떠했을까?

① 수박씨 호박씨를 입에 넣는 마음은
　　참으로 철없고 어리석고 게으른 마음이나

이것은 또 참으로 밝고 그윽하고 깊고 무거운 마음이라
이 마음 안에 아득하니 오랜 세월이 아득하니 오랜 지혜가 또 아득
하니 오랜 인정이 깃들인 것이다
태산의 구름도 황하의 물도 옛임군의 땅과 나무의 덕도 이 마음 안
에 아득하니 뵈이는 것이다

　　　　　　　　　　　　　　　　　－<수박씨, 호박씨> 일부

② 그런데 참으로 그 은이며 상이며 월이며 위며 진이며 하는 나라 사
　람들의 이 후손들은
　얼마나 마음이 한가하고 게으른가
　더움물에 몸을 불키거나 때를 밀거나 하는것도 잊어벌이고
　제배꼽을 들여다보거나 남의 낯을 쳐다보거나 하는 것인데
　……
　나는 이렇게 한가하고 게으르고 그러면서 목숨이라든가 인생이라
　든가 하는 것을 정말 사랑할 줄 아는
　그 오래고 깊은 마음들이 참으로 좋고 우럴어진다

　　　　　　　　　　　　　　　　　　　－<조당에서> 일부

③ 老王은 집에 말과 나귀며 오리에 닭도 우울거리고
　고방엔 그득히 감자에 콩곡석도 들여 쌓이고
　老王은 채매도 힘이들고 하루종일 百鈴鳥 소리나 들으려고
　밭을 오늘 나한데 주는것이고
　이리하여 老王은 밭을 주어 마음이 한가하고

　　　　　　　　　　　　　　　　　　　－<귀농> 일부

　①에서는 백석이 만주에서 중국인들이 수박씨, 호박씨를 '입에 넣고'
'앞니로 까'거나 '혀 끝에 무'는 모습을 '잔나비'나 '까막까치'로 형상
화하면서 그러한 행위에 대해 '오랜 세월이 아득하니 오랜 지혜가 또
아득하니 오랜 인정이 깃들인 것'이라고 이해하며 '참으로 철없고 어리

석고 게으른 마음이나 이것은 또 참으로 밝고 그윽하고 깊고 무거운 마음이라' 받아들인다. 그리고 '이 마음 안에 아득하니 오랜 세월이 아득하니 오랜 지혜가 또 아득하니 오랜 인정이 깃들인 것'이고 '태산의 구름도 황하의 물도 옛임군의 땅과 나무의 덕도 이 마음안에 아득하니 뵈'인다고 하였다. 그러하기에 나아가서 '어진 사람의 마음을 배워서' '수박씨 닦은 것은 호박씨 닦은 것을 입으로 앞니빨로 밝는다'고 표현하였다.

②에서 목욕탕에서 만난 중국인들은 더운물에 몸을 불구거나 때를 미는 목욕행위에는 관심이 없다. 이해할 수 없는 행위임에도 불구하고 '한가하고 게으르고 그러면서 목숨이라든가 인생이라든가 하는 것을 정말 사랑할줄 아는 그 오래고 깊은 마음들이 참으로 좋고 우럴어진다'고 하였다.

③에서 중국인 노왕은 '집에 말과 나귀며 오리에 닭도 우울거리고 / 고방엔 그득히 감자에 콩곡석도 들여쌓아놓은' 부자다. 그러나 그는 더 욕심을 부리지 않고 '채매'(채소농사) 짓기도 힘들고 백령조(몽고종다리) 소리를 들으려고 나한테 '석상디기 밭'을 준다. 노왕은 밭을 나에게 주어서 '마음이 한가하고' 나는 밭을 얻어서 마음이 편안하다. 중국 지주인 노왕은 한해 농사 풍작의 기원을 위해 사당 참배를 가는데 조선인 소작농을 데리고 함께 간다. 중국인 노왕의 여유를 느낄 수 있는 부분이다.

시인은 수박씨, 호박씨 까는 행위와 목욕탕에서 만난 그들의 '한가하고 게으른' 느긋한 일상의 모습에서 '그윽하고 깊고 오래고 무거운 마음'을 발견한다. 이는 중국인들의 느긋함 속에 실속 있는 국민적 성격을 표현하였다 할 수 있다.

중국인의 느긋함의 성격은 중국 특유의 낙천주의에서 기인한 것이라 할 수 있다. 낙천주의 사상은 수천 년을 내려온 천명사상이라는 숙명론에서 그 뿌리를 찾을 수 있다. 자신의 현재의 삶에 만족할 줄 아는 또 다른 숙명론에 의해 낙천주의는 더 굳건히 중국인의 의식에 자리 잡게 되었다. 노자의 무위자연사상 속에는 물론 유교의 樂貧사상에서도 낙천성에 윤리적 요소를 발견할 수 있다. 자연적인 삶에 자신을 맡기고 가난한 삶 자체를 즐길 수 있다면 세상을 비관할 일이 없다는 중국인의 낙천주의다. 위의 시에서 언급한 노자, 도연명, 공자 등 위인들도 모두 이러한 삶을 살았다.

중국의 낙천주의가 근거가 되는 사상은 신선사상에도 찾을 수 있다. 인생 자체를 부정적으로 보는 게 아니라 인생을 긍정적으로 살아가되 한걸음 더 나아가 해탈의 경지에 이르려는 신선사상이야말로 중국인을 낙천주의자로 만들기에 부족함이 없는 것이다.

그러므로 좋은 결과를 위해서는 서두르지 않고 천천히 기다리는 태도는 중국인의 행동과 생각을 지배한다. 서둘러서 급하게 행동하여 이득이 될 것이 없다는 것이다. 이러한 느긋함과 여유로움은 참을성과 적응력, 강인함으로 이어져 실속과 내실을 다지고 위대한 업적을 이루게 한다. 백석이 주목한 것은 바로 이러한 중국인의 국민성 중의 일부분이라 할 수 있다.

3. 근면함 속에 정(情)의 미학 : 조선인의 국민성

백석의 시에서 중국인은 대개 명인이나 일반 중국인은 군체로 등장

한다. 그러나 조선인은 개인으로 많이 등장한다. 이는 그의 오랜 생활
동안 조선에서 생활한 그의 경력과 관련이 있는 것이다. 그렇다면 백석
의 시에 등장하는 조선인들은 어떠한 인물들인가? 엄마, 아버지 등 가
족과 할아버지, 할머니, 삼촌, 사촌 형제들 등 친척들, 그리고 허준, 정
현웅 등 친구들과 동리사람들…… 여러 인물초상들이 등장한다.

> 추운 겨울밤 병들어누은 가난한 동무의머리맡에 앉어
> 말없이무릎우 어린고양이의 등만 쓰다듬는때든가
> 당신의 그 고요한 가슴안에온순한 눈가에
> (<허준>에서의 허준)

> 얼굴에별자국이솜솜난 말수와같이 눈도껌벅걸이는 하로에베한필을 짠
> 다는 벌하나건너집엔 복숭나무가많은 신리고무 고무의딸李女 작은李女
> 육십리라고해서 파랗세뵈이는산을넘어있다는 해변에서 과부가된 코끝
> 이빩안 언제나힌옷이정하든 말끝에설게 눈물을짤때가많은 큰곬고무
> 배나무접을잘하는 주정을하면 토방돌을뽑는 오리치를잘놓는 먼섬에 반
> 디젓담으려가기를좋아하는삼춘
> (<여우난곬족>에서의 작은 고모와 삼촌)

> 신살구를 잘도먹드니 눈오는아츰
> 나어린안해는 첫아들을낳었다
> ……
> 컴컴한부엌에서는 늙은홀아버의시아부지가 미역국을끄린다
> 그마음의 외딸은집에서도 산국을끄린다
> (<寂靜>에서의 시아버지)

허준은 평북 용천출생의 소설가로, 백석과는 조선일보 재직 시절부
터 친형제처럼 가까이 지내는 돈독한 우의를 나눈 사이다. 백석은 그가

순결하고 평화로운 세계에서 나들이를 왔다고 한다. 이는 그의 내면이 어질고 온화하다는 것을 표현하고 있다. 여기에서 백석은 허준뿐만 아니라 조선도 '맑고 거룩한 눈물의 나라', '따사하고 살뜰한 별살의 나라', '눈물의 볓살의 나라'라고 한다. 맑은 눈물은 순결하고 어진 성품을 뜻하며 따스한 햇살은 온화함과 평화로움을 의미한다.

<여우난곬족>에서의 신리에 사는 고모는 얼굴이 약간 얽었으며 말할 때마다 눈을 껌벅거리는 버릇이 있는데, 하루에 베 한 필을 짤 정도로 부지런하다. 그리고 과부가 되어서 혼자 아이 셋을 키우는 큰골 고모, 배나무에 접을 잘 붙이고 오리 덫을 잘 놓는 기술이 있는 삼촌들이 등장하고 있다. 이들의 공통점은 부지런하고 기술이 있는 것이다.

<寂靜>에서는 '신살구'를 잘 먹던 나어린 아내가 눈오는 아침 새 생명을 탄생시켰다. 하얀 눈이 내리는 축복과 첫아들의 탄생, 이는 자연과 인간의 평화롭고 자연스러운 교감이다. 그보다도 해산한 며느리를 위해 컴컴한 부엌에서 미역국을 끓이는 시아버지의 모습에서 투박하지만 깊은 정을 느낄 수 있다.

이들은 근면하고 순박한 조선인들의 초상들이다. 이들은 근면하면서도 정이 많은 민족이다. 공동체 세계에서 정을 나누는 모습은 풍요롭기만 하다.

밤이 깊어가는 집안엔 엄매는엄매들끼리 아르간에서 웃고이야기하고 아이들은 아이들끼리 웃간한방을잡고 조아질하고 쌈방이굴리고 바리깨 돌림하고 호박떼기하고제비손이구손이하고 이렇게화디의사기방등에 심지를 몇 번이나돋구고 홍게닭이 몇번이나울러서 조름이오면 아릇목싸움 자리싸움을하며 히드득거리다잠이든다 그래서는 문창에 텅납새의그림자가치는 아츰 시누이동세들이 욱적하니 흥성거리는 부엌으론 샛문틈으로 장지문

틈으로 무이징계국을 끄리는 맛있는내음새가 올라오도록잔다

-<여우난곬족>

내일같이 밤은 부엌에 째듯하니 불이 밝고 솥뚜껑이 놀으며 구수한 내
음새 곰국이 무르끓고 방안에서는 일갓집 할머니가 와서 마을의 소문을
펴며 조개송편에 달송편에 쥔두기송편에 떡을 빚는 곁에서 나는 밤소 팥
소 설탕 든 콩가루소를 먹으며……

-<고야>

재당도 초시도 문장늙은이도 더부살이아이도 새사위도 갓사둔도 나그
네도 주인도 할아버지도 손자도 붓장사도 땜쟁이도 큰개도 강아지도 모
두 모닥불을쪼인다

-<모닥불>

<여우난곬족>에서는 명절을 맞이하여 세 명의 고모와 한명의 삼촌
그리고 그들의 자손인 사촌들이 할머니 할아버지 안방에 그득히 모여
담소하고 벌이는 놀이들은 흥성스럽고 끈적한 가족의 정을 느끼게 한
다. <고야>에서의 부엌에서 구수한 음식 냄새가 무르끓는 환경 속에
동리 할머니의 이야기 풍경은 훈훈한 정을 느낄 수 있는 대목이다.

<모닥불>에서는 모닥불을 쪼이는 사람들을 짝을 이루어 열거하다가
개와 강아지 동물까지 등장시켰다. 즉 학덕 높은 재당 어른과 처음 과
거시험에 붙은 초시, 문장 짓는 늙은이와 더부살이 하는 아이, 새로 맞
은 사위와 어려운 갓사돈, 유랑하는 나그네와 주인, 할아버지와 손자,
선비 상대로 붓파는 붓장사와 아녀자 상대로 깨어진 물건 고치는 땜쟁
이, 여기에서는 신분의 높고 낮음을 떠나, 이질적인 사람들이 차별없이
몸을 녹이고자 온기를 주는 모닥불 앞에 평등하게 둘러앉았다. 격의를
허문 이런 공간에서 정은 통하고 깊어갈 것이다. 정은 바로 이런 나눔

의 공간을 통하여 실현된다.

한국인의 정의 미학은 그들의 오래된 농경사회 공동체에서 비롯된 것이다. 농경사회에서는 집단적인 행위 속에서 서로 도와주고 도움 받는 과정을 통하여 한해의 결실을 이룩해낸다. 하나의 집단이란 공동체 속에서 상부상조의 과정에서 정이 생겨난 것이다. 이는 곧 조선인의 기질로 나타났다. 근면 속의 정의 미학, 이는 백석이 주목한 조선인 국민성 중의 일부라 할 수 있다.

4. 침묵의 미학 : 조선인의 국민성에 대한 반성

백석은 여러 시에서 조선인은 근면하고 정이 많은 국민이라 하였다. 그러나 다른 한편 그는 비록 '민족협화'의 슬로건을 내세웠지만 서열중심으로 이루어진 만주에서 생활하면서 식민지 조선인으로서의 고민을 시작한다. 그 고민은 지배 민족인 일본인과 피지배 민족인 중국인 사이에 끼인 식민지 조선인으로서의 훼손된 정체성의 모색이었고 자아민족에 대한 비판이었다. 이는 그가 『만선일보』에 발표한 <조선인의 요설>에 체현되어 있다.

> 조선인의 요설을 나는 안다. 그것은 고요히 생각할 줄 모르는 것이다. 생각하기 싫어하는 것이다. 가슴에 무거운 긴장이나 흥분이 없는 것이다. 또 무엇인가 적막을 느끼지 못하는 것이다. 또 무엇인가 비애를 가슴에 지닐 줄 모르는 것이다. 조선인에게는 이렇게 비애와 적막이 없을 것인가. 분노가 없을 것인가. 조선인은 이렇게 긴장과 흥분을 모르는 것인가. 그리고 생각하는 것까지도 잃어버린 것인가. 멸망의 구극을 생각하면 그

것은 무감한 데 있을 것이다. 그것은 무감하여 나날이 지껄이고 밤낮으로 시시덕거리고 언제나 어디서나 실없는 웃음을 웃고 떠드는 데가 있을 것이다.

(중략)

조선인이 스스로 말하여 천만가지 자랑이 있다 한들 헛된 말이다. 먼저 있을 것은 자랑과 희망이 아니다. 무엇인가. 근신과 분노와 비애다. 심각한 고통이다. 이것들이 조선의 혼을 꽉 붙잡는 것이다. 조선인이 고난 속에 있다는 것은 거짓말이다. 그들이 요설인 동안 이것은 거짓말이다. 조선인에게는 광명이 조약(照躍)하는 것이다. 하나 이것에 감격하고 감사할 줄 모르는 것인지도 모른다. 그들이 요설인 동안 누가 이것을 거짓말이라 할 것인가.

비록 몸에 남루를 걸치고 굶주려 안색이 창백한 듯한 사람과 민족에 오히려 천근의 무게가 없을 것인가. 입을 다무는 데 있다. 입을 다물고 생각하고 노하고 슬퍼하라. 진지한 모색이 있어 더욱 그러할 것이요, 감격할 광명을 바라보아 더욱 그러할 것이다.

　　　　　　　　　　　　　－<조선인의 요설－西七馬路 단상의 하나> 일부,
　　　　　　　　　　　　　　　『만선일보』, 1940년 5월 25일-26일

'요설'은 쓸데없이 말을 많이 한다는 뜻이다. 백석이 조선인의 요설을 바라보는 시선은 불쾌하다. 그는 식민지 만주 조선인들이 '고요히 생각할 줄 모르고' '생각하기 싫어하고' '가슴에 무거운 긴장이나 흥분이 없'으며 '적막을 느끼지 못'하고 '가슴에 비애를 지닐 줄 모르'는바 '멸망의 구극'에 무관하고 '나날이 지껄이고 밤낮으로 시시덕거리고 언제나 어디서나 실없는 웃음을 웃고 떠든'다고 질책하였다. 바로 조선인들이 민족 주체성을 버리고 내지인 행세를 하며 생각 없이 행동하기에 민족 멸망이 된 것으로 파악하였다. 그러면서 '입을 다물고 노하고 슬퍼하며 진지한 모색이 있어야' 하는바 그래야 '광명이 조약'하고 '감격

할 광명을 바라볼' 수 있다는 것이다. 이는 만주 조선인 생활에 대한 냉정하고 혹독한 비판, 민족에 대한 대담한 자아성찰 내지는 민족의 광명에 대한 진지한 모색이라 할 수 있다.

백석은 민족의 경중은 혼에 있고 그 혼은 "무겁고 깊은" 혼을 말하는데 그것을 "묵"의 정신으로 이야기하고 있다.

> 민족의 경중(輕重)을 무엇으로 달 것인가. 그 혼의 심천(深淺)을 나아가서 존멸의 운명까지도 무엇으로 재고 점칠 것인가. 생각이 이곳에 미칠 때 우리는 놀라 두렵지 않을 수 있을까. 우리는 동양과 서양을 가려 본다. 그리고 서양보다 동양은 그 혼이 무겁고 깊은 것을 예찬하고 이것에 심취한다. 동양은 무엇을 가졌는가. 동양에 무엇이 있어서 그러하는가. 조선은 동양의 하나는 무엇을 잃어버렸다. 잃어서는 아니 될 것을 잃고도 통탄할 줄 몰라한다. 무엇인가 묵(默)하는 정신을 잃은 것이다. 잃고도 모르는 것이다.
>
> 인도의 푸른빛을 바라보며 나는 이것이 무엇이고 어디서 오는가를 본다. 인도의 푸른빛은 항하만년(恒河萬年)의 흐름에 젖는 생명의 발광이다. 이 생명의 적멸에 가까운 숭엄한 침묵이다. 나는 몽고의 무게가 무엇인가를 안다. 일망무제의 몽고 초원이다. 몽고인의 심중에 놓인 일망무제의 초원이다. 이따금 꿩이 울어 깨어지는 그 초원의 적막이다. 이것이 몽고의 무게다. 조선인은 인도의 빛도 몽고의 무게도 다 잃어버렸다. 본래부터 없었는지도 모른다. 슬픈 일이다.
>
> ─<조선인의 요설─西七馬路 단상의 하나> 일부,
> 『만선일보』, 1940년 5월 25일-26일

'침묵'의 사전적 정의는 '아무 말 없이 잠잠히 있음'이다. '침묵이 흐르다, 침묵을 지키다, 침묵을 깨뜨리다' 또는 '침묵은 금이다', '한번 보는 것이 천 마디 말보다 낫다' 등 침묵과 관련된 말들이 많다. 이 말들은 말을 너무 많이 하기보다는 상대방의 말을 잘 경청하고 신중하게 말하는 것이 좋은 결과를 가져오게 한다는 뜻이다.

사람은 말을 해야 할 때가 있고 하지 말아야 할 때가 있는 것처럼 침묵을 해야 할 때가 있고 침묵을 해서는 안 될 때가 있다. 시인이 만주의 조선인을 봤을 때 그 상황에서는 절대적으로 침묵과 사색이 필요했던 것이다. 침묵의 의미도 여러 갈래가 있는바 백석이 요구하는 조선인이 가져야 할 침묵은 묵상, 비애와 슬픔, 분노의 침묵이었다. 도전과 반항을 의미하는 침묵까지는 나아가지 않았다.

시인은 인도 푸른 빛의 '숭엄한 침묵'과 몽고 '초원의 적막의 무게'를 언급한다. 조선인은 이러한 것을 잃어버렸거나 아니면 애초부터 없었는지 자문하면서 슬픈 일이라 하였다. 인도의 푸른 빛은 최상층 브라만 계급만을 상징해온 빛이다. 그러나 1947년 카스트제도가 법적으로 폐지된 후 시민들도 자신의 집을 푸른 빛으로 칠해 신분상을 기대했다고 한다. 인도의 항하만년의 푸른 빛과 끝없이 펼쳐진 몽고초원의 적막은 그 깊이와 무게로 위압감이 있는 것이다. 조선인에게 필요한 것은 바로 이런 무게였는지 모른다.

백석은 만주 조선인의 생활에 대해 무한한 애착을 갖고 그들의 요설을 비판하였으며 그들이 침묵을 갖고 시대정신을 구하도록 호소하였다. 이는 식민지 시대 조선인의 진정한 자아성찰과 비판의 모습이었다. 이는 한국인의 선비사상이 아닌가 싶다. 붓의 문화인 文治사상, 순박성과 결백성 그대로의 자연주의의식, 항상 자아성찰함으로써 진일보 발전하고 나아가려는 선비사상이다.

5. 나가며

'국민성'은 국민이 공유하는 문화적, 심리적 특징으로 인해 형성된 민족적 성격을 의미한다. 이는 동일 지역에서 거주해온 민족의 생활방식과 풍속습관과 언어양상 등을 가리키는 민족성과 대동소이하다 할 수 있다. 그러나 국민성은 국민 / 國族과 민족이라는 두 개념 사이에 발생할 수 있는 균열을 봉합해주면서 국민국가 혹은 민족국가라는 근대 이념의 안전판 역할을 해오면서 때로는 국민성으로서 또 때로는 민족성으로 그 함의를 옮겨가면서 근대의 국민국가 이념의 당위성을 보편화하고 대중화하는 데 중요한 기여를 하였다.

백석의 작품에 체현된 중국인의 국민성은 한가롭고 여유 있는 느긋함 속에서의 실속이라 할 수 있다. 중국인의 느긋함의 국민 성격은 낙천주의에서 나온 것이며 이러한 낙천주의는 수천 년 내려온 천명사상과 숙명론과 그리고 해탈의 경지에 이르는 신선사상에서 유래된 것이라 할 수 있다.

백석의 작품에 체현된 조선인의 국민성은 근면하면서도 정이 많은 민족이라는 것이다. 이는 한민족의 오랜 세월동안의 농경사회 공동체 집단생활에서 연유한 것이라 보아진다. 농경사회에서 상부상조의 과정을 통해 정을 쌓고 결실을 얻는 것이다.

다른 한편 백석은 만주 조선인의 생활에 대해 무한한 애착을 갖고 그들의 요설을 비판하였으며 그들이 침묵을 갖고 시대정신을 구하도록 호소하였다. 이는 식민지 시대 조선인의 진정한 자아성찰과 비판의 모습이었다. 이는 한국인의 선비사상이 아닌가 싶다. 붓의 문화인 文治사상, 순박성과 결백성 그대로의 자연주의의식, 항상 자아성찰함으로써 진일보 발전하고 나아가려는 선비사상이다.

국민성은 시대마다 다르고 논자마다 보는 시각과 기준이 다르므로 다른 작가들의 눈에 비친 조선인, 일본인, 중국인의 국민성 대비 속에서 이루어지는 연구 또한 흥미로울 것이라 생각된다. 이는 차후 과제로 남겨둔다.

참고문헌

고형진 엮음, 『정본 백석시집』, 문학동네, 2007.
김재용 엮음, 『백석전집－개정증보판』, 실천문학사, 2011.
이숭원, 『백석을 만나다』, 태학사, 2008.
이승이, <만주 체류 시기 백석의 '조선적인 것'에 나타난 시대정신>, 『어문연구』 69,
    2011.

저자 소개

전 월 매(田月梅)

韓國學中央研究院 文學博士
中國 天津師范大學 韓國語系 讲师
『中國東方文學翻譯史』(上下卷)(合著, 昆侖出版社, 2014.4)
『만주, 경계에서 읽는 한국문학』(공저, 소명출판, 2014.5)
그 외 20여 편의 논문이 있음

재중조선인 시에 나타난 만주 인식

초판 인쇄 2014년 9월 19일
초판 발행 2014년 9월 29일

지은이 전월매
펴낸이 이대현
편 집 이소희
펴낸곳 도서출판 역락
　　　　서울 서초구 동광로 46길 6-6 문창빌딩 2층
　　　　전화 02-3409-2058(영업부), 2060(편집부)
　　　　팩시밀리 02-3409-2059
　　　　이메일 youkrack@hanmail.net
　　　　등록 1999년 4월 19일 제303-2002-000014호

ISBN 979-11-5686-077-8 93810
정 가 16,000원

* 파본은 구입처에서 교환해 드립니다.

이 도서의 국립중앙도서관 출판예정도서목록(CIP)은 서지정보유통지원시스템 홈페이지(http://seoji.nl.go.kr)와
국가자료공동목록시스템(http://www.nl.go.kr/kolisnet)에서 이용하실 수 있습니다.(CIP제어번호 : CIP2014027194)